山灵

与天籁

黄三畅 著

中国出版集团

现代出版社

图书在版编目（CIP）数据

山灵与天籁 / 黄三畅著. -- 北京 ：现代出版社,2016.7

ISBN 978-7-5143-5078-4

Ⅰ．①山… Ⅱ．①黄… Ⅲ．①散文集－中国－当代

Ⅳ．①I267

中国版本图书馆CIP数据核字(2016)第129935号

山灵与天籁

作　　者	黄三畅	
责任编辑	李　鹏　陈世忠	
出版发行	现代出版社	
地　　址	北京市安定门外安华里504号	
邮政编码	100011	
电　　话	010-64267325　010-64245264（兼传真）	
网　　址	www.1980xd.com	
电子邮箱	xiandai@vip.sina.com	
印　　刷	北京一鑫印务有限责任公司	
开　　本	787×1092　1/16	
印　　张	16	
版　　次	2016年7月第1版　2022年7月第2次印刷	
书　　号	ISBN 978-7-5143-5078-4	
定　　价	49.80元	

第一辑　万物有灵

目 录 CONTENTS

1

山灵与天籁
SHANLING YU TIANLAI

目录 CONTENTS

第二辑 履痕所至

目 录
CONTENTS

目录 CONTENTS

第四辑　人情世态

万物

有灵

第一辑

鹰

在高远的天空，它只是把翅膀展开，并不拍击，而能平稳地自由地飞翔，像游艇滑行于平静的海面上；有时又凝在空中，纹丝不动，端庄而严肃地俯视着大地。兴起时，它发出嘤——嘤——的叫鸣，那声音，清越，尖细，悠长，舒徐，豪迈而略带悲壮，是居高临下者的歌唱，是自由自在者的吟诵，是无拘无束者的长啸，是寻找对手而不得的慨叹。有时，它又突然身子一斜，黑色闪电一般冲向地面，伸出利爪，果断、坚决、准确地抓起一个什么活物，旋即猛扇几下翅膀，腾向空中，挟一路哀鸣，而后落在一棵树或一堵峭崖的顶端，大刀阔斧地撕扯那猎物，茹毛饮血。

——这就是鹰，禽类中的英雄。

其实，不须等它俯冲下来，只要它的声音远远地传来，那空中的鸟雀、地上的鸡鸭兔子老鼠黄鼠狼之类就会惊慌失措，狼奔豕突，恨无刺蓬可躲地洞可钻；也有胆敢与之搏斗的，譬如护雏的母鸡，搏斗的结果，总是母鸡落得毛羽脱落皮肉破伤，鹰是无损一片毛羽的，当然，还会抓起一只小鸡做战利品。

我小时候对鹰留下的深刻印象之一，就是妇女们为鹰抓鸡的事伤透脑筋。傍晚鸡进笼了，一数，少了一只或两只，不用说，十有八九是鹰抓去了。有些妇女为了防鹰，白天就坐在屋檐下接麻线，让母鸡带着小鸡在禾场边上找虫子吃。但，鹰是防不了的。突然就有一只从天上俯冲下来，那妇女也惊慌失措地"哇嗬哇嗬"地吓唬，鸡们也慌乱地逃跑，却无济于事，鹰爪一扫，有一只鸡雏就被抓走了。妇女就朝着天上骂："炮子打的！炮子穿的！"但究竟只能眼巴巴地看着它蹲在村前砌稻草的树杆尖上享用她的宝贝儿。有的人家还在禾场上空张着用草绳结成的网，以为这样鸡们就可以在网下安全地活动，但鹰不管不顾，仍然斜着身子勇敢地冲进网内，抓起一只又穿网而去。

　　鸡类对鹰的畏惧感，应是刻在心里，溶在血液中，且一代一代传下去的。有一次我看见一只较大的鸟从空中掠过，圈养在一片林地上的鸡也四处逃跑。那些鸡是从孵鸡场买回的，它们的上一代再上一代……都是圈养或笼养的，真正被鹰吓唬过的，应是它们的七十二代以上的祖宗了。等它们安定下来，我又故意"哇嗬哇嗬"地叫喊，它们又条件反射地惊慌起来。真是风声鹤唳啊。

　　鹰与虎，都是英雄。虎死不倒威；鹰不同，它蹲着不动时，耸着翅膀，缩着脖子，半闭着眼睛，看上去没有半点威风。或许它认为，真正的英雄非到需要施展勇武时是不必显山露水的；或许它是在积蓄精力。这样的英雄，千万不要轻看。记得小时候，有一个猎人打到一只鹰，卖给村里一个裁缝，裁缝把它关进一个竹笼。谁知关笼门时，他的手就被鹰狠狠啄了一口。他背转身做衣服时，那鹰就突然奋力一冲，把竹笼盖子冲开，就拍击着翅膀冲出窗户，炮弹一般射向天空。裁缝大为惊异：看不出来啊，翅膀也是打伤的，一副蔫头耷脑的样子，有那么大的力！

　　鹰岂止是"有那么大的力"？

　　有个捕蛇者给我描述过他亲眼看见的鹰抓蛇的情景。两头蛇准备交尾，一只鹰俯冲下来。蛇立即改相互缱绻为并肩战斗。鹰的两个爪子抓住一条蛇，要飞，另一条蛇伸过身子来缠它的脖子。鹰移动一下爪子，踏住身子下的蛇的七寸，以使那蛇不能咬它；又扭过脖子，用喙猛啄另一条蛇。那被踏住的蛇还是用后半截身子缠鹰的腿，鹰提起一条腿，把蛇的后半截身子踏住；同时不忘啄另一条蛇。那被啄的蛇偏了一下头，鹰就猛扇一下翅膀，把蛇竖着的上半截身子击倒在地，然后再猛扇翅膀，身子就腾空而起，当然，一条蛇也被抓着吊在身子下。

　　我已多年没看到鹰了。几天前，在大山的一条峡谷里，看到一只鹰在空中

3

盘旋，我非常欣喜。

是啊，世间是需要英雄的：水中应该有龙，林中应该有虎，空中应该有鹰。

（2012年。原载《邵阳晚报》《湖南煤炭》《生态文化》）

乌　鸦

　　乌鸦，我们这一带称为老鸹。"天下乌鸦一般黑"，不妥，我们这一带加了一句，"中间还有间颈脖"。"间颈脖"就是黑脖子中"间"着一圈白的。世界上什么东西都不是绝对的，"间颈脖"乌鸦就是一例。

　　不管是"一般黑"还是"间颈脖"，提起乌鸦，没有几个喜欢的。小时候，我就对它尤其深恶而痛绝之。倒不是它的身体黑，而是它的嘴没遮拦地呜哇呜哇。大人说，它的叫，预示着当天有丑事、坏事、祸事发生。夏季的哪一天大人们要是不准我们小孩子下河洗澡，理由往往是：今天老鸹叫得厉害！有野果采摘的季节，大人们要是不准我们爬树，理由往往也是：今天老鸹叫得厉害！据说最凶险的是乌鸦呜哇呜哇叫着从你头顶上飞过。上山砍柴、看牛，若见乌鸦哇哇叫着从哪一头飞来，我们就紧盯着它，一边唱着"老鸹叫，香油爆，老鸹喊，砧板斩"，一边手忙脚乱地躲避，以免让自己置于它的身影之下。若是发现乌鸦从自己头顶上飞过，那是一整天都心里不安而谨小慎微的。

　　还有就是——还是它那张嘴。它喜欢啄一些鲜嫩柔软的果实，"老鸹啄柿子，点着软的啄"，这一条谚语就是明证，它抵赖不了的。它最喜欢吃的恐怕是嫩包谷。那东西的味道确是很不错的。你兴冲冲地走到菜地的包谷"篱笆"边，想掰几个包谷棒子回去蒸了吃，可掰这一个时，它的包衣破了洞，破洞下面的包谷粒是被啄去了的；掰那一个时，包衣破得更褴褛，包谷粒被啄得更加惨不忍睹。这时忽见肇事者或它的同伙蹲在地头一棵大树的丫杈上，缩头耸肩，一副吃饱喝足的样子，真恨不得一铳穿了它。还有，山野里的野果如猕猴桃熟了，你兴冲冲地提着篮子去采摘，走到山坡下，就看见一只乌鸦从前面不远处一丛藤条上扇着翅膀飞上天空，走到那丛藤条边一看，藤条上熟了的猕猴桃都被啄空了心。于是不能不怒从心中起，捡起一个石子，向它扔去。明知这是拿石头砸天，也要这样做。

乌鸦与喜鹊，都是与人们生活密切相关的鸟，但喜鹊受欢迎，乌鸦遭诅咒。遭诅咒的原因，当然主要是它那张口。要偷吃就偷吃，你报什么忧报什么险报什么灾，报得人心惶惶、民心不稳？乌鸦与老鹰，也都是与人们生活密切相关的鸟，有些人也诅咒老鹰，因为它抓小鸡吃，但不厌恶，人们厌恶的是乌鸦。

因为有那样的品性，乌鸦不仅遭诅咒、讨厌恶，还背莫须有的罪名。"文革"期间居然把"乌云遮不住太阳"改成"乌鸦的翅膀遮不住太阳"。平心而论，这样一改没有一点道理，对乌鸦来说是大为冤屈的。乌鸦何曾想用翅膀遮挡太阳？遮挡太阳对它有什么好处？

乌鸦实在没有什么可恨可诅咒可污蔑的。

做父母的告诫孩子不可下河洗澡、上山爬树时，除了"老鸹叫得厉害"，还能用什么话？孩子们在野外行走，不像躲轰炸机一样躲避乌鸦，不骂"老鸹叫，香油爆，老鸹喊，砧板斩"的话，还有多少情趣可言？它啄你几个嫩包谷棒子、几个猕猴桃，你又有多大的损失？"独乐乐，与鸟乐乐，孰乐？"即使它从太阳下飞过，给大地投下一路小小的阴影又影响了谁？

乌鸦在人们心目中的形象并不是"历来如此"。远古的神话中，伟大的太阳就是一只"金乌"。"乌鸦报喜，始有周兴"，这是先秦的民谣，可见在那时的人们还把乌鸦视为吉祥的神鸟。孰料到了后来，竟这样"不受欢迎"了。难道人类越向前发展，对同在一个星球上生活的别的动物越取歧视排斥态度？

当然，真正的智者不是这样的。童话《乌鸦喝水》的作者，肯定不歧视乌鸦，要不他可以把主人公换成喜鹊或老鹰啊。或许他还以为，只有乌鸦才那样聪明呢。还有寓言《乌鸦和狐狸》的作者，一定也不反感乌鸦的，甚至还有点喜爱——是大人对天真幼稚的小孩子的那种喜爱。

如今的情况是，你恨也好，诅咒也好，污蔑也好，乌鸦已成稀罕之物，原因，当然还是森林的遭劫和农药的滥施。森林是一切鸟雀的家园；乌鸦是地球的清洁工，它"清洁"了的一些动物腐尸是被农药毒死的，自己还能健康地活下去，还能"世代荣昌"吗？我有多年没见过乌鸦了。前不久我到远离城市的一片山区，忽然看见一只半大的黑鸟扇着翅膀飞，再仔细一看还是"间颈脖"！我的第一反应是：乌鸦！久违的乌鸦！非常兴奋。但又怕不是，想，要是它叫几声就可以肯定是不是了。那生灵像是通了灵似的，忽然就叫起来，呜哇！呜哇！呜哇！真是乌鸦！我仰着头迎它，如果它从我头顶上空飞来，我绝不像小时候那样躲避。可惜它往斜刺里飞走了。

好，乌鸦，你自由地飞翔，自由地歌唱吧。

（2012年重写。原载《邵阳晚报》）

麻　雀

　　小时候，我最恨的鸟雀当属麻雀。记得有一个星期日，满以为可以玩一天了，不料却累了一天。那天一大早，父亲就要我起床，然后带着我走到村旁的秧田边，说是要我守秧谷：秧谷下田后，麻雀来啄了，就把它赶开。父亲撒了几把秧谷，就有麻雀呼朋唤友地来啄了，我扬着手臂，做吓唬的样子，可它们照啄不误。那怎么办？父亲就要我拿一根长竹竿，赶。那块田虽不宽，但我的竹竿也只能伸到田中央，田的那一边，就"鞭长莫及"了。麻雀看准这一点，就在田的那一边啄，我只好奔到那边去。却又有麻雀飞到这边来……"疲于奔命"，这个词语的意思我理解得最深。可恶的麻雀啊！

　　到了麦子将熟和稻子将熟的季节，在田野里走，捡个土坷垃随意往田里一扔，就会有几只麻雀惊飞，当然，在低空中转个圈子又落入田中。人种出的粮食，它们倒要先尝，还不可恶？为了"糟蹋粮食"，它们还采取"大兵团作战"的方式，一大群——天知道有多少只，又是怎样啸聚拢来的——突然呼隆一声，落在这一块将熟的稻田里，又突然呼隆一声，移师到另一块稻田里。谁知田中稻，粒粒皆辛苦啊！

　　腊月里，把做好的豆腐血粑放在外面晒，是不能离人的，麻雀们在瓦檐上窥伺着，人一离开，它们就飞过去啄。即使是洗手的工夫，一板豆腐血粑也会"破绽百出"。

　　我在一个小镇上读初中的时候，食堂的窗子没有玻璃，窗棂就成了麻雀栖息的地方，上面点着好多好多灰白色的逗号。食堂的师傅把饭菜端到桌上以后，麻雀们就飞过去品尝。多少次，我发现钵子边沿也打上逗号，而饭上面点缀的灰白的小团糨糊，不是那些东西屙下的又是什么？菜里也肯定有那种东西。它们不可恶谁可恶？

　　那样的东西，只要有机会消灭，就一定会动手的，是毫不心慈手软的，更不要说保护了。

　　还是读初中的时候，有一天我们正在教室里上课，一只麻雀从一个破玻璃窗里闯了进来，然后又朝着另一扇玻璃窗飞过去，以为那里也是畅通无阻的，碰了头以后又朝另一扇玻璃窗……教室里早已热闹起来，大家都在看那家伙的笑话，没有一个人把门或哪一扇玻璃窗打开放它出去。最后那家伙撞昏了趴在地上扇翅膀，老师才让一个同学把它扔出去。那同学是下了狠力扔的，目的当然是要它彻底灭亡。

　　但那只麻雀只是个案。那时代，人们对麻雀还真是华佗无奈小虫何。

　　在乡下，常常可以看见稻草人，戴个破斗笠，持一根竹竿，站在田中央，踌躇满志的样子。其实那是吓唬不了麻雀的，那些家伙聪明得很，真人假人一看就知道，它们甚至在那斗笠上屙屎，算是对稻草人，不，对人的蔑视。

　　那么，用铳打？似乎有点不屑。用米筛罩，算是一个办法。也不一定要在雪天，麻雀是不管什么日子都要寻食的。在禾场上或走廊上撒些谷子、饭粒之类的诱饵，再把系着长长细绳的米筛半竖在诱饵边，人牵着绳子的另一头，躲起来。麻雀是很谨慎小心的，它看见了那些可吃的东西，并不立即跑过去，而是"视而不见"的样子，在旁边嬉戏或唱歌。那样子一阵以后，就慢慢接近食物，快跳到能被米筛覆盖的范围了，突然又飞开。如是几次，才敢跳过去啄食物。但即使它们跳到了米筛能覆盖的范围的中心，米筛着地的刹那也可能逃掉。它们警惕性高，又灵活机智。当然，偶尔也能罩着一两只，但要花多少工夫？——那其实只能作为一种娱乐活动搞一搞的，当不得真。

　　成效比较好的方法，是晚上到它们窝里去捉。它们的窝隐在瓦檐间的空隙里。如果秋后把干稻草码在走廊上面的枋子上，它们有的即因陋就简，在稻草里过夜。晚上，架着楼梯、打着手电去找，去掏，去摸，往往可以抓着毛茸茸的吱喳声，还可能抓着热烘烘的圆珠，那当然是麻雀和雀蛋了。但那点收获，对于庞大的麻雀种族来说，也是九牛一毛。

1958年，麻雀被宣布为"四害"之一，全党共诛之，全民共讨之。但麻雀并没有真正减少多少。

唉，有些东西，你要着意消灭它，往往是劳而无功的。

后来，麻雀被平了反，不属"四害"了。但是，这一种族群却无可奈何花落去了。记得20世纪80年代末期报纸上登了一条消息，说河南南阳地区已看不到一只麻雀了。消息确实不确实，不知道，但麻雀在国内成为稀有事物，却是不争的事实。你能在哪里看到几只麻雀？一个教小学二年级的老师问他的学生，谁知道麻雀是哪样的，举起手来，举手的竟没有几个。

这当然要归咎于农药。麻雀吃了在撒上农药的庄稼地里生活的虫子，吃了被农药滋润的谷类，它们还能正常地繁殖生育，还能健康成长吗？

当然，麻雀还没有绝种，作为人类的朋友，它们还顽强地和人生活在同一个天地里。只是，它们生活的具体环境因时而变了。

以前，它们最喜欢在屋瓦上活动——在地上或树上吃饱了就飞到屋瓦上去，或跳跳蹦蹦地散步，或唱歌，或开会，或谈情说爱。在屋瓦上，他们既安全，又洒脱，且高雅，还大有不与鸡们和别的鸟类为伍的意思。但是现在基本上不是这样了，它们大多移居到山里去了。究其原因，一是山里相对而言农药污染的程度低一些；二是城里几乎是清一色的水泥平顶屋，没有那种线条很美的可以让它们做窝的瓦檐；农村呢，也努力向城里看齐，盖瓦的屋也少了，代之以水泥平顶。它们当然不好在那样的地方做窝，在那样的地方活动也一定觉得枯燥无味。在山里的树上做窝，在树上或草坪上散步、唱歌、开会、谈情说爱，与在屋瓦上相比，应是各有千秋。

虽然不被视为"害鸟"了，还忝登"二类"保护榜，但麻雀的警惕性似乎更高了。有一年，我在一座大城市郊外的山顶上，看见好些麻雀，很有久违的朋友的感觉。我把饼干拧碎撒在地上请它们品尝，它们却不为所动。我移步想走近它们，我走多远它们退多远，最后还飞到树上去了。

还有一次，我独自坐在电脑旁码字，突然就听见吱吱一声：清脆，圆润，柔婉。我向着窗外转一转头，透过纱窗，看见一只麻雀飞落在阳台上的晒衣竿上。接着又有一只飞落在那一只身边，它俩唱着，跳着，翘着尾巴，显得很兴奋。千万别发出声响惊动它们啊，我告诫自己，它们是久违的客人啊。可是突然，有一只伸着脖子，斜着眼睛往室内瞅。这一瞅不打紧，它尖叫一声，立即冲天而去，另一只也"雄飞雌从"或"雌飞雄从"了。

我们这一带老一辈有这样的说法，大年初一如果屋檐上有麻雀欢闹，就预示着那一年会有好收成。可是，有几家几户能得到这样的"预示"呢？

想和麻雀亲近亲近，甚至想久看一看麻雀，想听一听麻雀的叫声，都成了奢侈的事。

能与人类和平相处的事物，原先嫌"多"而终于嫌少，这是怎样的遗憾和悲哀呢？

（2013年。原载《生态文化》《邵阳日报》）

喜 鹊

　　小时候，最喜欢看见的鸟雀当属喜鹊。夹着书本去上学的路上、牵着牛去放牧的路上、敲着扦担去砍柴的路上，如果听见喜鹊在洽洽地叫，心里就会高兴；如果看见一对喜鹊在头顶上空飞，那高兴的劲儿就会翻番。喜鹊是吉祥的鸟儿，它能预报喜事！初小毕业那年夏季的一天，我们村里五个伙伴一起到宝山寨完小去看考高小的录取榜，走到村旁的路上，听见不远处那棵大枫树上有喜鹊在叫，有人就提议，何不等一等，看喜鹊会不会飞到我们头顶上空来。于是一致同意，就在路上守株待兔。不一会，就看见一只喜鹊飞出庞大的树冠，接着又有一只飞出来。我们都在心里说，喜鹊啊，快飞到我们头顶上来吧！喜鹊像通了灵似的，绕着树冠飞了半圈就洽洽地叫着向我们飞来了。——喜鹊果然能报喜，到了宝山寨完小，发现录取榜上我们五个人的名字都在孙山之前。

　　那以后，我对喜鹊的喜欢就加了码。

　　那些年，我们村子旁边那棵大枫树上有两个喜鹊窝。喜鹊是建筑师，它们的窝是一根一根树枝搭成的，比一般鸟雀的窝要大得多，正因为如此，它们的窝就要筑在大树上；高楼大厦是要有坚实基脚的，喜鹊窝的基脚就是大树。估计那两窝喜鹊是世居在那里的。村里的人也很注意保护喜鹊。当然，正如俗话所说的，"每家庵堂里都有嘁嘴菩萨"。村里一个年轻人，不知从哪里弄来一支鸟铳，走到那棵大枫树旁边，说是"试铳法"，一试，就把一只喜鹊打下来了。那只喜鹊是半飞半坠地落下来的，被我的一个同伴拾到了。我也看见，它还并没有死，只是翅膀被打伤了。我是在那一次近距离地看喜鹊的：头上、颈上、不太突起的前胸上，还有腰上，都是黑色的羽毛，不，黑得显出蓝紫色的羽毛，还闪烁着金属光泽；肩上、肚子上、翅膀的后半截都是纯白色；尾巴的羽毛是墨绿色，也闪光，像我家那只公鸡尾巴上的。多好看的鸟雀啊！越好看越觉得它应受到保护呢。那年轻人当然受到大家的谴责。但他说，不能怪他，只怪这只喜鹊，它一边往树上飞一边洽洽地叫，那是要报喜。本来有祸事等着它它还报喜，可见它不能预测什么喜事，不能预测喜事又还要报喜，这样的家伙我还不把它打下来？简直是强词夺理！后来大家才知道，原来那年轻人头天傍晚时分想去做一件不光彩的事，却又有点犹豫，待听见喜鹊叫，就不犹豫了，以为喜鹊在报喜呢。不料被人发现了。于是他迁怒喜鹊。

　　这么说来，喜鹊是能做预测工作的，它能报喜，还能报忧。我以为，这应该不是"唯心主义"。喜鹊喜欢在人们居住的村庄附近安家，在村庄附近活动，它们居高临下，又飞来飞去的，对一些"社会现象"了然于心，何种情况下会有喜，何种情况下会有忧，自然也心里有数，它又能"与人为善"，于是就不管是喜还是忧，都毫不隐瞒地说出来。据有经验的人说，喜鹊的鸣叫声是有区别的，报喜和报忧是两种不同的腔调和节奏，只是一般的人不懂，或者说盼喜心切，一听见喜鹊叫，就乐滋滋地以为它是报喜，就像一听到鼓乐，就以为是要唱戏了一样。

　　那年轻人打下那只喜鹊以后的第五个年头吧，我们村前那座祠堂的飞檐翘角的"伞"顶上，也筑了一个喜鹊窝。喜鹊在屋瓦上筑窝，可是开天辟地以来没有过的事。祠堂是我们黄姓的，黄姓的一个老者说，喜鹊是向我们报喜，我们黄姓要出大人物了！于是黄姓的人欢欣鼓舞，奔走相告，有些人还有空没空，总要朝着那"伞"顶上看，总要幻想着什么。那一对喜鹊夫妇则常常朝着人们鸣叫，洽洽洽洽的，被人们翻译成"报喜报喜"。有时，它俩还飞到村旁那棵大枫树上或哪家的屋檐上，同样洽洽洽洽地叫。那屋檐上有喜鹊降临的屋主，真是高兴得不得了，以为大人物一定是出在他家里，就是他的儿子；设想着他的儿子会成为怎样的大人物，如果成了大人物，本人会是什么样子。做父母的又会是什么样子。

可惜连大人物的影子都没见到，那喜鹊窝却被人捣毁了。是另一姓氏的人捣毁的，他嫉妒黄姓，以为把喜鹊窝捣毁，黄姓就出不了大人物。这样一来，那对喜鹊夫妇就在祠堂和村子上空盘旋着，鸣叫着。这一回，愚昧的人们算是没听成"报喜报喜"，而听成在哭诉，听成哭诉它们的窝被捣毁。

多年以后，我才意识到那一对喜鹊在祠堂的"伞"顶上筑窝的真正原因。

那时候，很多地方的大树古树被砍掉了，我们村旁和村后的几棵大枫树还"巍然屹立"，一如既往地遮护着大半边村子，一如既往地献身为鸟雀的乐园。那对喜鹊其实是在报忧，是在提醒或警告我们：要保护你们村里的大树古树，不要像别的地方一样砍掉。——我以为一定是这样的，要不然，它们为什么要改变祖宗传下的规矩，要在屋瓦上筑窝而不在树上？虽说别的一些地方没有大树了，我们村和另一些地方还有呀！聪明的它们是这样想的，在祠堂的"伞"顶上筑窝，这种非常的做法影响面更广泛，更能引起人们的关注。

可惜我们不懂或不去理解它们的言语和行为，我们浑浑噩噩，冥顽不灵；我们只愿听喜庆的锣鼓，不愿听悲凉的管弦。自称万物之灵的人不如鸟雀，这是我一贯的观点，这里又是一个证据。

那个喜鹊窝被捣毁不久，我们村旁和村后那几棵大枫树也遭了斧锯之劫，凄然倒下了。据说，人们在砍伐村旁那一棵时，一对喜鹊洽洽鸣叫着，绕树三匝，然后不知所至。

——去年，我和兄弟去看望一位生病的姐姐，走到姐姐家所在的村子前时，看见一对喜鹊迎着我们叫。我可不敢肯定是报喜还是报忧。

（2013年。原载《生态文化》《邵阳日报》）

蜻　蜓

　　蜻蜓，不管是大的还是小的，红的还是黄的绿的，都喜欢在水凼边、水沟边、小溪边……生活。我注意到的是，从春末开始一直到立秋以后一段时间，野外，或屋前屋后，哪里积着水、流着水，它们就喜欢在哪里转着圈子飞或随水而飞。它们半透明的双层翅膀也不扇动，只是张开；尾巴也不摆动，并不像鱼一样用来做调整游动方向的桨。飞累了，即就近找一个什么桩子、一根粗草茎、一根树枝、一个尖突的石头，停在上面休息。"小荷才露尖尖角，早有蜻蜓立上头"，杨万里也一定注意到了它们这种活动的。稍事休息后它们又转。它们要这样转圈子做什么？主要是寻找食物。它们在捕捉蚊蚋——水边蚊蚋多。

　　当然，它们也不只是在水边转飞。大雨过后的禾场、菜园的低空，晴转阴前夕的稻田的低空，也常常可以看到一大团一大团蜻蜓在滑翔，盘旋，翻飞，兴兴风风的，热热闹闹的，喜气洋洋的。一般说来，它们也是在寻找食物，因为那样的时节，蚊蚋多，飞起来又不灵活，容易捕捉。但在我看来，蜻蜓还是在做飞翔表演，表演给人类和另一些动物看，它们知道人类和另一些动物凭自己的身体是飞翔不起来的，要把飞翔的快乐与人类分享。

　　蜻蜓还喜欢和人逗乐子。

　　农村的孩子，可能没有不捕捉蜻蜓玩的。我们这一带，捕捉蜻蜓的方法大致有两种。一是徒手捕捉。见一只蜻蜓飞累了，停在哪里，就从它后头轻轻地

15

轻轻地移着碎步走过去，一只手臂是早伸出去了的，拇指和食指也做成了夹子状。见"夹子"快够着蜻蜓的尾巴尖了，甚至只要两个夹片一合，就可以把它夹住了，这时呼吸也是屏着的，怕惊动它啊。但是突然，可以说是千钧一发的时候，它就飞起来，轻巧而从容地飞起来，飞了不远，还会回过头来看你。它不是"逗你玩"是做什么？它有复眼，能眼观八路，你从后面偷袭，它早就看到的，不是快要被夹着了才看到的。另一种捕捉蜻蜓的方法是用竹枝扫帚罩。走到有蜻蜓转圈子的水边，将竹枝扫帚平举在水面，只等蜻蜓飞到竹枝扫帚下面了，就罩下去。蜻蜓当然看见的，但它还是按既定的路线飞，显得没心没肺的；以为把它罩到竹枝扫帚下了，把竹枝扫帚提上来时，竹枝的丫杈里会挣扎着一个蜻蜓。其实哪里有？抬眼一看，它在前头不远的地方飞呢，不紧不慢的，还回过头来，似乎还在和你说什么呢。当然也是"逗你玩"。

其实，蜻蜓是很喜欢和人及其他动物亲近的。我挑着担子在路上走，一个蜻蜓突然落在我的扁担尖上，让我挑着它走一程；我挖土，锄头口儿深深铲进土里，只有锄头脑儿露在外面，它突然就降临到锄头脑上，等我把土撬开，再扬锄头时它才离开；我坐下来休息，它就悄悄飞过来，在我头顶低低盘旋，然后就想落在我头顶上，忽觉不妥，就栖在我肩膀上，似在说，累了，就多休息一会，我陪你。小时候看牛，更常常可以看见一个蜻蜓轻巧地"软着陆"在牛角尖上，一大一小，似在探讨什么。

这样的小生灵怎不逗人喜爱？着实给人带来乐趣啊。

而自那天和一大群蜻蜓邂逅，又让我加深了对它们的认识加浓了对它们的喜爱。

那是立秋不久的一天，下了一场小雨，天气凉爽起来了。傍晚时分，我散步走到广场北侧的湿漉漉的马路上，只见好多好多橙色的蜻蜓，几乎是贴着马路在上上下下地滑翔。我以为它们只是在捕捉蚊蚋，细一看，它们大都是在马路上"点水"。再细一看，它们成双成对，或是后面那只咬着前面那只的尾巴，或是这一只把尾巴弯搭在另一只身上；那半透明的翅膀一如既往地没有扇动，只是平行伸展着，双方的配合是那样默契，滑翔出的弧线是那样柔美多变。滑翔着滑翔着突然就接近地面了，后面或下面那只的尾尖就在地面上轻巧地点一下，然后又飞得高一点，又柔美而多变地滑翔。不一会又贴近地面，又轻巧地点一下……

我看得陶醉了，呆立在它们中间不动。它们也不怕我，也不避忌我，该怎样行动还怎样行动，该怎样风流还怎样风流。杜甫《曲江》说："穿花蛱蝶深深见，点水蜻蜓款款飞。"这种生灵点水的韵致，一定让杜老夫子也陶醉了的。

然后我缓缓移动脚步，在它们中间穿行。在很长的一段路上所见的，都是这些翩跹舞动的精灵。

猛抬头，我发觉，挣出云层的太阳在西山顶上露出了红脸庞，这预示明天是大好的晴天，于是很有点怜悯这些生灵了。这马路的湿，只是暂时的，明天一出太阳，就干了，那么，它们"点"下的卵，还能孵化为幼虫水虿吗？亲爱的蜻蜓啊，你们是在浪费，浪费感情，浪费精力，你们是在做"无用功"呢。

蜻蜓们并没有受我这个"人"的情绪的影响，仍然欢快地飞舞着，仍然欢快地"点"着。

它们是以大地为琴盘，以尾为弓，在优雅地演奏生活的乐章。

我也突然有了领悟：生活是一个过程，生活的快乐就产生在过程中；收获固然快乐，收获前的劳动也是快乐的；只问耕耘，不问收获，付出不一定要回报，应是智者生活观呢。

（2014年。原载《邵阳晚报》）

蚂　蚁

　　小时候，我们一班伙伴乐此不疲的活动就是看蚂蚁抬食物。但那时不认为它们是抬食物，而认为是"抬枋子"——我们这一带称灵柩为"枋子"，认为蚂蚁"抬枋子"就是把死了的虫子、蚯蚓之类抬到土里去掩埋——有一个小伙伴看见哪里有蚂蚁抬着一条虫子或半截蚯蚓了，就把大家叫去看，大家就围着那一群蚂蚁，边看边唱："蚂蚁子，抬枋子，葬个好地方，世代出进士……"那些蚂蚁分两种：一种个头很小，小得像一颗芝麻，占绝大多数；一种个头稍大点，一小截圆珠笔头大吧：只是极少数，估摸百分之一的比例。小蚂蚁推的推，拉的拉，看那样子腿脚是绷足了劲的，是竭尽了全力的，是不是还喊着"嗨哟"或"加油"，我们不知道，即使喊了，声音也应是极小的，听不到。但也发现有狡猾的，它们竟趴在那"枋子"的上面，把"枋子"当轿子。而那些个头大的，它们并不要动手动脚，只是随着位移的"枋子"前进，有的脑袋还扭向"枋子"，两条前腿似乎还在比画什么，我们称它们为送灵的和尚。一直要看着它们把"枋子"抬进一个洞穴，我们才意犹未尽地离开。后来听老师说，蚂蚁是社会性动物（抬食物时行走在一旁的不是什么和尚而是做组织和领导工作的），有团结一心的精神。虽知道有些蚂蚁（不是说做组织和领导工作的）只是貌似团结，但总的来说还是认可的。

　　老师说，蚂蚁还有勤劳的精神。我就用我家屋后的树上那一大群蚂蚁的活动来印证。我家屋后有一棵空了心的树，有一段时间我总能看见两行蚂蚁在那树干上熙来攘往，一行往上，一行往下，都是匆匆忙忙的。同样，也依稀有一些个头稍大的行走在队伍的一旁。我不知它们的目的是什么，但可以肯定是有目的的，不是"无事忙"；就像现今，街上匆匆走着一些人，肩不挑什么手不提什么，你能说他们只是纯粹地走走？后来那棵树落了叶子，我发现，在一个树杈上黑乌着一团，大人告诉我，那是蚂蚁窝。于是我恍然大悟：那些蚂蚁原来是在筑窝，队伍中往上的是把原料送上去，嘴里是衔着或腿上是夹着东西的，只是我没有注意到；往下的是再去搬。而那些个头大的走在队伍一旁的，是领导、监工和宣传鼓动工作者。

我还听老师说过要我们学习蚂蚁"啃骨头"的精神。也亲眼看见过蚂蚁啃骨头。我曾经无意地把一截筒子骨头扔在墙角，第二天扫地时发现骨头上密密麻麻地趴着蚂蚁，中空的筒子里面更挤着蚂蚁。它们一定是在"啃"骨头。我把骨头拿起来在地上一敲，蚂蚁们就震落到地上，就只见骨头的表面原先粘着的筋肉没有了，原先是光秃秃的地方还隐隐地现出印痕来，那一定是被蚂蚁"啃"了的结果。蚂蚁形体那么小，牙齿一定也小，居然能在硬硬的骨头上做出那么深刻的文章来，"精神"还真令人佩服。

因此，一直以来，我对蚂蚁这种生灵是很有好感的，对虐待蚂蚁的行为我也是很反感的。几年前深秋的一个星期天的上午，我和同事带着他十岁的孩子在城郊的一座山上游玩。走到一片松林里，我发现一个蚂蚁窝黑黢黢地结在一棵矮松树杈上，就不经意地说了一句：这里有个蚂蚁窝。那孩子就走过来，好奇地看了一会，就找来一根树枝，要戳那蚂蚁窝。我不准他戳，他爸爸也不准他戳，说这时节戳烂了，蚂蚁结不起窝来了，会冻死。他还是不听，一棍子戳去，再把棍子一撬，一瓣窝就垮了下来。我走近一看，树上那大半边窝里，蚂蚁们暴露在光天化日之下，它们争先恐后地往里面挤，挤着挤着有的就被挤得掉下地去。那些蚂蚁，一个个油亮亮胖嘟嘟的，一定是秋天养肥了身子准备过冬，却不料它们遮风挡寒的窝被人戳烂了。我很内疚，遗憾自己"发现"它们的窝而且说出来。

但是，后来我却对一窝蚂蚁极为反感，甚而至于要剿灭它们。

那一窝蚂蚁数量并不多，它们把窝筑在我家的煤灶和墙壁之间的缝隙里，

19

它们觅食的主要场所就在灶台上。如果炒菜或舀菜时不注意，让菜或者菜汤掉在灶台上而又不及时抹掉，那么过不了多久，就有一些蚂蚁在大快朵颐或者兴兴火火地搬运了。

每当看到灶台上的这种景象，我的家人就在热水龙头下盛一些热水，向它们浇去。这样一来，它们不烫死也会淹死，然后尸骸被冲到下水道去了。开头，我不支持也不反对家人那样做，不支持，是因为向来对蚂蚁有好感，不反对，是因为那些蚂蚁也讨嫌。但终于，我也决心要把它们剿而灭之了。那一天，我炒了一个菜暂时放在灶台上，做了什么事回来看时，一些蚂蚁已经爬进碗里尝菜了。于是勃然大怒，剿灭它们的决心就下定了。

但它们似乎是剿灭不了的。想过很多办法，诸如往煤灶与墙壁接合处的缝隙里喷洒灭蚊剂、灭蚁剂之类，但喷洒一次只是发现少数蚂蚁的尸骸，只是一两天内没发现它们出来活动，而后就"一如既往"了。

曾以为，到了冬天就好了，它们会冬眠。但我们家这一窝并不冬眠，即使在冬天最寒冷的日子，如果灶台上有食物，它们也照例出来不误，一副忙忙碌碌又欢天喜地的样子。我下了决心，一定要想办法把它们彻底剿灭。

春种夏耘秋收冬藏是最合自然规律的，"冬藏"其实也是一种享受。那一窝蚂蚁不"冬藏"，就缺失了这种享受，是很不划算的——还不说它们的危险概率大大高于别处的同类。要追究原因，一是因为它们选择那样的温暖环境，二是它们潜藏着贪婪秉性；环境的温暖让它们的贪婪秉性发酵膨大了。

（2006年。原载《文明导报》《青岛日报》）

蚱　鸡

　　蚱蜢在我们这一带称为蚱鸡，是绿地上的鸡，很形象的。

　　蚱鸡的种类很多，我不是动物学家，讲不出究竟有多少种，又是怎样详细分类的。给我印象深的有这样几种。有一种，体形很小，跟绿豆差不多，颜色是麻的，生下来就是麻的，不是因季节或环境的改变而改变的。它跳得（不是飞）很高，如果说跳蚤是跳高冠军，那么这种蚱鸡就是亚军；而且落下来又飞落下来又飞，一起一伏的。它又很活泼，是很难捉住它的，看见它蹲在草地上，你半窝着手掌一罩，以为罩着了，但往往"空空如也"。它弹得不知去向，也可能弹到你的脖子里，你觉得痒痒，去搔，它就跳到你耳窝里或头发上：和你逗乐子。当然也可以把它捉住，半窝着手掌按下去，再收拢，有东西硌掌心了，说明那东西没有逃脱了，——它的两条后腿在棘你的掌心。仔细看，那小不点儿，后腿比身子还粗，翅膀很薄很短，怪不得善跳不善飞。如果把它装进玻璃瓶子里，盖上盖子，就只见它不停地上蹿下跳，左冲右撞，怪好玩的。还有就是用细线把它一条后腿系起来，再在另一头系一片小叶子或一颗小果子，然后放它的生。这样一来，那小蚱鸡虽不打眼，那小叶子或小果子却像生了脚，一起一伏地跳，特别好玩。

　　好玩的还有一种长条形的蚱鸡，那可是变色龙，夏天草绿它一身绿衣，秋天草黄就换成黄装。说是长条形，究竟有多长呢？有成人的食指那么长。它的头是尖尖的（触须也很长），尾巴也是长长的，在草地上凝然不动的时候，像泊在河里的一艘长长的划子；后腿也很长，但不粗，跳得不高，翅膀也不长，不宽，飞得不远。这样的蚱鸡很容易捉住。小时候我们捉住一个后，喜欢捏着它两条并拢的后腿的下半截，说一声"作揖"，它后腿的膝关节就一屈一屈，身子就一仰一俯，真像人作揖。作揖作累了，它就把身子竖起来，四条前腿两两合在一起，像是作祈祷。但它的膝关节不经事，折腾几下就断了。

体形与本性跟长条形蚱鸡大不相同的是一种油蚱鸡。它们身体的颜色是深绿的，看上去似乎还是油漉漉的，因此就给它取了这样的名。成年的雌性油蚱鸡个头有人的拇指那样大那样长；眼睛（复眼）晶莹剔透；身子青翠油亮，触角粗长坚挺，前额突起，蹲着不动时，俨然像一条额、角前突的要牴架的水牯；翅膀宽展坚实，那双后腿尤其长而粗壮结实——起飞时，像游泳运动员一样猛力一弹，可以弹去很远，还挟一路格格格的"马达"声。捕捉这样一种蚱鸡是需要勇气的，需要有捉螃蟹的勇气。它的后腿的胫是两把锯，锯齿是很锋利的，被捉住后，两把锯就会死劲地锯，人的手会锯得很痛，甚至会被锯出红色的印痕。那种蚱鸡也很会保命，如果只是捉住它的后腿，那么它一弹，就展开翅膀逃之夭夭了，人的手里就只有两只后腿了。当然，人比蚱鸡聪明，更多的时候是把整只蚱鸡捉住。——小时候，我们一班伙伴捉到一定的数量后，就烧一堆火，然后用细树枝做的扦子穿进它们的身体，穿成一串，放在火上烤。先是翅膀被烧掉，再是触须和腿尖被烧掉，然后它们的身体就渐渐变黄，似乎还冒出油来，还能闻到一股香味，就可以吃了。我没有吃过，据说很好吃，香，脆，鲜；两条后腿最是佳肴，可以和螃蟹的腿媲美。

小时候，我印象最深的是，有些油蚱鸡在草地或庄稼地的上空飞翔时，往往背上还驮着一只。初以为是母亲驮着儿子，后来听人说，那是妻子驮着丈夫。那做丈夫的，很显得侏儒，它们只有成人的小指那么大，不足小指的三分之二长，看上去孱弱无力，像人类中一些缺少锻炼的男子。很多动物是雄性雄健粗壮威猛，雌性秀气小巧柔弱，——人也大体如此。油蚱鸡为什么要阴盛阳衰？我不能运用动物生理学知识来进行解释，只能根据"人之常情"来揣测。我是这样揣测的，雌性的油蚱鸡通过明察暗访，了解了哪个雄性的油蚱鸡后，就和他恋爱，然后就要把爱升华到最高境界。一旦处于这种最高境界，当然既要力求安全，又要尽可能浪漫；而要安全、浪漫，对它们来说，最好的措施是一个驮着另一个，飞翔，做爱。这举措真是别具创意，爱的方式固然很多，有哪一种比飞翔的爱更浪漫呢？雌性的油蚱鸡是特别多情、特别在乎丈夫的，于是她就义无反顾地把丈夫驮起来。一代又一代下来，这种雌性油蚱鸡就炼出健美来了。而雄性的，因为缺少锻炼，就只能堕落为侏儒了。不过估计它们的生活质量不会受到什么影响。

可叹的是，这种飞翔做爱的油蚱鸡最容易受到侵害。据说它们在那一生长阶段身子最"肥胖"，它们的天敌——鸟类喜欢吃它们，有吃蚱鸡癖好的人，也最喜欢吃它们，而它们既"肥胖"，身子就自然臃肿，飞不快，且即使遇到捕捉者也不离不弃，宁愿同归于尽，所以比较容易被捕获。鸟吃蚱鸡属自然界的生存斗争，没有什么可非议的，人吃蚱鸡当然也不是什么不可以的事，即使"戕害"生灵有罪，而"看客"也与"戕害者"同罪，罪也应该大不到哪里去。但成年以后我想起一件事，却觉得很有负罪感。那一次，有伙伴追着飞行做爱的一对油蚱鸡，追了一块庄稼地又一块庄稼地，眼看它俩就要飞过一条不窄的水涧了，还没得手，那伙伴就要我堵截，我就跑到涧边，堵截了，那一对儿就往回飞，就被追捕者捉住了。伙伴还骂那一对儿的脏话，我也添加了几句，小小年纪竟然就"道貌岸然"。然后伙伴就把那一对儿让我捉着，他去做扦子。哎哟，我一接过来，就被狠狠地锯了一下，是那个做妻子的锯的，大概它对丈夫的爱有多深，对我的恨就有多深。伙伴弄来一根细树枝做的扦子，把那一对儿穿起来——横穿过胸膛——生了火，烤。除了要吃它们的"肉"，还有惩罚它们"不知羞耻"的意思。

哎，"少不更事"的我们，全然不懂，那种飞翔的爱，是在向天地表明，它们是最会享受生活的动物之一；全然不懂，它们是在为人类的"在天愿作比翼鸟"的爱情宣言做注脚。

（2014年。原载《邵阳晚报》）

蛇

一直记得这样一件事。小时候，一个初春的晚上，跟一个长我几岁的堂哥到田野里扎泥鳅。走在一条田埂上，突然只见他用长柄扎齿向水边一根长条形的东西狠力扎去。扎齿提上来，只见那长条形的东西被卡在扎齿的齿缝里，身子一矫一矫的。我原以为是条黄鳝，仔细看，不对，是……一条蛇。堂哥说，吃烤蛇吗？说着就把扎齿上的蛇放在燃着松块的灯笼上，烤。那蛇先是剧烈地扭矫，渐渐就沉缓下来，还发出吱吱的声音（那是火烤蛇肉发出的声音），然后就僵硬下来。接着，吱吱的声音没有了，代之以焦焦的香味。堂哥说，吃吗？我摇头。哪敢啊？但那条蛇痛苦地扭矫的身影，一直盘踞在我的脑海里，不曾溜去。

见蛇不打三分罪，这是我们这一带的说法。堂哥怕得三分罪。

但也有不打的。

有一年冬天，我和父亲一起到村后山坡上的红薯窖里起红薯。我下到一丈多深的窖里往箩筐里抓红薯，突然抓着凉凉的东西，凭直觉我知道是蛇——它把红薯窖当冬眠的温床了——就惊慌地告诉父亲。父亲说不要怕，然后他也下来了。我以为他手里拿着打蛇的武器的，但没有，只是抓着一把茅草。父亲用茅草把蛇包起来，放进箩筐，又提上去了。我把窖里的事做好上了窖以后，问父亲，蛇打死了吧，埋在哪里？父亲说，打死它做什么？——塞到刺蓬里去了。

后来我才知道，父亲和蛇有恩怨。

我的一个姐姐，小时候被蛇咬过，害得父亲心疼万分，这是怨。恩呢，是这样的。父亲年轻的时候有一次到做挑脚担的生意，走到一座山坡上，只见对面不远处走来几个人，知道是些强人，情急之中，他连人和担子藏到路边一个石窝里。不久，石窝外面有人说，刚才还看见一个挑担子的人，怎么一下子就不见了？另一个人说，莫不是藏在石窝里？进去看看！又一个人说，哦，蛇！石窝门口倒挂着一条蛇！当然又有人说，人哪里藏在石窝里？等杂沓的脚步声远去以后，父亲移身一看，果见一条蛇还倒挂在石窝口，身子还缓缓搅动，优哉游哉的样子。从那以后，父亲就不打蛇了。

当然，别人还打，还捉。我有个表弟妹，有一年春天在山野里走，看见两条"相孵"的蛇，她当机立断，一手抓一条，紧掐着蛇的七寸，硬是把两条蛇"收获"到家里，让丈夫拿到镇上去卖。据说很发了一点小财。我也不止一次看见这样的人：一只手捏一把铁夹，一只手提一个编织袋，在河边、溪边、水塘边，寻寻觅觅。他们是捉蛇的。镇上和城里一些饭店，菜谱上就有炖蛇、炸蛇、蛇羹等项；而"野生蛇"比人工养殖的蛇要贵出几倍；也有一些土产店，把活蛇浸在盛着米酒的玻璃坛子里，据说这样的酒吃了最祛风除湿。我也看见我的一个同事吃蛇的情景。他打到一条蛇，还只是半死的，用索子勒着它的七寸，挂在墙上的钉子上，然后沿着七寸用刀子划一个圈，再在圈口捏起蛇皮，往下一撕扯，蛇就被"净身"了——蛇皮撕下了，只有光溜溜的白净身子。接着他把蛇的腹腔划开，找到蛇胆，捏起来，送入口中，据说蛇胆是清火的；再把腹腔里其他东西抓出来，扔掉。而另一只手扣着的一个碗，碗口早就戳着蛇腹腔的下部了，为的是盛住蛇的血。然后就把蛇斩头去尾，再把蛇身剁成若干段，在屋外的空地里用几个砖头垒个简易的灶，架起锅炖蛇肉。据说一定要放在屋外的空地里，如果放在屋子里，蜈蚣就会爬到梁上去，朝锅子里撒尿，因为蜈蚣和蛇是生死对头。蛇肉确实很香，奇异的香；汤是白的，比牛奶还白。他邀我喝酒——蛇血羼在酒里——吃蛇羹。嘿嘿，不好意思，我谢绝了。

那是 20 世纪 90 年代初的事。那时我住在单位内的一座松树山上，山上的蛇真多。晚上从外面回去，蓦地就看见窄窄的水泥路上懒懒地躺着一条蛇；或听见路边的树丛里窸的一声响，那是蛇溜走了。早晨起来，猛然就看见一条蛇蜕被遗弃在外窗台上，灰白的颜色，萎靡而空瘪。有个邻居在外面住了一些日子，回来后打扫房子，取下挂在墙壁上的编织袋，就见一条蛇安然蜷在里面。

时代的车轮碾死了很多东西，蛇也在劫难逃。现在，那松树山上，似乎再也没有人看见蛇蜕了。

建了房子住了人的山坡上很少有蛇了，大山大岭上也几乎没有蛇了。前年一个老同学邀我到他老家游玩，请了一个老乡带队爬雪峰山。那是农历八月，我们这一带的民谚有这样一条：七蜂八蛇，喊娘喊爷。意思是七月的蜂八月的蛇最厉害。我把这样的担心提出来，那老乡说，要是还有蛇就好喽。问为什么没有蛇了，回答是，被捉光了。果然，那次我们在溪沟边，在茅蓬里，在林子里，都没有遭受到惊吓。海为龙世界，云是鹤家乡，以前，自西往东横亘湖南的雪峰山是各种蛇的世界，而今居然"销声匿迹"，一则庆幸，二则也难免没有遗憾。

蛇的样子很阴鸷。人之怕蛇，应该说是天性。有的人，电视上"动物世界"里的蛇，都不敢卒视。这是可以理解的。

但我明白不了的是，在我们中国，一些神话和传说里，人与蛇却脱不了干系，或者蛇竟是"正面形象"。《山海经·大荒西经》郭璞注："女娲，古神女而帝者，人面蛇身。"造我们这些"人"的女娲娘娘竟是"人面蛇身"，你和蛇脱得了干系吗？《淮南子》高诱注："隋侯，汉东之国，姬姓诸侯也。隋侯见大蛇伤断，以药敷之。后蛇于江中衔大珠以报之，故曰隋侯之珠，盖明月珠也。"你能说蛇不是知恩图报的"正面形象"吗？白娘子的故事里，白娘子多么温柔善良，小青又多么疾恶如仇。而白娘子竟是白蛇变的，小青竟是青蛇变的。——那样的蛇，可比法海可爱得多呢。

我们这一带还有这样的传说。最初，是人蜕皮，一辈子蜕四次，蜕一次年轻一次，但蜕皮时很痛苦。于是人就想向上帝要求，不蜕皮。蛇知道了，就对人说，我们和你们调换吧，我们蜕皮。于是人和蛇走到上帝那里，陈述了一番，上帝竟同意了。后来的情况是，蛇一年要蜕皮两三次，蜕皮时很痛苦，但蜕皮以后焕然一新；常蜕常新。而人不蜕皮了，老了就老了，无法"青春永驻"。

此外还有这样的说法，说是蛇每年要到人的床上来四次。可别当真，只能姑妄言之姑妄听之。但有这样一件事。我们这里一个女老师，有一年翻床铺，竟发现被褥下一条压扁的干蛇。那应该是，蛇钻到她的被褥下，被她的身躯压扁了。

　　蛇和人怎么有这样的说不清道不明的关系？我是这样猜想的。往古之时，人巢在树上，与蛇是邻居或者说"同居"，后来下了树，穴居，仍然与蛇是邻居或者说"同居"；而蛇的行动是那样神秘，蛇的本领是那样的高强，蛇身上的纹路是那样的奇美，且蛇又"浑身是宝"。有了这样的关系和对蛇的认识，于是人就希望乃至认为，人的一半是蛇了（如男人的一半是女人）。这也许是女娲为什么蛇身人首的解释。其他关于蛇的传说和说法，也很容易得到解释了。

　　人对一些事物总是这样，一觉得其神秘，对其猜想就多，进而就一面对其顶礼膜拜，一面敬而远之或干脆除灭之。人对蛇也是这样吧。

（2014年。原载《武冈报》）

狗

　　傍晚散步的时候，看见不少人牵着狗在散步，有些狗小鸟依人的样子，突然想起一则这样的童话。

　　远古的时候，狗很孤独，想找异类做伴。它先找到兔子。晚上和兔子住在窝里的时候，喜欢嗷叫，兔子说，别叫啊，怕狐狸听见。狗说，狐狸听见了会怎么样？兔子说，那它就会来吃掉我们。狗想，兔子太胆小，第二天就离开兔子，找到狐狸。晚上，狗和狐狸住在窝里的时候，又嗷叫。狐狸说，别叫啊，怕狼听见。狗说，狼听见了会怎么样？狐狸说，那它就会来吃掉我们。狗想，狐狸太胆小，第二天就离开狐狸，找到狼。晚上和狼住在窝里的时候，又嗷叫。狼说，别叫啊，怕人听见。狗说，人听见了会怎么样？狼说，那他就会来打我们。狗想，狼太胆小，第二天就离开狼，找到人。晚上住在人给它做的窝里的时候，狗又嗷叫。人说，为什么叫啊？要是饿了的话，窝外我给你准备了食物。狗想，还是人最强大，他根本不怕别的东西。

　　狗就跟定了人。

　　狗四换伙伴，是好事还是坏事？

　　如果狗不离开兔子，根据它的性格，不会做兔子的主人，但肯定是兔子的保护者，雄起起的，有的是尊严。

　　如果狗不离开狐狸，两者应是兄弟关系，是平等的。狐狸有谋，狗有勇，珠联璧合，狼是不可能把它们怎么样的。

　　如果狗不离开狼，两者还是兄弟关系，只不过狗可能是弟弟，但"伯仲之间"，不是上下级或主仆关系，狗是会受到狼的尊重的。

　　狗找到了人，结果很清楚。或成了人的"看门狗"，虽然似也威风，但终究昼夜劳累，苦不堪言。或成了"牧羊犬"，羊吃草，它在羊群外来回奔窜，虽可以称为羊群的"保护神"，但终究是个不得安逸的保镖。或给人拉雪橇，竭尽全力往前奔，往往费力不讨好。或被耍猴人豢养，让其供猴子捉弄。或成了人的宠物，被人牵着遛，被人抱着玩，虽无所事事，终究只是给人解闷、取乐，毫无尊严。或因种种原因，被人赶出家门，成了"丧家的××家的乏走狗"，在垃圾堆里觅食。更有甚者，或者还会被人做"肉狗"来饲养，而又是"狗肉上不了台盘"。真正岂不哀哉。

　　不知如今的狗是不是埋怨它一味攀附的远祖。

（2015年。原载《武冈报》）

蜗　牛

　　春季种菜，最讨厌的是蜗牛。清晨到菜园里一看，一些嫩嫩的菜秧就断成两截，是蜗牛咬断的，它们有的还待在旁边没有走，有的正在逃遁却委实缓慢得很。我一边捉拿蜗牛，一边为它们编了这样一个故事。

　　上帝造物的时候，只造了螺蛳，没有造蜗牛。螺蛳是生活在水里的。有一次，洪水上涨，淹没了所有山头，螺蛳和许多水里的动物一样，跟着洪水上升。洪水渐渐降下去了，一些螺蛳没有与水俱下，滞在了山上。他们也渐渐适应了新环境，但总觉得不如在水里自由、舒服，还常常受到另一些陆地动物如小虫子之类的欺侮。他们想，这种情况是上帝造成的啊，应该向上帝要求从别的方面来补偿。他们就找到上帝，提出自己的要求。上帝说，让你们生一对角，用来抵御敌人吧。蜗牛说，好。于是他们头上就生了一对角。这时一些小虫子像往常一样来挑衅了，有了角的螺蛳很轻易地击败了虫子。可惜他们乘胜追击却力不从心，没有脚，追不上啊。于是他们又向上帝提出，要脚。上帝说，要脚，身上就不能有壳，世上的好事不能全让你们占了。又说，你们看，牛有脚，就没有壳。这些螺蛳想了想，说，没有壳，有诸多不方便啊。上帝说，如果你们的壳去掉了，就有诸多其他好处，譬如身体还可以长得更大，你们瞧鸡鸭和鸟类，他们的个头是不是都比你们的大？开头他们都是背着壳的，后来毅然去掉了。去掉壳，才不受束缚，个子才能长大；更重要的是，去掉壳，我才让你们长脚。——你们好好想想吧。于是这些螺蛳开了一个大会，用三天时间讨论要不要壳的问题。虽然也有主张舍弃壳的，但更多的螺蛳，不管是年纪大的还是年纪小的，都认为壳不能去掉，如果去掉了壳，最担忧的是没有安全感，其次，没有壳就不是螺蛳了，就成了四不像，会惹得各类动物嘲笑的；而没有脚，只是走得慢一点，那也没太大的关系。他们形成决议，还是要保留壳。慈悲的上帝也成全了他们。

于是动物们把这些从水里来的、长了一对角、没有脚、背着一个壳的螺蛳，称为蜗牛，"蜗"的意思是总是藏身在窝里，"牛"的意思是生了两只角，有一点点像牛。据说后来他们也后悔，如果舍弃那个累赘的壳而长上两只脚，那他们就不是这种窝囊样子了。

（2015年。原载《武冈报》）

蜈 蚣

《西游记》第七十三回《情因旧恨生灾毒　心主遭魔幸破光》，叫作多目怪的蜈蚣精是盘丝洞七个蜘蛛精的师兄，善用毒，曾毒害唐僧师徒，最后被毗蓝婆菩萨收服。——蜈蚣的天敌是公鸡。读到这里，突然想起蜈蚣还和蛇是仇敌。

于是编出这样一个童话。

蜈蚣和蛇相斗，往往各有胜败，败了的就三十六计走为上。但开初的时候，蜈蚣和蛇一样，是没有腿的，溜的速度就没有蛇快，所以容易被蛇吞掉。后来蜈蚣就对上帝说，蛇的身子那么长，他们一扭，就可以前进几寸；我们的身体这么短，扭几下还当不得他们一下，我们要求生腿。上帝说，生了腿当然有生了腿的好处，但没有腿，也有没有腿的好处，你们难道没有体会到吗？蜈蚣说，我们还是强烈要求生腿。上帝就发了慈悲之心，说，你们要求生多少条腿？两条？四条？八条？蜈蚣想了想，说，八条还不行，还要多，越多越好。上帝说，怎么越多越好？你们看见过螃蟹吗？他们有多少条腿？结果怎么样？人类的智者荀子说，蟹六跪而二螯，非蛇鳝之穴无可寄托。别说建房，走路也蹒蹒跚跚，极不便当啊。蜈蚣又想了想，说，还是腿多好，人类另一个智者韩信说过多多益善呢。仁慈的上帝就同意了他们，说让他们生无数的腿。蜈蚣就生了无数的腿。

于是无数条腿的蜈蚣又踌躇满志地来和蛇争斗了，面对这种百足的怪物，蛇也不害怕。结果，又是各有胜败。败了的蜈蚣逃跑，并不比没有腿的时候速度快。原以为，如果是一百条腿，每条腿移动一下的长度是一分，一百条腿就是一尺；实际情况并非如此，那无数的腿，根本不协调，你走他不走，有些腿还有意无意地阻碍干扰别的腿走。所以，百条腿的蜈蚣爬行的速度还比不上没有腿的蚯蚓。于是遭到蛇的讥笑：百足之虫，爬行何慢；腿多无用，要数蜈蚣！

（2015年。原载《武冈报》）

牛

牛被人从山野里猎回来驯养后，对人非常感激，说："我要为你做点什么才好啊，——我晚上有屋子遮身，有现成的草料吃，不为你做点什么，心不安啊！"人说："看你这身子骨，一定有力气，你就为我背犁犁地吧！"

牛就给人背犁犁地。

牛很健谈，它一边背着犁在前面走，一边和掌犁的人说话。一说话，步子就慢下来。人委婉地批评说："你少说话啊！一说话力气就小了！"牛说："我忍不住呢！"牛自己也难为情。想改，却改不了。牛就找到上帝，说了情况。上帝说："那好，我给你在喉头上钉一个钉子吧！钉上钉子，你就不能说话了，不说话，就有力了！"牛就让上帝给它在喉头上钉了一个钉子。牛就不能说话了，虽然还能张着口叫一叫，但叫起来也不顺畅，也就不随意叫了。

牛背起犁来就特别有力，特别让人满意。

——这是我小时候听到的故事。"力大如牛"，也是我小时候就听到的俗话。"少说多做"，也是我小时候常常听到的忠告。那些"有牛脾气"的人，脾气固然执拗，却往往也是少言寡语的人：这是我后来领悟到的。

我曾经看过我家那头灰色的大水牛的喉头，那喉头上确好像有一块铜钱大小的较白的毛，那是不是钉上钉子的标记，我不知道，别的牛有没有，也不知道。但我知道，我家那头牛力气特别大，特别能背犁。——它当然不会说话，我甚至很少听到它叫。

　　少说，就可以多做。

　　　　　　　　　（2014年。原载《湖南煤炭》《武冈报》）

蚕

一生下来就不用父母照管，当然也不要吃奶；吃桑叶，吃单一的桑叶，不须多种食物搭配，桑叶里自有多种营养。啮开桑叶的一处就坚持一口一口吃下去，不东尝尝，西试试；吃出一条弧，吃出半个圆，吃出大半个圆，直到把一片桑叶吃完。——有些侵略别人国土者学"蚕食"，可不是它的责任。

身体长到一定时节就蜕皮，蜕皮时就不食不动，不管不顾，虔诚而谨慎。那其实是休整，全身心地休整；是"脱胎换骨"，把"旧我"脱了换了，就成了"新我"。蜕皮应该是很痛苦的煎熬，蜕一次皮犹如进一次炼狱，但不怕；一生坚持蜕皮四次，因而"苟日新，日日新，又日新"。

长身体的阶段只是一心一意地"攫取"，那就是它的工作。不在这个阶段谈恋爱、结婚，那是很消耗精力的，真正会生活者不为。

眼看老之将至了，就造房子。造房子为的可是自己，不是为子女。房子的规格也不贪大，够自己躺下、能翻身而已。房子造好了，又什么都不管，只是舒舒服服地躺在里面，呼呼大睡。——房子造成封闭性的，不开天窗也不挖地道，就不至于受打扰。以后怎样？由他去，下沸水滚汤煮，都无所谓。如果有幸没下沸水滚汤，睡足睡够了，就出来。

出来后就找相好了，卿卿我我一番，就谈婚论嫁了，浪漫而潇洒地舞蹈，缠绵而不悱恻地交配，以享受生活。不吃不喝，追求的是纯精神性的。然后雌性产卵，雄性护卫。繁衍后代，可是一切生命的天职。

然后——该享受的享受了，就无憾地大休了，也不因担忧后代的衣、食、住、行而"死不瞑目"。

一生任人褒贬。"春蚕到死丝不断，留赠他人御风寒"也好，"作茧自缚"也好，爱怎样说就怎样说吧。

像蚕一样生活？

（2014年。原载《湖南煤炭》《武冈报》）

虾　弓

　　虾子，我们这一带称为虾弓，是很形象的。我们这一带的虾弓基本上分三种。一种有成人的中指大，除须以外，长也是中指那么长；叫跳虾弓，因为它喜欢跳，且跳得高。另一种比成人的小指略小点，就叫小虾弓。还有一种更小，比米粒大不了多少，就叫米虾弓。

　　我们这一带的水族，虾弓是最低的一等，有一句俗话，叫作大鱼吃小鱼，小鱼吃虾弓，虾弓吃泥巴。如果数"腥"味的荤菜，第一是鱼，然后是泥鳅黄鳝，最后才是虾弓。因为如此，虾弓没有资格上待客的台盘，虽然用它炒辣椒或酸萝卜是下饭的大王，虽然据说它营养比鱼和泥鳅黄鳝都好，尤其是钙质多。

　　捞取虾弓的办法很多。有一种长条形的网，网眼很细，一节一节地用正方形的硬框子撑着，每一节都有漏斗状的入口。在里面放一些诱饵，然后把它浸在河边的水里，过些时候拖上来，里面就有或多或少的虾弓。——虾弓从漏斗口进去之后就出不来了。还有一种方法是"沉"。用一尺五寸见方的蚊帐布做成"沉网"，放点诱饵后沉到池塘里，一个人可以操持四架，轮番起上来。网里面主要的收获就是虾弓，有跳虾，也有小虾和米虾。还有就是，干了塘之后，在泥滩上爬动或跳跃的，除了不能吃的水夹子，就是虾弓了，只管去捡。

　　万物都要有种，虾弓当然也不例外。但有些地方的虾弓是怎样生成的，对我来说确实是个谜。新开的山塘第二年就有虾弓，而且是跳虾弓，我小时候就在这样的新塘里"沉"过很多。那些虾弓是从哪里来的？塘缺口是封死的，不可能是从塘下面的水圳里"吊"上来的。有些人说，它们是塘里的杂物"沤"出来的，当然不足为信。我猜想，是在塘里养鱼的人把从别的地方捞来的水草扔在塘里给鱼吃，水草里有虾弓卵。如果是这样，也说明跳虾弓繁殖能力强，它们是不甘寂寞的，别人看我不起，我偏要大量繁殖给你们看。还有，我们村后的一座山下，有一口季节性的泉眼，春末至夏天才有水流出来，但那泉眼里就有虾弓。它们是从哪里来的？有人也说是"沤"出来的。又有人做了这样的猜想：那口泉眼的水流的终点是一口凹下地面很深的天坑，水坑里有活水，虾弓是沿着流入天坑里的泉水"吊"上来的。如果是这样，那么那些虾弓真伟大，那天坑的陡壁可有一丈多高，"吊"上去，需要多大的能力和毅力？不过我是认同这种说法的。

既如此，我就并不小觑虾弓。我不小觑它，还有原因。它地位低，但并不任人欺凌，你看它备了长长的螯，还备了大刀——可称为青龙偃月刀，在水里游弋，吊睛瞪圆，长须探路，长螯开路，大刀朝前，人不犯我，我不犯人，人若犯我，我必犯人。我这个"人"，就多次被虾类的大刀刺伤过。所谓虾兵蟹将，龙王为什么征虾弓当兵，可能就是这个原因。还有，它有那么多的腿，带螯的腿有那么多节、那么粗大有力，多节的尾巴屈伸自如，就爬得快，就弹跳得高。这样，就不任凭包括人在内的天敌宰割，实在奈何不了天敌，就逃跑——或快快地爬或远远地跳或高高地跃。更有难能可贵的，它万一不幸而被人逮住，也有出乎寻常的表现：人把它放在锅里"焖"，它很快变成橙红色，像是浑身充盈着红色的血，十分悲壮。我们这一带有句俗话叫"不要量死虾弓无血，虾弓下锅满身红"，其含义就是别轻易小看一个人。

（2014年。原载《邵阳晚报》）

秧蟆蝈

青蛙在我老家一带被称为蟆蝈；蝌蚪就被称为"秧蟆蝈"，大概一是育秧（中稻秧）的时候它们从娘肚子里——不，从卵里出来了，二是它们是蟆蝈"秧秧"。小时候，有一次我在油菜田边扯猪菜，把猪菜放在水沟里洗时，看见水沟里浮着一大团深黄色的东西，捞起来，滑溜溜的，像一块沾满油污的抹布。问同伴，这是什么，回答是蟆蝈卵。哎，那以前，我还以为蟆蝈卵像鸡蛋一样，是一枚一枚的呢。又问，要不要蟆蝈娘娘孵，回答是也不要。我就想，蟆蝈娘娘也太不负责任，把卵生下来就管也不管了（后来读《小蝌蚪找妈妈》的童话，这种感觉更强烈）。好在任其自生自灭的蟆蝈卵很容易"孵"出秧蟆蝈。可以说，在春天，野外凡是有水洼有水流的地方就有秧蟆蝈。平整过的水田里看得最清楚。筷子头大的，绿豆粒大的，仔细看，还有油菜籽大的、粟米大的，一律大腹便便，一律拖着一条尾巴像清朝的遗少。或独自优游，或三五个聚在一起，或不知其数的聚在一起。秧蟆蝈不像泥鳅，见了人就吓得把水划浊，钻了泥巴；而是"视而不见"，处之泰然。秧蟆蝈虽然有这样的优点，但小时候我不喜欢它们，原因是，春天在水沟里捉鱼，把一段水沟戽得快干了，以为在浅水里游动的是小鱼和泥鳅，捞起来一看，竟然大多数是秧蟆蝈，空欢喜！嘿，鱼目混珠的东西，讨厌！

秧蟆蝈肉团团的，没有骨头，有人说那么大的肚子里全是油，"料理"起来，应该比泥鳅好吃。但我们这一带有一种说法，"秧蟆蝈"不能吃，如果吃了，皮肤上就会长出蟆蝈斑来，若是读书，还会把字写得很丑。不过我曾经吃过一个"秧蟆蝈"。那天在山上砍柴，口渴了，找到一眼浅浅的泉水，虽然里面游着不少秧蟆蝈，也不管，于是就像它们的爸爸妈妈——蟆蝈一样伏下身子，然后嘴巴贴着水面，喝水。喝着喝着，忽然觉得嘴里有什么滑滑的东西，待意识到是什么时，那东西已进了喉咙，飞流直下。——不用说，我喝进一个秧蟆蝈。也许因为我是不自觉地吃，所以皮肤上没有长蟆蝈斑，但写字确实很丑，比蝌蚪文还丑。我的一个同伴则不止吃了一个秧蟆蝈，究竟吃了多少，不知道，只知道他吃了多次，每次无数个。那是"三年困难时期"，我们一些小伙伴看牛的时候，饿得没法了，常常捉了泥鳅吃：把泥鳅放进嘴里，让它自动溜入喉咙。我们这一带的人认为泥鳅生吃是很补身体的（后来还知道是"水中的人参"）。但泥鳅终究很难捉，那个伙伴就以秧蟆蝈代替泥鳅——就像用瓜菜代替米饭；鱼目可以混珠，为什么不可以代珠？捉一个，用三个指头夹着，头往前地放进嘴里，然后舌头一转，嘴巴一闭，那东西就顺势下了喉咙。我也曾想试着吃，但不敢，如果那鼓鼓的肚子里真是油，吃了怕拉肚子呢。

十里不同俗。离我们这里不远的另一个地方，却有用秧蟆蝈做菜的习俗。其做法，不是蒸，不是炒，而是油炸。出锅之后是黄亮亮的，很香，很脆。但我希望别的地方的人不要仿效，那个地方的人也应该适可而止，不，最好禁绝。保护动物嘛，更何况人家还是益虫。

秧蟆蝈遭劫还有一种情况。有些人用篾织的捞网，到水沟里拖，进了网的东西有泥鳅和小鱼，还有秧蟆蝈。那些秧蟆蝈，不是放了生，而是给鸭子吃了。可怜的小东西！

讲来讲去，还是因为秧蟆蝈没有脚，如果有脚，像它们的爸爸妈妈一样一蹦蹦老远，就难以被捉住一些了；还有就是肚子太大，游走不灵活，又不能像泥鳅一样钻泥巴。人也好，动物也好，要保命，要生存，必须有独特的本领，即便不能和敌人"斗"，也应该会逃，"走为上"嘛。

对秧蟆蝈，我虽曾讨厌过它，但总的来说是寄予深深的怜悯和同情的。

进城谋饭以后，我多年没和秧蟆蝈谋面，或者也是"视而不见"，一直到去年春天的一个下午，我才又一次邂逅到它们并且注意了它们。我沿着一条碾压过的毛坯马路散步，忽有一摊清水横在前面，正要从旁边绕过去，却又把脚步停住了。——"水至清无鱼"不确，这一滩清水里大有东西！是什么？就是秧蟆蝈！

我蹲下身子，饶有兴味地观赏，因为读过齐白石画《十里蛙声出山泉》的掌故和欣赏过《十里蛙声出山泉》的画，这些画里的主人公在我眼里的地位大大提高了，觉得它们是灵物呢。只见它们大都是筷子头大小，灰黑色身子，当然仍像清朝的遗少一样拖一条辫子。有的伏在水里怡然不动，养尊处优的样子；有的上半身不动，只有"辫子"微微摆动，十分悠闲自在；有的以尾巴当桨，游弋于它们心目中的广阔无边的大海上，自由而潇洒；有的半沉半浮，凝然不动，正如定格于空中的直升机——或许是在耐心等待"地"上的某一个相好与它同游。它们无忧无虑，心宽体胖，是我心目中的幸福生灵！我还想象着，等它们蜕去尾巴，长出腿脚，就会大显身手，把多少"害虫"消灭！——因了这种意识，我觉得它们特别可爱。人总是这样，对"爱物"有时也喜欢恶作剧一下的，我就用一个手指往水里划了一下，这一来不得了，平静的大海顿时浊浪翻滚，——秧蟆蝈们惊慌失措，我似乎听见它们在喊爹叫娘。

于是我陡然生出一种悲哀来。这浅浅的水滩，是早些日子老天降下的恩惠，那些"满腹经纶"的母蛙们太不谙事，居然把这水滩当成可以抒情写意的锦帛，而留下了这些蝌蚪文。殊不知，这水滩并没有朱熹所咏诵过的"源头活水"，它铺陈在马路上的时间全在于老天，老天如果让敖广兄弟每过几天就施一场雨，它固然会存活下去，而如果让曦和驾着那辆日车在天路上连续走上几遭，它就会变成罗布泊，这些未来的庄稼卫士，就会变成木乃伊。即使水滩能维持到秧蟆蝈们长出腿脚，但如果那之前马路铺沙，它们也会成为泥浆。而且，水滩既这么小这么浅，即使不干涸，危险因素也太多，譬如有一群鸭子闯进来，它们就很难逃生；更不要说那些有油炸秧蟆蝈癖好的人光顾了。

"闲坐悲君亦自悲"，我突然想起我们这些"人"来。其实我们和这些秧蟆蝈一样，时不时就会遭遇恶作剧；我们也不知道赖以生存的"水"什么时候干涸；同样不知道突然会有什么灾祸降临到我们头上，在有些灾祸面前，我们比秧蟆蝈更无计可施呢。既然如此，我们又何不也像秧蟆蝈一样，快快乐乐过好每一天？这样想着，我的"悲"也就化为乌有了。

（2013年。原载《邵阳日报》及王剑冰主编、长江文艺出版社出版的《2013年中国精美短文精选》）

泥　鳅

　　我们这一带农村的男人，可能没有未捉过泥鳅的，有些人七八岁就是徒手捉泥鳅的好手了。在未插秧或已插了秧的水田边慢慢走，眼睛搜索着目力所及的泥面，发现了一个指头大小的洞眼，就走过去，伸出食指，缓缓往洞眼里探寻，随着食指的深入，拇指也跟着进入。待食指尖触着泥鳅时，迅即往一边偏，然后一勾，拇指也紧密配合，和食指形成一个夹子，就把泥鳅夹出来了。那倒霉鬼可能会"吱呀"叫一声，意思是"倒霉"。我们隔壁村有一个姓龙的汉子，这种技术已臻炉火纯青。有这样的说法：想吃泥鳅了，他马上去捉，叫家里的人把锅洗了，架在灶上等，像关羽"温酒斩华雄"，不一会，他就凯旋了，而架在灶上的锅还没烧热。那泥鳅是我家大门常打开，光明磊落的样子，也不狡兔三窟；姓龙的汉子又善于识别什么洞是泥鳅洞，所以他一下子可以捉到很多也不奇怪。

　　这种探洞捉泥鳅的技术一般人是很难掌握的。不过还有别的办法。选一截水沟，两头筑上泥坝，再把坝内的水戽干。然后就侧着两个手掌，指尖相接或前后相叠，从上往下铲泥巴，一直铲到泥底；每次一寸几寸宽，在铲过来的和还没有铲的泥巴中间要留一段空白。——这种方法称为"盘泥鳅"。盘着盘着，突然就会盘出一根泥鳅，或惊慌地扭动，或吓昏了头，一动不动地躺在空白里。这时你只管把它掐到篓子里去，它身子滑，手脚笨的人掐不起来，就用两个手掌捧——俗话说，小孩听哄、泥鳅听捧嘛。

　　还有一种办法，叫放篓子。篓子，篾筋织的，一尺多长，大小和成人的上臂差不多。一头织成漏斗形，另一头收束成一个尾巴。开春以后，想放篓子的哪天，先挖一些蚯蚓，和着椿木叶、柴灰锤碎，黄昏时分就带着这诱饵和篓子去"放"。水田里、水沟里或池塘的泥涂里都可以。先撮一点诱饵，粘在篓子壁上，再用泥巴糊住，然后把篓子平放在适当的地方，再做一个记号。第二天早晨循着记号去取，里面就关着贪香贪腥的泥鳅——它们进得了出不了——解开篓子尾巴，倒进盆子里，放点水，倒点香油，肠子里的污物都会吐出来。

　　另一种办法就是"扎"。也是开春以后，如果是晴天，黄昏至断黑以后一段时间泥鳅喜欢钻出泥巴沉在泥面"乘凉"。也怪，人还要穿棉衣，而它们在水里，竟感到热。惟其这样，就给人以可乘之机。把一些松木柴破成拇指大、三四寸长一块，到黄昏过后就拿一些架在铁条打成的半圆形的灯笼里，烧燃，就红红火火地提着出发。当然还有其他的装备，一是用背篓背着备用的柴块，二是要拿一把长柄的像梳子一样的"扎子"，三就是装泥鳅的竹篓子。到了田边，就着火光看见"乘凉"的泥鳅了，就照准它扎下去。那"扎子"的梳齿不稀不密，又有弹性，不会把泥鳅扎断，只会把它夹着，充其量让它受点轻微伤，取下来，扔进竹篓子，它还会跳。

　　还有一种就是放茶枯。冬天（最好是霜天）的时候，把油茶枯锤碎，蒸一蒸，再掺些水，搅一搅，傍晚时分撒到估计有泥鳅的田里，第二天早晨就只管去捡了。泥鳅并没有死，只是"醉"了，一动不动地躺在泥面上。茶枯水能像蒙汗药一样让泥鳅"醉"倒，我不知道其原理是什么。这种方法并不是"一网打尽"，你不去捡的话，它会活过来。一般人是不会捡小不点儿的。这种泥鳅如果熏干，特别香。

　　搞到泥鳅的方法还有很多。无论什么事物，总有弱点，抓住其弱点，就可制服擒拿。

　　在我们这一带，泥鳅虽然算荤菜，但往昔一般不用来待客，嫌它档次太低，虽然知道泥鳅是"水中的人参"，吃了"大补"。人对有些东西的成见，是去除不了的。我有个叔叔，成分高，未摘帽的一年想请村里的干部吃饭以巴结他们，又苦于没有钱买鱼买肉，由于会捉泥鳅，就捉了一大盆，烹调好，很难为情地说："请大家像吃豆角一样地吃吧！"干部们虽然吃得兴味盎然，但仍不满意，只吃了他一顿"豆角"嘛。

唉，泥鳅是太贱了。

在水族中，泥鳅的地位是十分低下的。虾兵蟹将，泥鳅在神话中当兵的资格都没有，连虾也不如；更不要说鲤鱼跳龙门那样的荣耀了。

因为如此，泥鳅作为一种生灵，它的值得称道的品质，一般人也忽视了。

泥鳅也是"人往高处走"的。它很爱吊水，很会吊水。水沟里的泥鳅，一般不顺水溜，而是逆水上。田塍上如果挂着绢一样的水流，泥鳅就会迎着水流往上"吊"，"吊"到上一级田里去，——身子贴在绢子背后的泥壁上，一扭一扭的，一矫一矫的，一分一分的上，掉下来，又重新开始……

有一年，我们村在一个山坳上筑了一口塘，用来储水灌几块新开的水田。第二年夏天，那口塘干了，人们竟发现塘里有泥鳅！那些泥鳅肯定不是哪个好事者从山下捉上去的，泥鳅也不会像传说中的鲤鱼一样会趁着大雾跃上水面往高处远处飞。那些泥鳅，只可能是逆着水"爬"上和"吊"上来的。真令人慨叹呢！即使是紧靠山脚的一块水田，到达那口塘的距离也是一华里以上，而山坡之陡，常常让我们这些到山坳上去做工的人登得腿肚子发酸。但泥鳅们竟"登"上去了。——春雨发了的时候，从那口塘里溢出来的水顺着坡沟流下来，泥鳅就顺着流水往上"爬"。遇到垂直的水流，就"吊"。路途上有七八处垂直的台阶，有几处的高度在一丈以上。在一级这样的台阶上"吊"，要掉下多少次！或许刚"吊"上一寸就掉下来了，或许离台阶的顶端只有一分了也掉下来了。

不能灰心，要有毅力，要百折不挠！它们这样告诫自己或互相勉励。

诱惑总在前头，总在最高处！它们一定是这样想的。

我们这里发生过这样一件事。一天，有人在雨后发现，水沟边一尊巨石的半腰上那个凼子里，有一根泥鳅在游动。以为是神来之物，就大加宣扬。于是人们就围着那尊石头砌了一座庙，对那根泥鳅顶礼膜拜。我以为，实际情况是这样的：雨水把那个石凼灌满后，又顺着一个缺口溢出来，雨不断下，水不断溢，那根泥鳅就顺着石壁上的水流"吊"上去了。

那根泥鳅也真值得膜拜呢。

（2013年。原载《邵阳日报》《安徽文学》）

田　螺

　　我们这一带的田螺分两种，一种叫石田螺，一种叫铜田螺。

　　石田螺一般是成人食指尖那么大一颗，大概它是黑色的，像一颗石子，所以得了这样一个名称。这种东西，池塘里、河里、溪里、水田里，都有。你用手在池塘边沿、河沿、溪沿的没入水里的木桩、石墈上一抓，就会抓到几颗。它们很喜欢吸附在那些东西上面。河床里、溪床里的也好办，拿一个长柄的捞网，往河床里、溪床里那么一撮一撮，就可以撮到好多，提上来后倒出来，它们那种互相碰撞的珂珞珂珞的响声也好听。

　　铜田螺比成人的大拇指还要大，大概其外壳是青铜色，所以给了它这样一个名称。开春以后，水田整平了，灌了水，或者还插了秧，往往就可以看见铜田螺坐在水下的泥上，这里一颗，那里一颗。也许它们是移动的，虽然没有脚；但它们崇尚慢生活，你非驻足好久，凭借参照物，是看不出它们的移动的。

　　田螺容易"捉"，但一般人是不屑去"捉"的。扳罾的人，如果第一罾里扳了田螺，就会连叹"晦气"，以为头彩不好，非把它抓出来扔得远远的不可。这显然是把田螺看成低贱之物了。

　　我们这一带舞龙灯，舞出的东西除了龙，还有鱼虾蚌壳之类，却没有田螺。如果说田螺不能与鱼虾比，但与蚌壳应是一个级别，可以比啊。蚌壳诚然漂亮，它轮廓如鹅蛋，对称的微凸的两侧是那样的柔润如女人的脸，两片壳儿无论是合着还是展开，都惹人联想。舞龙的队伍中，穿着漂亮的姑娘裹在两片蚌壳里，让蚌壳一张一合，她的身体则一现一隐，确实美。但是，田螺如盘山路一样的纹路斜斜延绕一直到"山顶"而凝成一点，每一颗都是一座具体而微的山，都可以让人生出"山到绝顶我为峰"的感叹。还有，它的站立是那样稳实，那样安详，它的移动是那样不骄不躁，宁不令人深味？舞龙的队伍中若有田螺姑娘，姑娘藏在田螺里，把田螺那扇门一推一拉，不同样能迷死人？

田螺作为膳食，也"营养丰富"（能不能防癌治癌、壮阳补肾，我可不知道），且有独特的味道，但上不得台盘。

我想，把田螺看得低贱的原因，主要是它们的多，又容易"捉"。什么东西都一样，一多，一容易得手，就不"值钱"，就受鄙弃。

且慢！说它受到鄙弃，只是受到部分人的鄙弃。也有人并不鄙弃这种大众化的田螺，甚至对它青睐有加，把玩而爱不释手，又进而研究它的形体。

如果不这样，又怎能根据它的形体特点而"仿生"出螺丝钉、螺旋桨？又怎么说人类历史的发展也是螺旋式？

还有一些美丽传说，主人公居然是田螺。

"田螺姑娘"的传说我就不讲了。我只讲我们这一带的"这一个"。

暮春的晚上，靠山麓的河边、溪边或水田里，有一群小姑娘在"咯咯咯"地笑，笑得那样天真、欢快和自得其乐。那可不是一般的小姑娘！那是一种鬼，叫唻螺鬼（一个"唻"字，可见传说的古老）。请不要害怕。唻螺鬼长相像漂亮活泼的小姑娘，心地也像小姑娘，不害人。夜深人静的时候她们就出来捡田螺；捡足了，就走到山脚下，把田螺堆在一起，大家围成一圈，和和美美地吃。这时候，只要有人远远地对她们说一句，"可要给我留一份啊"，她们就会分出一份，第二天只管去取就是。——你看，这传说的编者们并不歧视田螺啊，也许他们认为，让田螺参与传说，比让别的东西参与更有意境呢。

还有一首民歌——湖南民歌。有一段是这样："城里伢子你莫笑我，我打赤脚好得多。上山挑得百斤担，下田捡得水田螺。"试想想，开春以后，"漠漠水田飞白鹭"，又有青春焕发的妹子，捋着裤腿、扎着袖子在捡田螺，或许还哼着歌儿，见了田螺就俯身捡，捡起后又直起身子走，一俯一仰，天矫柔和，而亮亮的眸子又顾盼生辉。那是怎样一种美的意境呢？在民歌的作者心目中，田螺当然不是低贱的，也许他们认为，以田螺为道具，这田野舞台上的演出才更加动人心魄呢。

上天造万物，每一物都有独特的美，只看你有没有眼光"审"。而看似庸常的东西亦能创造出非常的美，可千万别忽视了。

（2014年。原载《安徽文学》《邵阳日报》）

红 叶

春天也有红叶。

不少的树，如梓树、枫树、乌桕树、石榴树，到了秋天，那一片片叶子固然涨得绯红，为渐次萧瑟枯竭的大地献上红亮；在春天，那初展的叶子也是满面红光，让本已盛装的大地更添风采。

去年的一个秋日，我到一座山坡上赏梓叶。我没有读到过像咏红枫一样咏"红梓"的诗文，可我觉得红色的梓叶实在值得咏颂。那半个手掌宽的圆形而有一个尖角的叶子，红得鲜艳，透彻、灿烂、耀眼。树树红帔，满坡云霞，流光溢赤；那是夏天的火热的蕴蓄。我行走在红叶披拂的林间，人亦变得雍容华贵，心亦变得精诚豪爽。

前不久的一个明媚春日，我又到那座山坡上，也是赏梓叶。梓叶还是尖尖的，宽处不过一指，却正勃勃地焕发着红润。是的，是既红且润。叶儿虽嫩，那红，竟可以说是深沉老到而矜持的，毫不张扬，那是料峭的寒意凝成的记忆。而以嫩为底，以润为质，则绝无横秋老气，却恰是一个少小就经了艰苦的孩子，叫人格外生出一种爱怜来。

我在林间徜徉。我被红润氤氲着，觉得自己也红光满面，精神抖擞，返老还童了，哪里有秋天赏红叶那种潜在的"伤悲"？我也不敢像秋天一样采一把叶子扎成束，捧在手里，插在胸前，像从造物主手里领受到的大红花；我只敢轻轻拉过一根枝头，细细观赏那等距离排列的似在跳荡的火焰般的精灵，嗅那似有似无的清香。谁能忍心伤害一个孩子？

秋天的红叶像一个多礼的老者，向大地、天宇，行虔诚的告别礼，脸色酡红地辞别款待、呵护过他的主人。春天的红叶是一个懂事的孩子，羞赧地向大地、天宇问好，祈求大地、天宇多关照。

秋天的红叶是喜怒哀乐皆演出过的演员拉上红色帷幕。春天的红叶是准备献身世界的勇士亮出赤胆忠心。

秋天的红叶是深情回忆，抑或还有真诚的忏悔。春天的红叶是勇敢的向往，因壮怀激烈而血脉贲张。

秋天的红叶是返璞归真。春天的红叶展现着本真——树心即是赤色。

这种叶子的变化程序是红—绿—红，而红和绿正是装扮大自然的最基本的颜色。两种颜色她都贡献出来了，可谓竭尽全力了，这应是她的最可贵之处。

这最是她的可贵之处。

（2011年。原载《邵阳晚报》）

千手观音

一些寺院有千手观音的塑像，观音大士神奇地长出无数的手，无数的手好像在不停地为苦海中的芸芸众生摘除苦难，送去福音。信士们仰望菩萨，自然会生出一种依赖感，一种安全感。

我觉得，创意出观音有千手的人，一定是受了世间一种实有的事物的启迪，这种事物就是——冬天里的落叶树。你看一看，想一想，冬天里的落叶树像不像千手观音？她的大枝杈，就是伸向各方的手臂，她的小枝丫，就是伸向各方的手指。大手臂上生出小手臂，小手臂上生出手指，丫丫杈杈，林林总总，看上去错综复杂而其实又有规律可循，真个是千手了。这种千手观音，比寺庙里那种人工塑出的更真实，更鲜活，更灵动，更神奇。这种千手观音，更值得人们顶礼膜拜呢。

冬天，即使是阴天，没有风，那低沉的铅灰色的天空，给人的感觉也是"高天滚滚寒流急"，是"黑云压城城欲摧"。千手观音把大体是铁灰色的手臂伸向天空，所有的手指也都叉开，也许那些手臂和指头有点屈曲和痉挛，但那不是在向上苍祈祷，祈求严寒的冬天发点慈悲。那是在与冬之恶魔做无言的抗争，与寒之鬼魅做徒手的搏斗，是要把那低沉的天空撑住，顶住，告诉它，世上还有敢顶的硬汉。此情此景，给人的感觉就是庄严，肃穆，大义凛然，顶天立地，给人的启迪则是无论处于何种逆境，都要无畏和刚强。

而若有肆虐的朔风在原野上扫荡，留在枝上的最后一片枯叶或干果被强行吹走，偶尔一根枯枝被折断，但她——千手观音——仍是那样沉稳，那样挥舞千手万指不依不饶地与风魔厮杀；哪怕又有手臂手指被折断，她只是越战越勇；那飒飒的声响，正是她的激情的呐喊。此情此景，给人的感觉就是悲壮，就是倔强，给人的启迪就是在强敌面前决不能求饶。

至若大雪纷飞，雪堆在横枝上、丫杈上，把枝柯压得低垂；或细雨纷飞后形成雾凇，枝柯被裹上一层半透明的冰，风一吹，发出沉沉的吱嘎声，时而有枝条被压断，而昔日在枝条上寻欢作乐的鸟们早已逃遁。——她仍然坚强地挺立着，千手万臂努力承载沉沉的压力，且尽力向上伸展。此情此景，除了使人感受到一种大慈大悲的精神，还分明领略到一种铁骨铮铮的气质和"我不下地狱谁下地狱"的胸怀。

严冬并没有让她的生命停滞，她在使暗劲，在与老天叫板：没有谁能剥夺我生存的权利，没有谁能动摇我"春天终会到来"的信念。如果是晴天，给人的这种感觉就更明显。晴天里，那观音的千手显得格外鲜活灵巧，格外有张力，所有的手臂、手指都努力伸向天空，努力伸向天空，要摘取更多的阳光以充实自身的能量。机不可失啊。所以，冬天里的落叶树，别看她的枝条是光秃秃的，其实她的叶柄果柄脱落的地方，已经凸起了芽痕，那是她为春天准备的礼物。

是的，这就是冬天的落叶树，这就是千手观音。她也许不能给人祛凶除灾，也不接受人们的许愿，但她在严寒中陪伴人们，在与恶魔的抗争中给人们以勇气。有落叶树为榜样，在严寒中萧瑟的人们就有希望，就有盼头。树是会发芽的——春天是会来的。

冬天里的落叶树能赐予人们如此福祉，又岂是寺庙里那种观音的法力所能比拟的？

（2012年。原载《邵阳晚报》）

河畔英雄

我被河畔一排大树蔸深深震撼了。

它们都是阔叶柳树蔸儿，大都被连根翻出来。树干已被锯掉，只有那些大根小根还七手八脚地撒开，像被掀翻了的甲虫，似还在无奈地乱蹬乱踢。不，它们不是甲虫，是多臂多手的神奇英雄，听，它们还在呼喊叱咤，声音里充溢着苍凉悲壮。

是的，这里曾遭遇了一场恶战。挑起战争的是恶魔一般的洪水。

看这一个树蔸吧。它傍在河堤边，因为有一条主根坚挺地横向插进山崖，故而没被那场洪水冲走。它的另一条粗壮的根，像一条长长的手臂，与河堤平行地伸展在水面上，似还在拦击那冲撞河堤的洪水。——它是被洪水从岸边拔出来，弹到河面上的。还有一条横在水面上的根，尖端分成几叉，像几个指头，似要从水中擒拿什么。另有两条根则像两条曲着的手臂，难能可贵的是它们悬空托起一堆泥土，泥土上面还长着一大蔸茅草。有树根作依托，有茅草的根须紧固，那一大堆土才凝聚着，才没有崩塌。还有一条小一些的根，则斜插入河水中，被河水冲得一抖一抖的，使得整个树蔸也在微微颤动。它不是心有余悸，它是要唤醒整个树蔸，再发芽，长叶；有根在，就有生命在。

再看一个树蔸吧。它是被一条撕裂了一边的主根拉住，才岌岌于河堤边的。那条主根顽强地插进岩缝中，"大厦将倾，独木难支"，它知其不可而为之，可以想见它与洪水搏斗的情景：它脚下的土被冲崩了，大树颓然倒下了，无可奈何地被洪水冲击、裹卷着，洪水要把树连根冲走，那一条根却敢与之叫板。洪水愤怒地咆哮着，竭尽全力往前推，往前搡。它抗争，大义凛然地抗争；它坚持，咬紧牙关坚持。突然，咔嚓一声，它被撕裂了，从石缝的端口开始，撕裂了一大块。它仍然坚持着，坚持着，忍痛坚持着，绝不放手……直到洪水退却。

还看一个树兜吧。它被几条扎在土里的小根拉住，又幸而被邻近一棵大树伸过来的根护住，于是免被洪水冲走。它那条较大的根从石缝的端口处撕断了，与树兜相连的部分就成了半截手臂，那断茬就如一柄大刀，愤怒地刺向苍穹。那留在土里的半截露出参差的茬儿，也许在盼着断臂再植。另一条从土里拔出来的根，下半截是斜斜地朝上的，到了中途却拐了过来，尖端就指向崖岸，似要重新插进去。

这就是曾经恶战的沙场。河堤虽被洪水噬啮得参差不齐，但因了这些树，终究没有大面积崩塌。

而今恶魔一般的洪水已不知去向。河水清悠，细浪轻盈，一片升平景象。我也想象着这段河堤上先前的情景。一排阔叶柳树，它们的树干或挺拔，或虬曲，因为生在水边，它们一律是枝繁叶茂的。它们到了春末就结了一串串柳钱，显得雍容华贵。它们以水为镜，以风为梳，不厌其烦地收拾打扮。鸟儿在它们的枝丫上做窝，在它们的枝条上唱歌。它们以河堤为托身之地，又护卫着河岸，美化着河岸。它们是美的天使，是和平的天使。

但是到了一定的时候，升平会变成搏杀，天使会变成战士，变成英雄，变成烈士。

我相信，最后是这场搏杀的胜利者——恶魔一般的洪水带着畏惧之心逃窜的，它是心有余悸的；而这些树，这些肢体的失败者，却是精神的胜利者。

虎死英雄在。

我肃立在它们面前，向它们致敬。

（1996年。原载《邵阳晚报》《新课程报语文导刊》"名家引路"版）

霜

冬季，清晨刚从被窝里钻出来，有一定经验的人就知道，头天晚上是不是打了霜。如果打了霜，窗子关得再严，那霜风也会寻隙觅缝刺进来。

不过，要走到原野上，才能体会到什么是霜，才能体验到打霜天的滋味。

原野是一片淡淡的银灰色，空气里涌动着一种尖利的凛冽。霜风并不强劲，草梢只是微微晃动。但是，它有暗劲，它深藏不露的锋刃胜过刮脸的刀片，刮得你的脸皮发麻、发痛。它也轻轻地亲吻你的手，但那是恶意的吻，是毒吻，吻得你的手背发红发乌甚至觉得肿胀，手指呢，变得僵硬，想伸直已经很难，指尖则尤其痛，十指连心地痛。它还捉弄你有皮无肉的瘦削的耳朵，让你觉得耳朵会被冻脱。它还无孔不入地钻进你的衣领，钻进你的衣袖，钻进你的衣襟，让你的身体八面来风，堵不胜堵，只能索索发抖。

受折磨的，最是那些草。秋后已经变枯了的，被半透明的白霜裹挟，样子就更颓唐；秋后才长出来的，受着白霜的压迫，更显得垂眉耷眼的，如果它们知道春天、夏天的草儿在早晨缀着露水的心情之熨帖，还不知何等愤懑，何等埋怨天道不公。"霜打路边草"，是对已经倒霉者再下毒招的形象比喻。

还有那些庄稼，油菜、小麦之类，也因了一层薄薄的霜，而在劫难逃。它们青翠的叶子一律失去了张扬之态，那萎靡的样子，胜过夏天缺水的绿叶。

受折磨的，还有那些落叶树。它们的枝头上本来还顽强地留着一些叶子甚至果子，用以炫耀它们曾经的青葱和富有，但是，那薄薄的霜抹在上面，顽强就变成无奈，就不能不坠落。

有趣的是田间小路，如果本是湿的，则被冻硬邦了，冻成了半透明的，人踩上去有点滑，但感觉新奇。路边如果原先是松土，则蓬松起来，用脚一划，刷刷作响，就看见排列整齐、密密的"狗牙齿"，捏一颗看，晶莹剔透，如稀世珍宝。

更晶莹剔透的，要数水田里结的冰。水田里，一般还有禾蔸、草叶或高出水面的泥团，结出的冰看上去就不是无色透明的，而是白色的，又有交错复杂的纹络。那可是天工，藏着不可泄露的天机。一块一块的水田，被装饰得十分雅致、洁净。池塘里结的冰虽然简单一些，就是那么无纹无络的，铺排着。但荡漾的水结成沉静的冰，给人的感觉是庄重，却也能给人乐趣：瓦片也好，石子也好，斜斜地打一块下去，滴溜溜地一直射到那一头的岸边，比打水漂更有味。

农人是欢迎霜的，但这些只是小趣味。农人欢迎霜，自有其根本原因。霜对农业生产的重要，和雪是一样的。一场霜，实际上是一场小雪。瑞雪兆丰年，把雪字换成霜字，又何尝不可？"十月无霜，碓臼无糠"，是说农历十月，就应该打霜了，要不，碓臼无糠。无糠，还会有米吗？民间传说，关羽升天后在天庭掌管雨雪风霜，有一年玉帝要惩罚下界，让整个冬天不下雪而成"暖冬"，关羽就上有政策下有对策，指示霜神夜夜下霜，以霜代雪。

霜给植物不会带来根本的劫难。农人知道，庄稼的叶子暂时耷拉了，但太阳一抚慰又会恢复朝气。当然，那些草，那些落叶树，也没有真正受到霜的欺侮。茎叶枯了，烂了，根还在；叶子、果子掉下了，来年会有新的绽出，结出。

一般说来，打霜天是晴天。农人们吃早饭时，太阳就冲破云霭，温暖地露出笑脸，原野上的银灰就转化成红亮，"红装素裹"，红也淡，素也浅，自有撩人风韵。站在太阳地里，一下子还感受不到太阳的温暖，但是，"不知不觉"的，就觉得风不那么刮脸了，接着就觉得身子热乎乎了。把手从袖子里、衣襟里伸出来，搓一搓，或者干脆张开十指，迎向太阳，炙烤，十指就软和灵活自如起来。还可以背对着太阳，让她抚慰你的后背，后背暖和了，全身也就暖和了，这就像人的生活，无后顾之忧，就安适了。

（2014年。原载《邵阳晚报》）

雨

雨，大自然的赐予。既是赐予，总是要点点滴滴记在心头的。

那是谷雨时节的一个下午，儿时的我头戴油毡的雨斗笠，身披铠甲似的蓑衣，伫立在雨中的山坡上看牛。雨，不大不小，在我眼前垂下的，不是一条一条线，而是线段，疏朗有致，从容不迫，而又前赴后继。细看近旁，汁液饱满的草叶安闲地承受着雨滴的普爱，我觉得它们每被雨滴点击一下都会生出痒痒的酥酥的感觉。看不到水流，雨水涵在草中，应是慢慢往土里渗下去了。草坪是一种纯净的绿，是一种晶亮的绿，是一种饱满旺盛的绿。雨，淋在我的斗笠上，嗒、嗒、嗒；淋在我的蓑衣上，呲、呲、呲；淋在草地上，沙、沙、沙：满耳是这些声音的合奏。啊？满耳？不是啊！不只是听到这些声音啊。整座山坡和坡下的沟谷里，还有一种说不出道不明的声音：嗡嗡……吭吭……哄哄……有时真切，有时模糊，似从远处漂移而来，又似从近旁漫卷而去。这一切一切的声音汇成的天籁，空灵、和谐而又恢宏。雨，也让山坡漫起似有似无的轻雾，山坡下的沟谷则轻雾缭绕、升腾、翻卷。此情此景，如梦似幻，"似曾相识"啊！对，就是在梦中，梦中在烟波浩淼的水上飞翔时，耳边听到的，眼前看到的，正是这样。心情呢，也一样：开朗、舒畅而又飞扬。雨天的草坡上重遇梦境，真是意外的收获。俯仰之间，我情不可抑，于是张开口，引吭长啸，啸声融入天籁；我，还有我的牛，也融入雨中的天地之间。

那样一个雨中的下午，永远地伫立在我的心中了。

另一个时候，是桃花汛期。我撑着一把油纸伞，走在溪边的小路上。雨，也是不大不小，落在伞上，如喁喁细语，温情缠绵；落在滚着浊浪的溪水里，本应有的融融声响被哗哗的浪声所淹没，亦无怨悔。溪水虽然浑浊，但翻滚着桃花和一些野花的花瓣，因而显出几分亮丽和柔曼。雨，业已下了一个多星期，可我对这"淫雨"，并没有厌恶的感觉，相反，我还希望它下得更长一些。我是村小教师，要到溪上游去接一个学生。那是一座独屋家的小女孩，从她家到学校，要辗转两座溪桥。溪水上涨，让她一个人过桥当然不放心，于是和她家约定，由她家里的人送过第一座，她自己走到第二座来，然后由我在桥那头接。……我看见桥那边的阡陌上有两把雨伞歪扭着移来了。凭感觉（感觉真奇妙），我知道后面那把伞下面的又是那个少妇——小姑娘的妈妈。我过了溪桥，就在那棵桃树下站住。雨似乎大了一些，落在还没有插秧的水田里，涟漪烂漫荡漾；水珠从桃叶上滴下，打在油纸伞上，笃，笃，笃，响声爽朗而内敛。前头，两把伞移近了，一个稚嫩的声音喊老师了，那是小姑娘。小姑娘后面的少妇大方地看着我，脸上是清纯的笑意。少妇稍显黎黑的脸庞被雨雾润出微红，一条乌亮的辫子坦荡地垂在胸前，一条蓝印花布围裙饱满地系在身前，褪色的青布裤腿卷上膝盖，露出修长的腿肚：是一个健康、漂亮、精致的劳动妇女。她把自己的伞偏一偏，伸手整理女孩脖后的衣领和红领巾的三角。这当儿，雨，乘机袭在她的头发上，"无心插柳"而让她头上点缀着无数的小小的珍珠；一瓣桃花，也温情脉脉地落在她鬓角上。我把小姑娘拉到身后，对少妇说："你回吧。""多谢老师！"她又大方地看着我。微风吹过，我闻到一种馨香，一种柔绵的、湿润而温和的馨香，也许是她用皂角洗过的衣服里发出来的。我比那少妇小五六岁，还是一个未婚青年，我绝没有歪思邪念，每见到她，心里都氤氲着一种慰藉，身上都激荡着一股热流，那是对美、对健康的必然反应啊。

淫雨，一直延续了两个多星期。我觉得那是最美妙的天气。那绵绵的春雨，带着桃花香的春雨，一直飘洒在我的心田。

还是一个下午。放了暑假的我跟妻在给责任田车水。烈日烤人，汗如雨下。突然，哪里隐隐地碾出隆隆的声响，我扭头往西北方向望，山峰的半腰，无中生有地幻出一块乌云。我在心里祈祷，乌云啊，快快星火燎原吧。有些事情，也天遂人愿，没多久，乌云就铺天盖地，雨就下起来了。真正是久旱逢甘霖啊。水，是不要车了。我让妻先回去。我还不想走。我要看雨。雨，不是炮子雨，是小滴小滴的，而且稀稀疏疏，渐渐地雨点也密集起来，但应该还属小雨。我伫立田边，手臂下垂，态度虔诚。雨轻叩我的棕丝斗笠，丝丝声响轻巧密致，如问如探，如絮语。雨轻点着长长短短的禾叶，禾叶受到抚慰而微微战栗，不能自己，有的叶托上也凝着水珠，那是战栗的凝聚。天边又递来隐隐的雷声，微风也起于禾叶，雨稍稍大了一点，也由垂线飘成斜线。头上的斗笠是遮不住什么了，但我更不想走了，要享受被雨水滋润的乐趣。我在田埂上徜徉，这里那里，绽出格格的声响，那是禾苗拔节的鼓点。还有……那是什么声响？在田的那一头，哗——从浅浅的水面一路柔滑过去。那应是蛇，蛇也要出洞沐浴啊。嘎，嘎，嘎，应是青蛙，他们在给老天献颂词。瞧，那里就有一只，小小的，它没有叫了，只是静静地蹲伏着，心无旁骛地接受老天的洗礼。离青蛙不远，有一只小蚱蜢，点染在禾叶上。此时此刻，这一对天敌，心中都只有对老天的感恩之心，别的心思已被雨水净化。雨中的我，感到天地是如此慈祥、安详、和谐。

那个下午的雨，永远地滋润着我的心田。

（2015年。原载《邵阳日报》及王剑冰主编、长江文艺出版社出版的《2015年中国精短美文精选》）

檐　水

　　屋瓦上的雨声，先是叮、当，叮、当，这里一声，那里一声，散漫得很；接着是叮当、叮当，击打的地方多一点了，似有紧迫感了；然后是叮当叮当，紧锣密鼓的，有急急骤骤的意思了；再然后是哗啦哗啦，有千军万马在演练了……

　　雨水是要往檐口流的。先是有一个檐口坠下一滴，颤颤悠悠的，迟迟疑疑的，掉到沟里的干石板上，溅开一个多角星。再是有两三个或四五个檐口，都先后有水珠往下坠，样子是决绝一些了。然后呢，一排檐口，差不多都有珠子坠下，而且这一珠还没着地，另两珠、三珠就追来了，前赴后继的。再然后，每处檐口都垂下一条水线来。随着雨声哗啦哗啦地增大，那些线条也粗大起来，其情态也激昂起来，甚至不是垂直往下淙，而是成一定角度往外射。那些每隔尺多远的一条水带，组成一张帘子，疏而不漏地把檐外的雨隔断，似乎没有这帘子，那铺天盖地的雨就会涨到廊上来。如果有风，檐水的帘子还会被吹得飘飘忽忽，雨雾也会穿过帘子，飘逸到廊上来。人站在檐内，眼前只有檐水的帘和帘外的雨了，耳畔只有檐水和雨水的合奏了，天地之间，除此没有别的东西了。雨下得越威猛，这种感觉更强烈。

　　檐水把雨水转换成另一种形式，让不在雨地里的人体会到由点点滴滴到翻江倒海的过程。

也有只是下毛毛雨的情况。那就总是这个檐口一滴，那个檐口一滴，各自为政，随意散淡，真正是"自由落体"；也有相邻的不相邻两个檐口或三个檐口同时坠下一滴的，像是站在檐口时喊过"一、二、三——跳"似的；也有这个檐口落下一滴以后隔不久相邻的一个落下一滴，再隔相同的时间第三个檐口又落下一滴：不在同一条线，也像是你追我我追她，而两两之间距离又相等，能连成两段相等的斜线。单看一个檐口，水珠下坠的间隔似乎没有规律，有时隔得长，有时隔得短。檐内的人如果要到檐外去，瞅准了机会往外跨，正好，不早不晚，就有一滴或砸在你的头顶，或擦过你的鼻尖，或穿过你的睫毛，或钻到你后颈窝里。你激灵一下。还可能笑一笑，用手抹一抹或不管它，也可能小小地埋怨一声。你应该理解它。它是由飘洒如粉尘、牛毛似的雨沫"量变"为"质变"的，"质变"之后就有生命了，要告诉你，钻空子，往往是不能成功的；或者就只是调一调你，让你享受一点自然之乐。

最有趣的是雪后初晴。太阳照在雪地上，金辉银光相互映衬。屋瓦上的雪在融化，变成檐水坠下来。檐下自然又挂了一张帘子。这张帘子是注入了阳光的因子而显得晶莹透亮的，檐外是红红的太阳而檐下挂着水帘，"又出太阳又下雨"，这的确别有一番风味。它让人同时进入雨天和晴天的两种境界，如同进入"水火相容"的境界，而这种"兼容"的境界，世上还能有多少？如果是四合院，人立在长方形或正方形的院子里的雪地上，暖暖地慵慵懒懒地晒着太阳，让四围晶莹透亮的帘子护拥着，看檐下沟里一丛一丛的水花似听由一条条银弦弹拨出的乐曲，已然脱离了凡俗，恍如进入方外了。如果雪是结了冰的，檐口早已挂着长长短短的冰凌，太阳一晒，每一条冰凌的尖上就都滴水。那从凌尖上滴下的水，比从檐口滴下的，看上去更剔透，更玉洁冰清，也给人尖冷而庄肃的感觉。

檐水是自然和人工联袂打造出来的艺术品。真的，人和自然合作，是顺着他的性子而不是强扭他，收获的总是美好。

（2014年。原载《邵阳晚报》及王剑冰主编、长江文艺出版社出版的《2014年中国精短美文精选》）

露　珠

露珠是这个星球上最美的事物之一。

比较温暖而无风的早晨，我喜欢观赏野外的植物叶片上的露珠。长条形的草叶上，树木的阔叶上，总有露珠缀在上面，大的筷子尖大或更大，小的绿豆小或更小，一般是半球或球冠形；布局无章，排列随意，或稀或密，看不出等级；一律辉映着天光，玲珑剔透，而又沉静凝重。也有潇洒于叶尖上的，也有凝悬在叶尖下的，那可叫人捏一把汗，但他们泰然自若，若有微风，他们还会扭动身子；有些也因此掉下去，那又有什么，反正是水做的骨肉，碎了，还是水。因了这些露珠，那叶子显得格外劲健。如果是庄稼地，但见湿漉漉的绿意中渗出银灰，其间又有玉珠闪烁，那是何等生意盎然！露珠，升华了生命的美；绿叶也让露珠染上象征生命的绿色，从而使他们显得更加鲜活。观赏这种鲜活的生命，有些人会为之唱歌、吟诗，发出"露珠啊，我拥抱你"的感慨；虽不好真的拥抱，触摸却是可以的，而且有意外的收获。你手指头轻轻触摸一下一颗露珠，那颗露珠就会凸起，然后"细胞分裂"，你手指头上也就粘了一颗。这样的纯洁的生命，可千万别轻薄她啊。

我还喜欢观赏山坡草坪上的露珠，那是别有一番风味的。草是马鞭草和其他"杂草"，叶子一般是短而尖的，密密匝匝地铺排着，叶尖斜探或直指，露珠就芭蕾在叶尖上，轻盈浪漫。成千上万的露珠，形状相同，大小基本一样，就那样散漫地热闹着，四海之内皆兄弟的样子。站在草坪边沿（真不忍心走到草地上去），偶见一颗闪着红色或其他色彩，那不是他特有的，你的头偏一下或身子移动一下，闪着红色或其他色彩的，就是另外的露珠了。他们每一颗都可以映出太阳的七色光，你能看到哪一颗上的哪一种，靠的是机运了。青翠的草坪，因了露珠的点化而成了一首诗，一首字字珠玑的诗，你不能不感慨大自然的神妙。

挂在树上的果子上的露珠又有特色。譬如还是青色的柿子吧，果壁上粘着或大或小的露珠，却还有一颗两颗栖于果肩，安安稳稳的，或许还有一颗悬在果尾，也并非岌岌可危。因了这些露珠，特别是果肩和果尾的，柿子就就萌出一种淑雅，就透出一种高贵。说得夸张点，果肩上的露珠就像贵妇头上缀的一只发夹上的钻石，果尾的，则像农家少妇拖至腰下的辫梢系上的一朵红绸花。心目中，那已经不是青涩的柿子了，很想吻一吻了。如果柿子成熟了，有了露珠的装扮，真正是雍容华贵啊，吻，觉得是亵渎了，摘下来吃，更是暴殄天物。那么就……只是观赏，享受精神的大餐吧。

横架的电线或竹竿上的露珠，又另是一景。他们悬挂在那里，绝对的一条线；但稀稀密密，也没有规律可循；半球形，大小难分伯仲，像一个娘一次生下的多胞胎。他们在练臂力，比赛谁吊得久。突然有一个，由半球拉成葫芦了，葫芦的颈脖越拉越长了……挺住，挺住！可惜，没能挺住，葫芦颈断裂，就掉下去了。可能有一个移过来，填补刚才的位置，然后也掉下去。也有这样的情况：有两颗露珠突然相向而滑，合二为一，缠绵一番，就双双殉情。

颗粒最大的露珠，还是荷叶上的，扁球形，大的有人的拇指头大。绿晶晶的，当然也是荷叶赋予了他们绿色的魂，由此也变得特有生命力。本是凝在叶边沿的或半腰上的，突然就滚到叶中心，还可能顺势往上弹，弹到另一侧的中腰，再滚下来，再往另一侧弹，再滚下来……他们力气用不完，只能这样消耗。一盘荷叶上静止或活跃着一两颗露珠，就像天上有了太阳、月亮或流星，那种美，那种活力，谁能比拟呢？

露珠是水汽凝成的。比较温暖而无风的天气，黄昏过后就"下露"了。露是夜的精灵，一颗露珠是夜的一只眼睛。露又是太阳的信使，如果早晨露水浃浃，这天一定是红日杲杲。曙光初照，露珠的生命臻于鼎盛，一颗露珠，就是一颗小小太阳。

　　随着太阳的冉冉升高，露水会渐渐消逝。消逝也无憾，因为生命是一个过程，有过辉煌，也就够了。观赏露珠的美，只管观赏，不必生出"譬如朝露，去日苦多"的悲观。曹孟德是一个大英雄，这一点上倒有点小了。

　　　　　　　　　　　　　　　　　　　　（2015年。原载《邵阳晚报》）

村 雪

冬季，往往是傍晚。下雨了，雨打在屋瓦上或窗玻璃上，屋内的人觉得声音有点不同，笃笃之中脆亮着叮叮的金属声。落雪粒子了！有经验的人会说。于是走到廊上，地上除了点击着雨点，还迸溅着雪粒。伸出手臂张开手掌往雨中一探，有雨滴淋在手掌上，马上涸掉，也有雪粒落在手掌上，还蹦跳着。雨夹雪，是无疑的了。渐渐地，地上雨点少了，雪粒多了，薄薄地铺了一层，但雪粒已融化得不成形，颜色是乳白的。拢着手进了屋，屋瓦上的叮叮声更密集更清脆。没有楼板的屋瓦下，还偶尔漏下一些雪粒，他们是从盖瓦和槽瓦之间的空隙里溅下来的；碰得巧的话有一颗两颗还会钻入人的衣领里，感觉还不如雨滴冷，用手去摸，当然"化为乌有"了。再渐渐地，屋瓦上的叮叮声没有那么清脆了，有一种绵软的声音糅杂其间，再接着，全是绵绵的软软的声响了。

好，下铺雪了。

第二天清晨睁开眼，觉得屋子里亮一些，猛然想起，昨晚下雪。起床后走到廊上，可不，雪还在下。果然是铺雪，大团小团地往下飘落，不是迅疾而下，不是垂直而下，是斜斜地或略做旋转地飘洒而下，显得任意任性，甚至可以说是洒脱。天是暗灰色，沉沉地低垂，让人觉得低低的穹窿上面开满雪的花，萎谢了，就无尽无止地飘落下来。走到檐外，伸出手臂，就有蓬松的东西歇在袖子上，想看看他们单个的样子究竟是怎样的，据说是对称的六个角的结晶体，所谓"六出雪花"，可惜不能如愿，蓬松的一团坍塌着，萎缩着，不成形了。是的，雪花没有单单一朵独生的理由，成千上万朵，才能铺陈出他们的世界。地上已经铺上厚厚的一层，应是蓬松的，柔软的，棉绒一般，但踩下去，却只有紧致的感觉，还觉得有点滑。雪花终究不是棉花，他们是水做的，而水，总有人意想不到的表现。雪花歇落在雪地上，响声已不是沙沙沙沙，而是——融融融融，给人的感觉倒是柔和甚至带点暖意。

屋前的桃李等落叶树，早已脱光了衣服等候雪花来妆扮自己了。他们大大小小的枝丫承接着雪绒，大大小小的丫杈捧护着雪绒，树干的瘢痕上也敷着雪绒，枝丫上举的断茬上也顶着雪绒。樟桂等常青树，更摊开成千上万的小手掌迎载雪绒。雪，让树木成了黑白画，成了绒粘的画，那意境格外沉静、格外安闲。对面人家斜披的屋瓦上，雪似乎没有地上的厚，凹形的槽瓦和凸形的盖瓦轮廓还很分明，烟突的周围，雪显得更薄，瓦鳞还历历可辨。一只麻雀突然出现在瓦楞上，吱喳一声，蹬腿展翅往不远处的树梢上飞去，蹬腿的地方，微微地洒下一些雪粉。可惜麻雀成了稀有动物，要是倒转去若干年，可以在雪地上竖起米筛诱罩他们了。

田野是银灰一片，但哪些是油菜地，哪些是小麦地，哪些是白水田，还分得出来；田埂、圳埫、溪堤画出了一条一条黑道道，断断续续的，却又宛转夭矫，俨如活物，是雪赋予了他们生命。那个稻草人的斗笠上也堆着雪，他也在欣赏雪景吧。一个披红色塑料雨衣的人走在一条田埂上，肩上背着竹篓；一条黑狗在她前面撒欢，它惊奇于世界的突变。一群鸭子蹒跚地走向池塘，有的还边走边嗫地上的雪，不知它们是否尝出了雪的味道。

田野那边的山，似乎近了，又似乎远了：成了银白，看得更清楚了，山就显得近了；原野成了银灰，面积好像扩充了，山就显得远了。其实山并没有全被雪裹住，山沟、山坳、洞穴、山路，还分得出来，只是斑斑驳驳，而被雪覆盖的地方，也有一种神秘感，不知它除了覆盖着原先的草木岩石，还把别的什么隐藏在里面。雪是魔术师，谁猜得着呢。

这是乡村的雪，南方乡村的雪，把大地演绎成黑白世界的瑞雪，而黑白世界，给人的是一种原始的质朴的大美。

（2015年。原载《邵阳晚报》）

天大的玩笑

2009年7月22日上午，我伫立屋前宽阔的坡地上，脸朝着升得高高的太阳。天空干净利落，刚才还在游荡的几缕白云知趣地躲开了。我眯着眼朝太阳望一下，又马上闭住，犹觉眼前金星银星闪烁——"忤视"他一眼，他以为就是一种亵渎，就给你以惩罚；太阳是不可亵渎的，因为他完美无缺，他光辉灿烂，光焰无际。但是，此刻我就是冲着他将要呈现的不完美和黯然失色来的。

我把滤光镜戴上，眼前的太阳就变了，变成一个白色的圆饼，比十五的月亮还圆润光洁，又显得那样温良谦恭，不骄不躁——自然还没有我期望看到的景象。我看看表，将到8时14分了，应该快了！突然间，那白色圆饼的右上方出现了一点瑕疵，像月饼边沿的一点齿痕。我知道，那就是平素看起来柔弱无骨的月亮，开始侵凌她一向以为骄悍无比的太阳了，太阳"初亏"了，日食正式开始了。——人世间不少弱者，只要逮住时机，就会对强者下手的，或是出于嫉妒，或是出于仇恨，或是要试一下自己的身手，或是恶作剧……当年荆轲刺杀秦王，是替别人卖命；当年的张良椎杀秦始皇，是出于仇恨；月亮要吞并太阳，为的是什么呢？

月亮一不做，二不休，继续啃啮太阳，准确地说，她是在蚕食太阳。她不像小孩啃月饼一样总是在边沿留下参差的齿印，而是蚕吃桑叶一样在边沿留下柔和的弧线——此时那条弧线还是短短的。我取下滤光镜，觉得天地间仍然亮煌煌的，几只燕子仍悠闲地蹲在电线上，一只蜻蜓仍安然地停在一根树枝上，一切与先前并没有两样。太阳是威猛汉子，受一点小擦伤不算什么，因此也不会给自然界带来什么不适。我又戴上滤光镜，看太阳时，发现太阳被啃得更多一些了，像一片从中切开的苹果，那被啃啮掉的，正是果凹。我不眨眼地盯住他，发现他虽遭伤害，仍不逃不窜，从容自若。渐渐地，他被吞噬得更残缺了，残缺得像农历初九初十的月亮。但他没有我想象的血淋淋，而出乎意外地闪烁着绿光，那是我从未观赏过的奇异的自然光，那样绚亮，那样耀眼。月亮肯定很得意，她居然能在太阳身上为所欲为，这可能是她没有料到的。我再取下滤光镜，觉得天地间已不那么亮煌煌了，明显有点阴暗，却又不是太阳被云遮蔽的暗黑，而是带一点淡茶色或橘黄色。电线上的燕子，已然飞起来，忽上忽下的；那只蜻蜓，则在低空盘旋，有时就凝住不动，像在思考什么。它们是觉得黄昏到了还是预感到一种危险将降临。我也觉得比先前凉快了一些，偶看远方的地平线，居然是淡淡的橘红色，好像太阳落下山以后的霞光，我感到兴奋和惊异，原来霞光不是早晨和傍晚的专利。再戴上滤光镜，觉得太阳在笑，那咧得大大的缺口，正是漫画家笔下夸张出的宽容者的笑得含蓄而真挚的嘴。

　　世界上很多所谓大事，其实可以看作大大的玩笑。日食，也是一个玩笑，一个天大的玩笑，当事者是太阳、月亮，旁观者是地球。月亮也许把玩笑开得过火了一点儿，还是有意的，但太阳采取的态度是宽容，即使自己受了不小的委屈和伤害。的确，玩笑是当不得真的，即使过火了一点，谁若当真，谁就会留下笑柄。当年的曹孟德先生，在一盒酥的包装盒上写上"一合酥"，丞相府主簿杨修先生就和丞相开玩笑，把"一合酥"读成"一人一口酥"，而且居然率先用手捏一块吃。没料想曹操先生对杨修先生的玩笑当了真。杨修先生之死，"罪状"之一恐怕就是那个一口酥的玩笑。曹操先生的当真，后人自然颇有微词。而如果本来不是玩笑，本应该从严从重从快处决的，却以玩笑的态度来处理，效果就往往出奇的佳妙。有一天晚上，楚庄王在宫中设宴招待群臣，并让自己最宠爱的妃子许姬轮流替群臣斟酒助兴。蜡烛忽然被风吹灭，许姬突然又惊又羞地喊，她的身体被人摸了一把，又说她把摸她的人的帽缨抓在手里了。堂上哗然。楚王就下令，所有与宴者都把帽缨摘下。蜡烛重新点燃后，群臣头上皆无帽缨，那摸许姬的人自然也不好找了。后来那个犯了弥天大罪的人知恩图报，在战场上总是一不怕苦二不怕死。

天上，太阳还让月亮继续蚕食着，他变成农历初六初七的月牙了……变成初三初四的新月了，变成鹅毛月了，变成一小截啃了瓤的薄薄的西瓜皮了。天幕已演化成茶蓝色，我在天幕上搜寻，希望看到金星和水星，可惜没有如愿。我取下滤光镜，觉得天地间比先前更暗淡，茶蓝的颜色更深，看远处的地平线，那橘红的霞光也更耀眼；天气也更凉爽了，有风轻轻吹来，感觉是有点冷飕，不知这风与日食有无关系。旺旺旺！一条狗冲着太阳高吠；而对面的屋廊下，燕子已然蹲在窝边；有蝙蝠从檐下飞出来，划一道弧又飞回去；草丛里，有蛐蛐在颤声鸣叫；那棵苦楝树上的一条蝉，悠长的歌声里明显带着焦虑和担忧。我静静伫立，感受着非常时期的非常现象，感觉是新奇、兴奋，也还有点担忧和惊恐。天边似有隐隐的轰鸣，但愿是"社会现象"而不是"日食"期间的自然现象。

可惜，我所处的湖南武冈在"日全食带"以外。在我的滤光镜中，那一小截西瓜皮不愿让月亮吃干净，他拒绝着，坚持着，拒绝着，坚持着，挺下去，挺下去……月亮也终于放弃了，许是认为玩笑不宜太过火，许是力量终究有限，于是太阳就渐渐变大，变大，怎样缩小就怎样变大，那弧缺的方向也变了，变成对着左下方了。——也就是说，我看不到"食甚"和"生光"那最动人心魄的景象，当然，天文学家们津津乐道的日珥、日冕、钻石环和贝利珠的奇观也无缘观赏了。我若有所失，怅然惘然；我仍伫立原地，目睹太阳一点点变大，直到复原——一个天大的玩笑结束，天地大吉。

这次号称五百年一遇、从发生到结束有两个多小时的日全食，有些人竟全没把它当作一回事，是玩笑还是严峻的大事，根本不管。我所处的这条偏僻小街上，天幕上的异常现象开始时有四个老者也开始围坐着打麻将，异常现象结束后他们还继续进行，"十万八千里"以外的事一点也没有惊扰他们，太阳被吞噬了一大片远没有被别人和了一盘牌感到心痛；还有一个老妪在自家的门前坐着打盹，脑袋一栽一栽的，很是投入；有一个中年人拉着板车慢慢从街这头走向那头，板车上一个小匣子里播放着"凉拌粉、米豆腐"的广告，他平视着前方，关心的是有没有顾客；有几个小伙子驾着摩托从街上疾驰而过……他们不关心渺远的天上的事，以为天上的事不须他关心，即使是五百年一遇。——

他们的思想和行为我以为不必指摘。但是我又想起这样一件事，20 世纪 50 年代，我生活的这一区域发生了一次月食，那天晚上，我们村里好多人——老人、妇女、儿童都从床上起来，使劲敲铜锣、敲铁鼎盖，一边敲一边喊："天狗收月，大家来救！"五十多年过去了，由关心"天狗收月"到无视"天狗收日"，难道仅仅是因为"科学发展"了，人们"不迷信""不愚昧"了？为什么在这非常时期，动物们有非常的举动？它们也许亦知道月亮是在和太阳开玩笑，但即使是开玩笑，也需要认真对待，不能掉以轻心。在某些时候，动物比人有灵性，它们也许更懂得太平洋一个小岛上蝴蝶扇动翅膀，会引使加勒比海刮起飓风的道理。

一代诗雄郭沫若先生并没有把"天狗收月"的"迷信"弃之不管，而是反手抓住，琵琶起舞换新声，借题发挥，一曲《天狗》，绝妙地表达了一种并吞宇宙、冲决罗网的英雄气概，何其壮哉。几年前，我的一位文友非常强烈地抗议天文学家把冥王星作为地球第九大行星的资格开除，他所撰写的文章中流露出的情绪，比自己的亲人因一点瑕疵而被公司开除还激愤。没有几个人是郭沫若，能有那样豪壮，也不必效法我那位对冥王星情有独钟的朋友；但是，我觉得，对天上或人间的一些现象，无论是正经八百的大事或只不过是玩笑，总要有所了解，这样才好决定对付的态度，全然不闻不问，总觉不妥，即使不影响股市涨停、仕途升迁、生意赢利或爱情甜蜜和婚姻美满。

2034 年和 2035 年，我国还将出现两次日全食，即还将有两次天大的玩笑在我国一些地区的天穹演播。那时候，科学更发达了，人们的观念也更加新了，他们的态度会是怎样的呢？

（2009 年）

履痕

所至

第二辑

寒山钟声

自少小读唐代诗人张继的《枫桥夜泊》，寒山寺就建在了我心里，寒山寺的夜半钟声就耳熟能详，张继就成了我的老熟人。当然，还有那枫，那桥，那渔船和渔火，那老艄公，乃至那乌鹊，那满天风霜，也穿越千年，鲜活在我心里。

是远离村镇的一座山包，山包上古木参天，半山腰上的那一座寺庙，更是被树木蓊郁着呵护着，只有一条若隐若现的石磴路，把它和外面的世界相连。山上很静寂，是被一年四季的鸟雀的吱嘎声、夏天和秋天的纺织娘的嗡嗡声，渲染出来的。寺庙里有两个和尚，成天诵经：坐在佛龛前的桌子旁，在一缕一缕、若有若无的礼佛的香烟里，眼看着发黄的经书，一边念诵一边有节奏地敲打木鱼。也不知念的是什么内容，但那抑扬顿挫的声音似来自梵天，特别好听，无来由地感人。没有人打扰他们，诵累了就喝一喝茶，偶尔也交谈几句。从太阳升起的早晨到星斗满天的夜半，他俩一直是这样。夜半了，就去敲钟，当——当——当——钟声清越嘹亮，传得很远，天宫地府都能听到。

有一天晚上，离这座寺庙稍远处的小河的一边，与一座拱桥相隔数尺的水面上，歇息着一艘乌篷船，船头坐着一个人，叫张继。是打霜的天，江边的潮湿的松土上竖着一枚一枚"狗牙齿霜"，江风飕飕，张继的脸像刀子一样刮着，尽管如此，他还是不愿回到船篷里去。他有心事，很烦乱，很愁，似要让江风把烦乱和愁思吹走。他一直坐着。绛红的月亮落下去了，天幕上只剩下寂寞的星星，偶尔有一颗也刷地落下去，在深蓝的天幕上划出一道银线，那是它追寻月亮的足迹；对面的河堤上，有一棵枫树，树叶已冻成深红色，像寒风中的老人的脸色，枫树上筑着一个乌鸦窝，窝里偶尔漏出乌鸦的梦呓；枫树下凝静着一艘小小的渔船，渔火如豆，不见渔翁撒网，也许已经睡了。张继久久地望着那渔船，瞌睡就要来了。已是夜半了。正当他不由自主地合上眼皮的时候，忽然，鬼使神差地，钟声就传来了，当——当——当——

钟声，把他的烦乱和愁思荡去了，荡去了……

后来我知道，寒山寺始建于南朝，叫妙利普明塔院，也许是"四百八十寺"中的一座；唐代贞观年间，有两个名僧——寒山和拾得，由天台山去那里做住持，后人遂改名寒山寺。当然，也知道寒山寺不是建在"寒山"上了。但是，先入为主，少小时绘在心中的"寒山钟声"图，一直没有变化。

我以为，张继时代和后来的一段相当长的时期，"寒山钟声"应是一如我想象的。

很想去游一游"寒山"，访一访寒山寺，听一听寒山寺的钟声。那钟声，应是佛祖放飞的白鸽，为的是给大千世界芸芸众生带去安宁吧。看那白鸽振翅翩翩而来，该有怎样的感动呢？

今年秋末冬初，我如愿了。

也后悔了。

寒山寺号称位于姑苏城西古运河畔枫桥镇，但哪有山？它就在平地上，与之紧邻的，是街道，是"俗人"的屋舍。大门外不远处确也有一条河，听介绍说是运河，但没有渔船，只有机械的货船；也有一座桥，但不叫枫桥；红枫呢，似也有，但绝不是曾经千年风霜的。

而在寺内"参观"的过程，就是在人丛里艰难穿行的过程，就是挤人和被人挤的过程。熙熙攘攘，来来去去，都是如我一样从外地来的游客。颜色、款式各异的穿着，嘈杂喧嚷的声音，让整座寺庙蜕变为热闹的集市。

枫江楼，霜钟楼，那飞檐翘角上，应该挂着《枫桥夜泊》的诗意，但诗意被谁人口中吐出的香烟的丝缕化除了。主庭园左侧花坛上的两块长条石刻——明代崇祯年间的"寒拾遗踪"、清末的"妙利宗风"，那意蕴，那字体，值得揣摩、玩味，但有拍照的请我让开，别成为多余人遮挡他的镜头。罗汉堂上的五百罗汉，一尊一尊值得注目，但时有人从我身前擦过，让我不得专心。大雄宝殿上释迦牟尼及他的弟子迦叶、阿难，何其庄肃，但不时有嬉笑声肆无忌惮地侵扰我心中的肃然。来到壁龛背后正中的墙下，我惊喜地邂逅了寒山、拾得，他俩的音容沉淀成了石刻，定格在墙上。尽管身前身后人来人往，我也顽强地定格在他俩面前。"状如贫子"，是预料中的，又似疯狂，却是新的感受。哦，寒山、拾得两位上人，当年的那个夜半你俩敲钟的时候，是不是"心血来潮"，知道有一个叫张继的在聆听？是不是知道他在钟声里也"心血来潮"，一首与我佛同在的诗歌喷薄而出了？上人无语，我心战栗，似有所得，再想有所领悟时，我被挤兑了。我随大流来到钟楼。我眼前一亮，心里一抖：震烁古今的敲出"夜半钟声"的古钟，我终于看到了你。我想敲一下，但知道没有资格，圣物不能亵渎。但有人要敲了，他说他交了钱。我扭身一看，可不是，墙上赫然写着敲钟的价格。我赶忙钻入人丛，怕听那用金钱买来的钟声。那不是佛祖放飞的白鸽啊。

在寒山寺，我了解的、看到的，当然比以前知道的多得多，但是，我能不后悔吗？我不应该来。我在实地看到的，怎如以那首诗为媒介想象出的宁谧、净美、典雅、古典、神圣？我踽踽走到运河边。河水微波荡漾，似有所诉说。我心中突然荡起《涛声依旧》的旋律。"月落乌啼，总是千年的风霜；涛声依旧，不见当初的夜晚。"

我对自己说，要顽强地抵抗世俗的阳光，不要让他剥掉落定在心中的千年的风霜，不管一生还有多少夜晚，也不能忘掉当初那一个。

（2012年。原载《邵阳日报》）

西江的记忆

　　汽车在月黑的夜里行使了两三个小时，到了终点站——贵州西江，下车走了不远，突然觉得到了另一个天地。灯，灯，灯！弥望的都是灯！马路的这一边，与马路平行的小河的另一边，层层叠叠的灯，一直亮上去，亮上去，须仰望，才能看到最高层的那一排，那一盏。或一两盏一排，或三五盏一排，或六七盏一排，这一排与另一排距离或长或短，不成直线而又相互呼应。在灯光的辉映下，我们看出来了，这是一个狭长的山谷，左边是两个连在一起的村寨，都成三角形，右边是一个长形的村寨；连接左右的纽襻，是三座风雨桥，风雨桥亦缀着明珠一般的灯。旖旎的灯光里，有坝水声如歌如吟地传来，有歌声和芦笙演奏的音乐暗香般断续飘来。

　　天上人间。

　　人间天上。

　　仿如一个梦境。

　　的确，到了第二天我用心身游览感受了这"千户苗寨"，觉得晚上的情景就是这里的苗族同胞的梦，是他们所向往的辉煌；而白天的一番天地，则是他们实在的历史和现实。

　　天刚亮，我和朋友周君早早起来，徜徉于村街上。沿街的房子皆是独具一格的吊脚楼：木柱木壁，两三层，或三四层。第一层的窗棂上镂着花鸟虫

77

鱼，造型简洁夸张，是典型的苗族风格；第二层前排的柱子悬空，即"吊"着"脚"，吊柱上悬着黄亮的包谷棒和深红的辣椒串，——平常之物在这里成了艺术品；吊柱与吊柱之间是走马楼的雕栏。三层四层皆有复檐，复檐遮着半截窗棂，窗棂后面是半掩的窗帘，窗帘后面是什么，让你想象。柱子、木壁、窗棂皆是深黄色，是浓浓地刷过桐油的，调子是深沉、含蓄、拙朴而不事张扬。

然后我俩转入一条小巷。小巷斜斜而上，路面是青绿色小石块铺成；路的左面是渐行渐高的石块砌成的崖塬或屋的后墙壁，路的右面亦是渐行渐高的壁塬，亦用石块砌成，壁塬被藤萝的珠帘覆盖着，壁塬之上则岌立着"吊脚"的木屋。木屋的嫌窄的廊上，有大嫂在洗菜，有少女在洗脸，她们或微笑着向我们致意，或羞涩地转转身子，用帕子遮着半张脸，那清亮的眼珠子，分明又是转了过来的。这种小巷亦是之字路，我和周君斗折而上，沿途有村民上坡或下坡，或手提什么，或肩挑什么，皆从容而舒徐，脸色是平和而友善，他们用眼神和我们打招呼，亲热大方而不乏矜持；一些女同胞——少女、大嫂、大婶，甚至老大娘，则拢着发髻，发髻上斜插一朵红花，宣示着人类爱美的天性。我俩越往上走，越觉得远离尘嚣，越觉得接近古朴和本真。

——这一切，似曾相识，似曾体验，似有记忆。这记忆，来自心灵最深的缝隙，或者与生俱来，是若干世纪以前的经历的再现。

饭后，我们来到西江博物馆参观。我盘桓历史厅里，觉得如同穿越历史隧道，来到往古，黄帝部落和蚩尤部落的厮杀呐喊声激荡着我行将麻木的耳鼓，苗家同胞辗转迁徙途中的惋叹、哀歌和壮怀激烈的振呼，激活着我几近慵懒迟钝的心境。流连生产厅里，我老友重逢似的，用心灵亲近了开山、耘锄、收割的农具，用目光抚摩了赶山猎兽的强弓劲弩，凭感觉认识了对农活拥有绝对权威、是勤劳、丰收象征的"活路头"。缓步生活习俗厅里，我似又看见母亲在踏碓，筛米，纺纱，看见父兄们在用粑棰舂糍粑；我似看见一支迎亲的队伍正敲锣打鼓、苗歌互答地向寨子里走来，那新娘子正是我的姐姐，她头上的银盔，闪亮了我久已枯涩的眼睛，插在银盔中那朵艳艳红花，唤醒了我对美的迟钝。我还似看见一位巫师，他头缠红头帕，鼓腮吹奏牛角号，号声起伏悠远，在那简单的、柔软而又硬朗的旋律里，我更高地擎起蔑视鬼神的心旌。

　　缓缓走出博物馆，有五月的风习习吹来，凉爽而香醇。这风，分明是从远古隧穿而来的。

　　　　　　　　　　　　　　　（2009年。原载《邵阳晚报》）

金 顶

我们来到一个图书馆。

有人说，这里的图书管理员很不尽职；我说他们很洒脱。一叠一叠的书高高地码起来，没有哪一叠码得整齐，这就给人一种参差美，一种率性而为的洒脱感。看这一叠吧，书的开本大小也不管，"胡乱"一码，凸凸凹凹，却又码了那么高，高得远远超出三四个人叠成的罗汉。看这两叠吧，两叠的底脚只间隔着一两尺，往上却渐渐隔宽，再往上又渐渐靠近，再往上又隔宽了，到了顶端时却头靠着头。再看这一叠，更码得"潦草塞责"，底脚是几本小开本的，接着是几本稍大的，已经显得不稳固了，而上面的一大叠更码得不可思议——只有小半部分摆在下面的书上，而让大半部分悬空。这样，整个一大叠书就成了一个难看的"7"，那右边没有写到位的一横何其臃肿，而一竖的底脚细又那样尖细，显得站立不稳，向左倾斜了，真让人想伸手去扶正。除了像"7"字的，还有像一个大印的，只是印把朝下，印面朝上，是《封神演义》里广成子的"翻天印"。总之，每一叠书，都是十分随意而形状各异的。

——这是在哪里？

这是在贵州的梵净山，在梵净山"金顶"的基部。这里是石头的天下，一块一块页岩堆叠起来，像一叠一叠书了。

我在这书的世界里漫步。受环境的影响，我也变得十分随意了。或看一看，或抚一抚。有点累了，就在码成椅子的一叠书上坐一坐，靠一靠。突然看到这样的"温馨提示"："一花一草一石都是菩萨的法身！"看来，这里的菩萨也是随意的，居然把法身附托在花草石头上。突然又看到这样的景观：一个小小的竖立的长形石头，上面再加一个圆形的小石头，安置在一个浅浅石罩下，旁边也有燃过的香扦。——那当然是菩萨的法身了。

真的很随意很放松啊。

自然还要登"金顶"。"金顶"是梵净山的顶峰，看上去是一尊昂然圆柱，却也是由一本一本书垒成的。"书山有路勤为径"，从小学开始，老师就这样教导我们，但那种"山"和"径"是抽象的，而今的"山"和"径"这样具体了，不登上去肯定会遗憾。

小路自是弯弯曲曲，走了不远，右侧就是绝壁了。好在有两条粗实的铁链横在右侧的边沿，那是安全警戒线。同行的互相告诫：靠内侧走，尽量不看外侧，恐怕发晕。不过我还是忍不住要看，只不过不敢"随意"，看时必抓牢铁链或凸起的石头。有时，看到的是万丈深渊，真的觉得头发晕脊梁发麻。有时看到的是翻腾的云雾，深渊被隐去了，安全感就升上来了。我把这种"自欺欺人"的体验讲出来，不料同行都有同感。于是大家倒希望云雾不散了。但这梵净山的云雾是变幻无定的，倏忽而来倏忽而去，有没有安全感，只能靠自己把握了，在我的潜意识里，总是"如履薄冰"，总是有"危险，别大意"在提醒。在这样的危险境地，人们都不但十分拘谨，还十分礼让，看到有从上面返回的人来了，总是要在路的内侧或外侧找一个较宽的地方，规规矩矩地把身子紧贴湿漉漉的石壁或偏到外侧抓牢铁链，让开路以便对方拨身。

好，过一条巷子了。石磴路很窄，不好拨路，好在拐弯处宽一点，于是上去或下来的人看见前面来了人，老早就站在较宽的拐角处，耐心地等。石磴路也很陡，站在下一级石磴的人只要一伸手，就可以摸着在上面三四级的人的脚跟。石磴路也是滑的，两侧的石壁总在渗水。巷子两边的石壁很高，仰头看到的是"一线天"。于是我生出这样的奇想：如果不小心摔倒，可能会骨碌碌往下滚，那就真正是"从天而降"了。这样的巷子，把人的心思归整了，让人不敢散漫……

终于到了顶峰。顶峰不是"一片广阔的天地"，除了一座小寺，就只有两个小平台，外侧拉着铁链。碰得不好的是，天阴下来了，云雾在头顶飘荡，峰外是茫茫雾海，虽"一苇可航"，到底还是不敢航，胆子小的甚至不敢靠近铁链，似乎怕被云雾荡走。

下了"金顶"，才又敢"放任自由"起来。

当随意、放任的时候随意、放任，当谨慎、归整的时候谨慎、归整，人生也是这样有张有弛的吧。

（2012年。原载《邵阳晚报》）

漓江看山

美丽的漓江，我们又见面了。

几年前，我坐游轮游漓江，它们——漓江两岸的山峰，沉静安然地兀立在那里；今天，我坐仿竹塑筏游，它们仍然兀立在那里，仍然是那样沉静安然。我把这种观感讲给同伴听，他们都笑了。我知道，他们的意思是，山是死的，何谈沉静安然？山亘古以来就兀立在那里，短时间会有什么变化？我没有再说什么。我在想，也许是看浮躁焦虑的东西看得多了，来到漓江才有这样一种截然不同的新感觉。

真的呢，仿竹塑筏驶在任何一段水面，总觉得那远远近近、前后左右的山峰在静静地看着我，在向我输导一种心灵的电波，于是我本来也是浮躁焦虑的心，也沉静安然了。自己的心沉静安然了，又反馈给那些山峰，自然也"物我两同"了。

仙人推磨，推得何等从容，何等不骄不躁，何等只问过程不问结果。

鲤鱼挂在壁上了，这可是生死攸关的事。但那尾鲤鱼是真正的智者，挂上就挂上吧，一切任其自然，它尾巴都不拍打一下，是那样安然淡泊。

童子拜观音，心是那样虔诚，一招一式绝对循序而行，岂能搞"欲购从速"那一套。

即使是雄狮爬五指山，也是那样沉稳，那样一步一个脚印，绝无"一蹴而就"的意念。

老人守苹果，当然是韧劲。苹果固然不会动，老人又何尝动了？又何尝旁骛了？

八仙过江，施展什么神通，大仙们早就胸有成竹，何须焦虑？互相谦让更显美德，所以他们并不争先恐后。本要"女士优先"的，但何仙姑坚持让铁拐李先走，他老人家终究腿有点不方便，对，还让曹国舅在一旁陪护他吧，自己来个第三，也算受到优待了。

乌龟爬山，自然缓慢。

青蛙跳江，欲跳还停。

九马画山，我竟没有感觉到马之躁动和喧嚣。你喜滋滋地说你数出七匹也好，他豪情满怀地说他数出八匹也好；他讲着陈毅当年数出七匹周恩来说数出八匹的掌故也好，你讲九匹天马偷下凡间，在漓江边饮水被一画工描绘下来的传说也好：那九匹马全不在意，它们一如既往地安谧、和平，该卧还卧，该啃草还啃草，该昂头还昂头。

美女回头看九马，还有什么比这更静美的意境？

美女梳妆，如果动作不轻缓，三扯两划的，还是"梳妆"吗？还是"美女"吗？

那是一幅多么熟悉的画面：或单峰兀立，或双峰并立，或三峰连立；或陡峭尖突，或平缓圆润；由近到远，色彩是黛青、翠青、瓦灰青、灰青。看，那就是著名的贰拾圆人民币背面图。把这样一幅画作为钞票的背面图，真是功莫大焉。它在告诫人们：在金钱面前，君子之心应静如水，切毋蠢蠢欲动。

沿江所见的石壁，没有长树的地方，可以看出是一块一块的石板砌成的。造化砌这样的石壁，来不得半点浮躁，慢工出细活，才使得石峰坚挺亿万斯年。江边石壁上的树和藤呢，都不是"速生"的，看那虬曲的干，龙钟的枝，都是时间的慢火锻成的。

为什么漓江边的山峰能给我这样的感觉，别的风景胜地的山又不能？我想，原因应是漓江的水、是我坐在缓行的筏子上。水是律动、荡漾、跳跃、奔腾的，筏子是行进的，是晃荡的。这样，流就衬托出止，动就衬托出静。而且，漓江的水看上去总是无忧无虑、没心没肺的，这样自然就把山感染了，山也就"与世无争"了。与世无争，还能不"静如止水"吗？

世界上好的作品，终极主旨总是让人平和淡静的，漓江山水是大自然的得意之作，庶几也是如此。

（2014年。原载《邵阳晚报》《湖南煤炭》《中国建材报》）

戎马憩时黄花馨

　　到桂林旅游，在文明路一家饭店安顿好以后，出得门来，听说离那儿不远有李宗仁先生官邸，就去参观。走了不远，果然看见了。一座门楼静静地卧在街道左侧的凹深处，黑瓦黄墙，绿树掩映，门楣上橙黄色的"李宗仁先生官邸"的题字以黑底相衬。很朴实，很收敛，一点也不张扬。

　　没有门卫，也无须买票，我们径直进去了，神情是庄肃的。里面很宁谧，没有别的地方的一些名人故居那种喧嚣。这样的氛围，让我自觉地把脚步放轻，让心也整饬起来。李宗仁先生的生平事迹，他对民族的功绩，他的德操，我是了解一些的，敬仰之情早已蕴藉心头，而今到他官邸来做客，不能有丝毫的轻浮啊。

　　看简介，官邸被称为"桂林总统府"，是1948年4月李宗仁先生任副总统后由广西省政府所建。1948年4月至1949年11月李宗仁先生返桂在此居住；1966年3月14日，李宗仁先生重返故邸。

　　官邸是中西合璧的别墅式建筑，屋顶为中式，色彩基调为橙黄色，显得沧桑、威严、庄重而美观。

　　楼下、楼上，我一个房间一个房间地参观，常常伫立在一件实物、一帧照片前想象、沉思。

　　鉴赏了孙中山任命李宗仁先生为广西绥靖督办的证书，我想象着当年的李宗仁先生那雄姿英发的形象。1891 年出生在桂林一个贫寒的耕读之家的先生，十七岁时从广西陆军小学堂毕业，一路打拼而有了自己的军队，1923 年成为桂军总司令，1924 年 5 月乘陆荣廷与沈鸿英在桂林交战之际，与白崇禧、黄绍竑为头的广西讨贼军联沈攻陆，进占南宁。随即两军合并组成定桂讨贼联军，先生任总指挥。11 月，先生即被孙中山任命为广西省绥靖督办公署督办兼广西陆军第一军军长。我想先生接到他敬仰和矢志追随的孙中山的任命书后，心中的誓言是何等掷地有声。我想象着他在护国、护法运动和稍后的北伐战争中的嘻喈威武、指挥若定的形象。

立于"在台儿庄火车站的英姿"的照片前，我久久体味着先生的"英姿"，威武、干练，豪情勃发，踌躇满志。我反复诵读照片上先生自己的题词，却又难免生出憾意。先生自己在照片上这样写："鲁南会战幸托我最高领袖德威，将士用命"。我想，"将士用命"当然毫无疑义，"幸托最高领袖德威"恐怕是一种不能不表示的谦虚了。应该说，有第五战区司令官李宗仁的坚决的抗日意志和正确指挥，才有让中华儿女振奋的台儿庄大捷。

人生世间，即使身为领袖，即使只有指挥"台儿庄大捷"这样的功绩，一生也足可慰藉了。一个人能不能青史留名，能不能真正受到老百姓敬仰，不在他的地位高低、官职大小，而在于他是否对民族、国家有功。读了白先绶先生给李宗仁先生的挽联，"北伐成名抗日立功蜚声中外先生何须代总统，海外回归赤心报国闻名遐迩先生当可誉千秋"，我心有戚戚焉。是啊，先生何以要代总统？我以为，先生代总统是他书写自己历史时的笔误或败笔。当然，这也说明先生是一位忠厚君子，人家把担子撂下了，身为副总统的他，不能不挑起来啊。先生是认真的，是任什么职就要负什么责任的，没有想到让他代总统只是蒋委员长的一个"阳谋"，以至要行使总统的职权时受到蒋委员长这样的讽刺："你还当真呢！"

幸亏，先生能豁然醒悟，远离政坛。更值得庆幸和赞赏的是，到了晚年，先生能毅然从流亡之国回到祖国大陆怀抱。这真是他书写自己历史的神来之笔。赏鉴着他与毛泽东、周恩来等人的合影，我深为之慰藉。"青春戎马，晚节黄花"，这是对他一生的高度而形象的概括。戎马憩时黄花馨，真好。

李宗仁先生的临终遗言是："能够回来死在自己的国家里，这了却了我最

大的心愿。台湾是要统一的，但是可惜我是看不到了。这是我没有了却的一桩
心事。"我想，李宗仁先生天上有灵，这一桩心事一定会了却的。

（2014年。原载《邵阳晚报》）

"管窥"南宁

　　车行在南宁的马路上，马路两旁的"壮锦"源源不断地被拉了过来，绚丽地展示给我看。"壮锦"是我给嵌在马路两旁的行道树和花带取的名字。步行在马路行人道上，更觉得是在"壮锦"展销会上开眼界了。花，各种颜色、各种形状的花，开在树上、铺在地上的花，还有翠草，还有绿树，针脚细密地织在锦底上，恰到好处地缀在锦底上；长形的是线条，弯的圆的是图案，线条柔和，图案似真还幻。我舍不得快步走，觉得"走马观花"是一种奢侈，又觉得应该快点走，以观赏得更多。这些南国的在初冬盛开的花，我只能叫出几种的名字。三角梅曾在书上读到对她的赞美，而今花和名对上了，"相见恨晚"：那红亮的花瓣形成三角，那"三角"围着的金黄的花蕊，在我看来非常别致新颖，她那样端庄秀雅，风韵实在可人。

　　有的马路两旁是林带，很大气，我也喜欢伴着这种林带行走，赏玩南国那特有的榕树、椰子树和棕榈。有些老榕树，下垂的气根很多又很飘逸，整棵树就成了饱经沧桑的老者，想拈一拈那胡须而不敢，就只好向他行注目礼。有些椰子树和棕榈格外挺拔，是顶天立地的壮汉，我仰视他们，致以崇高的敬意。

　　走在南宁的马路上，总感到花和树在"见缝插针"，在马路交叉口的三角地带，就有花圃红红绿绿地旺盛着；在人家的墙角屋端，就有一丛丛灌木青青葱葱地蓊郁着。我注意到街头的"把南宁建成森林城市"的标语，我祝福南宁一步一步向"森林城市"靠近。

到了南宁，自然要去看南宁国际会展中心。遗憾的是，在我到南宁的几天前，东盟会展已经落幕，但南宁国际会展中心的大气与和美，我还是领略到了。我久久伫立广场，凝视着中心主建筑"大穹顶"，我觉得她是一顶银色的皇冠，十分雍容华贵。后来看了资料，说它以南宁市花朱槿花为造型，十二片白色的"花瓣"象征着广西十二个民族的团结，被称为南宁国际会展中心的"灵魂"。我从心底里赞同。而广场四围的花，还有一路之隔的森林公园，为这一大朵"朱槿花"做着衬托，真正是众星捧月而又星月交辉了。徜徉在这一大片花海绿野里，觉得自己也融进去了。

到了南宁，不能不说说南宁的吃。我住所的不远，一个小菜市旁边，有一个小粉店，餐桌摆在露天里，是平民光顾的地方，实事求是地说，那里的粉条可真好吃。因为香、鲜，味道足，我这个吃惯辣味的宝庆人也不加辣酱，只是吃根据当地人的口味调配好的"原汁原味"的。还有一个我没注意记名字的螺蛳粉店，是一个邵阳老乡开的，那粉的味道也是根据当地人的口味调配的，我也认同了；又加了卤蛋和猪爪，味道就更不一般了。我还吃过一种叫柠檬鸭的菜，也觉得味在其中。餐馆墙上有柠檬鸭的介绍，说其特点是酸辣适宜，鲜香可口，极其开胃。我吃起来时，果然鲜香可口，极其开胃，与我在家乡吃惯的啤酒鸭、血浆鸭相比，是各有春秋了。

最后要说一说南宁的人。我最深的感觉是南宁人热情、乐于助人。在街上问路，无论男女，无论老少，都热情地指点，有一次有个年轻人还带我走了一程。

我只到过南宁的很窄的地方，也只是接触过很少的南宁人，对南宁，我只是"管窥"——"管窥"的印象既好，就希望以后有机会看"全豹"。

（2011年。原载《邵阳晚报》）

长寿的巴马

　　桂西北的巴马瑶族自治县是长寿之乡，我们在巴马城郊下车后走到噢巴马饭店里，只见墙上一位老大娘冲着我们笑，脸上绽开了菊花瓣。导游小姐说，那老大娘一百三十四岁了。又说，2000 年全国第五次人口普查巴马有三千一百六十位八十岁至九十九岁的老人，七十六位百岁以上的寿星，平均每十万人中有百岁长寿者三十点九八个，是世界五长寿之乡中百岁老人分布率最高的地区，被誉为"中国人瑞圣地"。服务员让我们点菜时，她建议我们点一个火麻糊拌青菜的汤，说火麻糊是巴马人常吃的食品之一——这种汤当然是长寿汤了。

　　喝着长寿汤，又听导游小姐说，很多"候鸟族"都到巴马来租房过冬；还有很多人——北方的居多——在巴马买房或买地建房。他们看重的是巴马的环境。接着又说，巴马地磁高，水是小分子团水，所吃的食物也是小分子团化的，空气洁净率高，负氧离子含量高，而负氧离子是空气中的维生素……

　　饭后驱车去甲篆乡的神魔洞——英国皇家洞穴协会命名的"天下第一洞"。我注意到，巴马的"母亲河"——盘阳河边，矗立着不少新建的洋房，还有一些正在热热火火地修建，而小河边，田埂上，常可以看到悠然行走的人。导游小姐说，那些人大都是"候鸟族"。到了神魔洞旁边，人之多可以用"熙熙攘攘"来形容了。导游小姐说，这一带空气中的负氧离子最多，来的人也就最多。那些人，有的在小店里或摊子上买长寿食品，买得最多的是"火麻糊"；有的集体在小广场上就着音乐做保健操，投入得很；有的在亭子里听音乐，眼睛是半闭着的，又用脚轻轻打着拍子，已入无我之境；有的在穿洞而出的盘阳河边做深呼吸或引吭长啸；有的则用杯子舀从洞里流出的水，直接引颈而喝。我们进了洞，导游小姐提醒说，看洞内的奇景时可别忘记做深呼吸啊——这里祥雾弥漫，可是负氧离子宝库啊。洞其实是两个，前洞与后洞之间是一个大"天井"，"天井"里也有不少人在做深呼吸或保健操，"天井"的一角是一个天然的平台，上面更有不少人在下棋、玩扑克。导游小姐说，这些人都是外地人，他们是买了月票的，每天的大部分时间都在这里消磨。

我很感慨。

宋祖英早用甜美的歌声唱我们"赶上了盛世享太平"了。既是"太平盛世"，当然舍不得急急"驾鹤西去"，当然想当彭祖，而巴马有成为彭祖的自然条件和食物，人们当然要趋之若鹜了。但是，我又有疑惑，到这里来住一住，吃一吃，吸一吸，或者下半辈子就在这里住下去，这样就能成为寿星吗？来这里之前我就从网上看过一些资料，说这里的人长寿，除遗传因素以外，最主要的原因是：清心寡欲，与世无争！好一个清心寡欲，与世无争！在这"商品经济"时代，要清心寡欲、与世无争简直比上蜀道都难，有几个人能上得去？还有，这里的人每餐吃半饱，以火麻、玉米等粗纤维食物为主。在这"市场繁荣"、什么高档次食品都能买到的时代，这又是一个难题，难于"挟泰山以越北海"，有几个人能为？而且我这样揣度：长寿应该是自然而然的事，如果一个人念念不忘长寿，谨小慎微，生怕不能长寿，那只怕"向为寿者，今为殇子矣"。

（2011年。原载《邵阳晚报》）

德天瀑布

　　导游姑娘让我们先在崖边的平台上，远观瀑布。

　　瀑布在右前方的百余米处，分为两部分。右边的部分共有三叠，第一叠最宽展，真像晾着一匹大尺幅的白布，但大约任何白布都没有它那样光耀鲜洁。第二叠要短一些，而且中间被隔开了，但凭感觉，要比第一叠厚。如果说第一叠是厚布，第二叠就是厚毯子。第三叠最长，飞流直下的气势也最大。三叠瀑布实际上是一个整体，只是折了两折，比直接倾泻下来更显磅礴和壮观。左边的部分只是一叠，但分成两匹从绿树间泻下，比右边的每一叠都长，却没有右边的厚，看上去有点飘荡。导游姑娘说，右边的瀑布叫德天，是我们中国的——这里属广西大新县硕龙镇——德天是壮语，意思是水流过闪光的地方。左边的叫板约，是越南的。这条河叫归春河，从北往南流，瀑布前后的这一段成了中越边境的界河。河水流着流着忽然遇到障碍——浦汤岛在前面横着，水就分成两股，继续流，而浦汤岛南面是高高的悬崖，两股水也别无选择，都比赛似的跳，中国这一股更是连跳三级，于是跳成了世界第二、亚洲第一的跨国大瀑布。

　　远观当然不过瘾，导游姑娘就领着我们一行下台阶，一级又一级，也不知下了多少级，就到了水边。水里浮荡、停泊着不少竹筏，导游姑娘说，那些竹筏，大的是中国人的，小的是越南人的。又说，河对面沙洲上挂着各色衣物的棚子是越南人的。我们现在离瀑布近了，瀑布的响声也节奏急促地敲击着我们的耳鼓。导游姑娘说，可以租竹筏"零距离"地接近瀑布，"无间道"地亲近瀑布，身贴身地感受瀑布的伟力、瀑布的美。于是搭着竹篾篷子的竹筏很快划来了。我们上了竹筏，竹筏就缓缓向瀑布左侧游去。为了更加拉短与瀑布的距离，我移身到篾篷外面、竹筏的前头，这一来，瀑布就看得更真切了。它显得不是布了，是一绺一绺密密的银线珠条垂成的帘子，而沿着崖壁边沿的缝隙扭扭曲曲滑溜下来的，就是米粉条。瀑布的响声听不出是有节奏的了，只是轰轰烈烈地往耳里灌；飞沫已经飞到脸上来了，人却感觉到从未有过的清爽润泽，呼吸尤其顺畅，——后来知道这是瀑布的水汽形成大量的负氧离子，负氧离子可是"空气中的维生素"。竹筏继续偏一偏头，向中间移去，而且更靠近瀑布了。这时我已看不见瀑布，眼前只是银珠飞射，琼花喷溅，水雾舞旋；还有风，冷飕飕的一股一股地扑面而来，冰凉着我的脸，攒射入我的衣襟：我被从南国温暖的初冬拉到北国的疾风冷雨里。还有一种沉沉的似大鼓又似洪钟的声响，不只是震荡着我的耳鼓，还撞击着我的心房。这又是我从未经历过的。我很想久久体味一下，可惜竹筏不久就掉了头，又把我送回南国，大鼓和洪钟也渐渐减弱了气势。回头看那瀑布，觉得它是与我亲密依偎过的朋友了。

我们又爬到第二叠、第三叠瀑布右侧的崖畔，近距离地观赏领略它们暗呜叱咤的雄姿。导游姑娘说，现在是枯水季节，瀑布瘦了身，春天和夏天看起来才真叫有气势。导游姑娘当然是诱我们在春天或夏天再来，她的话，我是相信的，于是想象着春天和夏天的瀑布的壮美，尤其想象着坐竹筏与瀑布亲密接触的痛快淋漓。

告别瀑布，就由导游姑娘领到"旅游商品一条街"。

这"一条街"，其实应该叫"半边街"。马路的左边连连迭迭地搭着各色篷子，篷子下卖的小商品，有用的、玩的、吃的，有中国的，也有越南的，还有"中华民国"的，我印象深刻的是印着越南文字的香烟和"中华民国邮票"。"半边街"的尽头，左边有一个大广场，广场上也搭着一个一个的篷子，鳞次栉比，五颜六色，像山野里的蘑菇，却没有蘑菇那样杂乱。导游姑娘说，那些篷子是越南人的，也是卖小商品的。又笑着说，现在我们可以出国了。又嘱咐我们最好不要"深入"，以免上当或受到伤害。我们就"出国"，但只是在广场的边沿看看。集市喧哗而热闹，越南商人有男有女，有老有少，肤色一律是黑黑的，他们用熟练的广西白话热情地向我们推销商品，与"半边街"上的小贩并没有什么区别。我注意到一个游客在一个年轻的越南姑娘（或媳妇）那里买了一个烟斗，说是作纪念。

　　游览了一番篷市，导游姑娘把我们一行领到一个空坪里，指着一块石碑介绍说，这是界碑，是国家级文物。那石碑一米六高、六十厘米宽的样子，上头竖刻的阴文是"中国广西界"，"广"字的右侧是竖刻的阴文"五十三号"；下头是两行横刻的法文。导游姑娘又介绍说，这块界碑的历史有两种说法，一是相传清朝末年，清政府在这段边界上划规领土，当时几个官兵抬着界碑踏荒而来，看天色已晚，又觉饥肠辘辘，实在不想再往前走了，就慷国家之慨，随便找个地方挖一个坑，把界碑立下了。二是中法战争结束后，1893年由清朝政府授权北洋大臣李鸿章与法国驻越南公使巴特那协商后立下的，——一共立了二百零九块，大新县境内的编号是四十四号至五十七号，——因当时越南是法国的殖民地，故越南一方刻下法文。我宁愿相信后一种说法。

　　导游姑娘又说，中越两国山水相连，唇齿相依；历代以来，关系好好恶恶，恶恶好好。20世纪五六十年代两国人民是"同志加兄弟"，70年代末却反目成仇，兵戈相向。那段时间，绵长的边境线包括德天大瀑布所在的这片地方，都用地雷封闭起来了。两国关系正常化后，两千多名中国工兵在边境大扫雷，当最后一颗地雷被排除之后，这里才开辟为旅游胜地，才有导游的旗帜舞动。

　　我抚摩着界碑，久久地，久久地。20世纪60年代末期，我们村就有一位援越抗美的解放军战士牺牲在越南战场；70年代末期，与我们村隔一道岭的一个村又有一位参加对越自卫还击战的解放军战士牺牲于中越边境。而今我们"出国"来到越南，身份是旅游者。但愿以后踏上这邻国国土的，都是和平生活的享受者。

　　和平，和平！人民需要和平啊！我在心里呼喊，我似也听到边界上连绵的群山在应和。

（2011年。原载《邵阳日报》）

涠洲岛小记

从北海港口坐游船，七十分钟就到了涠洲岛。

涠洲岛是一座地质年龄很年轻的火山岛。听说岛西南边的"鳄鱼"山脚下有"火山口"，是特别诱人的所在，我们先乘出租的中巴车，再步行沿一级一级折来弯去的台阶往下，就来到了海边的"火山口"。崖壁是火山喷发后冷却的沙浆筑成的，岩壁到水边的滩地也是这种沙浆铺成的，滩地上还突起一座一座具体而微的峰峦，或尖耸，或崔嵬，或巉岩叠叠：一律是灰黑色，冷静得很，曾经沧海的样子；朴实得很，返璞归真的样子。我在滩地上徜徉，又忍不住抚摸了一座峰峦又一座峰峦，然后凝神设想火山喷发时的情景。也许先是地下发出沉沉的声响，如囚禁了千万年的巨魔的吼声，然后突然火光一闪，一股水柱就噗地冲上来，接着是红亮的火焰裹着浆液迸射出来，直上云天，然后浆液四散开出，又骤雨般落下来……海水被煮红了，沸腾了，翻滚着，蒸腾着，汹涌着。从地底发出的吼声已成敞开巨口的尽情呐喊，恣肆而毫无拘束。风也来助兴了，旋转着，尖啸着。这样，水、火、风，相交相融，互借威势，把一方海天闹得烈烈轰轰。

有话就说，有气就出，有劲就使；话说了之后就觉得清爽，气出了之后就觉得顺畅，力使了之后就觉得舒坦：过去了就过去了，不懊悔，不纠缠，也"好汉不提当年勇"，安安泰泰，平平常常：这就是火山。

　　沿着崖壁下的小路行走，放眼小路左侧的大海，觉得海水特别蓝，比我见过的河水、湖水都要蓝，蓝得晶亮，蓝得空灵，蓝得清虚。没有风，却也见小小波浪扑打着滩地，溅起轻细的浪花；前一排散去，后一排跟上：是既可听见又可看见的音符。小路右侧，时而可见崖壁下被海水冲击而成的凹形壁龛，可称为微型港湾吧，港湾里，水浅浅而特别晶莹清亮，如我家乡山间的一眼清泉，真想捧一口喝。

　　然后，我们又来到火山岩铸成的五彩滩。五彩滩边的崖壁真是漂亮，它是一层一层的，每层尺把两尺厚吧，像是人工砌的，但人工绝不可能砌得那样严丝合缝。不同的壁段又有不同的样式，有的地方很规整，横的线条像打了墨线，相邻段接合的线条也像过了尺子，是真正的神工鬼斧。有的地方是波纹的形状，线条柔和曼妙，那是海波的凝固。有的地方凹进去了，成了穹形，那是被海水爱得咬去一块以后愈合后的形状。崖壁的基调虽是灰黑色，但不是纯灰黑的了，或融进了绿色，或注进了橙色，或抹上了银白，或涂上了土黄色；或是一层绿色一层黄色一层灰黑色一层银白色一层红色……是一段段七彩的虹。

　　也是啊，宇宙里的大熔炉——通红的太阳能够进射出七彩的光，地底的小熔炉——通红的火山锻造出多彩的石头，也是顺理成章的。单一里隐含着复合，本不足为奇啊。

　　崖壁到海水之间是一片石板滩。石板滩的色调和崖壁一样，滩上的内容却十分丰富。这里是一个圆凼，脸盆大小，盆里还装着水（退潮后留下的）；那里像一个贴地而锯、锯得平整的树桩，树的年轮清晰可见。这里胡乱旋转着银灰色线条，像我们家乡的巫师画的符，神秘得很；那里有一幅印象派大师的画，一笔一抹，气韵飞扬，潇洒得很。整个看去，石板滩实际上像一大片丘陵的彩色模型，有逶迤的山脉，有蜿蜒的河流，有水库、池塘，有曲曲折折的山路和小路尽头的村庄。

　　然后我们到石板滩一端的沙滩上玩耍。沙滩上一小块一小块的乳白色石片特别爱人，形状或如鹅毛月，或如半月，或如古书上描写的玦，或如味美的腰果。还有一些石片竟被钻了孔。同伴说，这里在远古的时候生活过原始人，石片上的孔是他们钻的，石片是用来做装饰品的。我不苟同，却也没有理由反驳。回家后我查资料，原来那石片"钻"了孔，正是火山石的特征。火山石俗称浮石或多孔玄武岩，是火山爆发后由火山玻璃、矿物与气泡形成的。大自然的神奇，在这里显得更加明显。

（2011年。原载《邵阳晚报》）

体验"天脊"

　　我们一行到桂东北资源县的天门山景区来旅游。下了上天门山的缆车，我们沿水泥铺成的台阶路逶迤而行。两边是原始森林，有灌木，也有一些乔木，在这盛夏时节皆是青枝绿叶，使人觉得风也被它们染绿了，扇凉了。

　　我们是去看"天脊"的，"天脊"是什么，我还不知道，估计就是"鲫鱼背"一类的山梁。走了不远，果见前面有一道山梁，横亘在峡谷之中，想，这就是"天脊"了。好在"天脊"两边筑了栏杆，安全算是有了保障。我走到栏杆边，俯瞰下面，但见丹崖千仞，直垂沟底；沟底是些什么，看不清，只能想象，大概是些老树虬藤之类，当然还有溪流。

　　往前走不远，就到了一个凉亭里。四面自然有栏杆，我就靠近一侧的栏杆，由近而远地观看。峡谷的两边是丹霞的世界，有些丹霞石成笋状，几尊几尊簇拥在一起，各个只是现出半边身子，向人们炫耀那"丹霞"色的健美的身躯；有些则是巍然独立的巨人，那裸露的"丹霞"色的皮肤，无声地昭示：自然之美才是真正的大美。这些丹霞石最懂美的真谛，他们的头上，一律顶着葱茏礼帽。丹霞与葱茏，也许是最佳搭配。眼光循着连绵的峰峦向远处移动，就看到了沉在绝壁中间的一截河湾，那当然是资江南源的一段了。河湾上泊着船。虽在远处，却觉得近在咫尺，似乎耸身一飞，即可飞到船上。我移步到栏杆的另一边，看另一个圆柱形的丹霞山。有人说他与男人的特殊部位相似，我觉得他就是一个男人，一个真正的顶天立地的男人。骨骼健壮，皮肤黑里透红；神情深沉坚毅，多思而缄言。有了这样的男人做伴，觉得有了安全感。

这凉亭分两层，我沿螺旋形扶梯而上，就到了上一层。虽只高出第一层不足三米，但近观远眺，感觉很不相同——这犹如人，地位变了，看别人的感觉也变了。

盘桓了一阵，又往前走，走了不远，则是观景台。这观景台实际上就是一座桥，一座"断桥"，——这一头搭在"天脊"的端头，另一头悬空，离对面的山崖还远得很。桥的中间铺着木条，两旁是透明的玻璃，玻璃下面当然是万丈深渊了；好在边沿有栏杆。我移步到玻璃上，觉得脚心、腿胫又麻又痒；大着胆子看下面，下面似有云雾翻卷，虚无缥缈，脚心、腿胫的麻和痒的感觉更甚，又似乎觉得身子已经飘浮起来，在沟壑上升升降降了。我又麻着胆子走到栏杆边，腿胫的麻和痒的感觉升了级，还有点打战了；觉得稍不注意就会飘走游走，飘游向不可知的境地；又觉得人已经到了世界的边沿，已行将被世界抛弃，或行将自弃于人世。看前方，看远处，丹壁、绿树给我的感觉又不同了，我竟很羡慕他们的平稳，羡慕他们的淡定，羡慕他们"风雨不动安如山"。

往回走的时候，我想，这"天脊"只是看上去很险，其实那"险"早经人排除；觉得"险"，只是自己吓自己。而且很多事情总是这样：即使是真正很险的地方，很险的事，亲历了，亲为了，就觉得不过如此。

（2012年。原载《邵阳晚报》）

做客澳角

　　曾两次到福建东山县的澳角村做客。东山原先是座岛，现在是半岛，澳角村是半岛的一只角，凸在半岛南边的东侧，是半岛中的半岛。澳角人称南边的海为前海，称北边的海为后海——犹如我们湘西南山里人称"前山""后山"。

　　澳角全村一百多户，户户皆是新建的小洋楼，格局是统一的：进门是一个小院子，小院子进去是两层或三层的楼房。第一层进门是厅堂，厅堂正面的墙壁上"统一"贴着关羽的画像，画像两边对联的内容大同小异，当然都是歌功颂德的，如：心怀汉室三分鼎，志在春秋一部经。据澳角人说，在东山，关帝文化传统得很，浓郁得很。问原因，大概是：渔民下海捞生活，是和不可预测的风浪打交道，且旧时渔船又小，装备又简陋，在远海打鱼，突然台风来了，所向披靡，人就凭一页桨板——就如关帝的大刀——与之搏击，就个体而言最需要的是关帝的勇气，就群体而言最需要的是关帝的义气。澳角也有妈祖庙。渔民祭祀妈祖和关帝的目的相辅相成：祈祷妈祖护佑，又要以关帝的勇气和义气来充实自己。有这样的外因和内因，下海就有安全感了。如今下海的条件变了，但传统没有丢。

　　东山岛人的勇气我还未曾领略到，而义气，我有幸领略到了。第一次到那里的几天还是休渔期，"北海"的渔港里密密地停泊着一艘艘渔船，渔民们正在船上搞维修。我们跟一位船主提出到船上去看看，马上得到热情的应允。上了船，维修人员也停下工作，向我们介绍渔船的吨位、性能、构造以及船上的设备等种种情况。我们又被一艘小渔船船主邀请到海上去观光。船主的妻子也特意扔下手头的事，陪我们去；一位小伙子也主动陪我们去，他说他驾船的技术比那艘船的船主好。果然，在海里，海风不是很大，但小船还是时而被凸上浪的高原，时而被凹下波的盆地，而我们坐在里面，却并不觉得怎样颠簸，做好晕船打算的也"意外"地没有晕船。小伙子建议我们去看象屿，说到澳角来不看象屿是遗憾的事。我们当然不想留下遗憾。很快就到了。小伙子驾着船让我们近距离观赏，从不同方位观赏。一座屿上有一堵凸起的悬崖，被海水淘了一个大洞，那悬崖就成了长长的弯弯的象鼻，那粗糙而又平整的岩石，正酷似象鼻子的皮肤。

十里不同俗，东山离我们湘西南两千多里，不同的风俗有很多。他们的早餐中餐都是稀饭，还不是"地道"的，中间掺和了红薯之类，招待贵客也不例外。晚餐才是大米饭。酒，是饭后喝的，喝与不喝、喝多喝少也随意，不像我们湘西南一带，强劲，以把对方灌醉为幸事。——我想这大概也跟与大海打交道有关，大海应是不支持醉人的。下饭的菜肴当然大多是海鲜。海鲜有精心烹调的；也有"粗制滥造"的，即把小海贝、小海螺之类的东西连壳放在锅子里，用清水煮熟，盛在盘子里，吃完了，又盛上一盘。海里长大的东西，天生是咸的，有种小海螺，还有辣味和些许苦味。这样的吃法，就像我们湘西南一带吃毛豆子、毛芋头和水煮带壳的新鲜花生；我很喜欢。

在那里做客，遗憾的是我们的湘西南方言和漳州方言特别有龃龉；我们的普通话讲得不标准，而男主人和主妇根本不会讲普通话；所以坐在一起就没有什么话说，只是喝茶而已。幸亏他们家的一个邻居会讲普通话，虽然不标准，我们还是听得懂，而他也听得懂我们，于是被委托陪我们说话，陪我们玩。他是男主人本家，也姓沈，五十来岁，我们就称他老沈。

老沈领我们到村前的海边看过妈祖庙。庙的两旁是粗根裸露的大树，树荫把庙蓊郁着，给人一种静谧安详的感觉；庙的规模并不大，妈祖慈祥地坐在神坛上，神坛前摆着供果，燃着香烟。我们自然向妈祖作揖。我们湘西南的武冈旧时有天后宫，天后就是妈祖最高档次的封号。关于天后的知识我也知道一些。北宋时福建湄州女子林默，在海上救人而成为神，历代帝王不断册封，从天妃晋封为天后。老沈说，福建人喜欢称天后为妈祖，妈祖既是福建以及沿海各地民众共同信仰的海神，也是能让侨居各地的福建老乡人心凝聚的神灵。我对老沈说，我们武冈的天后宫是福建人的会馆，旧时福建人在武冈捞生活的多是烟叶工人。烟叶是明清之际从福建传入中国的，所以福建人最先懂得栽培烟叶和加工烟丝。旧时在武冈捞生活的福建人另一种职业是织布。老沈说，他的祖上也是织布的，说不定还到过武冈。我笑起来。我们显得更融洽了。

老沈就给我们讲了祭祀妈祖的情况，说有公祭和私祭两种。我最感兴趣的是老沈讲的他们那一带的私祭的情景：农历三月廿三日妈祖诞辰，村里各家各户都把喂了一年的肥猪宰了，天没亮就抬着整头猪和其他礼牲来到妈祖庙虔诚祭拜，妈祖庙内外，烛火红亮，香烟缭绕，鼓乐不断。老沈说，那种隆重的场面，庄严肃穆而又热闹欢快的气氛，他是形容不出的，要想欣赏感受，只有亲临其境。

第二次到那里的几天老沈还领我到海里钓鱼、吃烧烤——因为女属不敢坐那种小船，所以只有我一个人和他到。那天没有风，海面上只有微微起伏的波浪，船也只是微微晃动。在一座小岛的附近，船停下来，然后放钩。在海里垂钓的感觉与在我们家乡的小河边大不相同。虽是八月，但拂面的海风潮润而清凉，觉得身上每一条经络、筋骨都是舒坦的。望着在碧蓝的海面上缓缓荡漾的浮标，心也随着缓缓荡漾，感觉是那样安闲宁静！而知道小小的"我"是在茫茫大海中索寻引诱不可知的鱼，且只要有耐心，多多少少总会获取一些，觉得世事是多么神秘，多么宿命，多么偶然，多么需要随机。哟，老沈已钓上一条！嘿，我的浮标也动起来了！……我的收获之快和多，可不是在小河里垂钓能够比拟的。

有了可观的收获后，老沈就说，肚子饿了吧，我们吃烧烤去。就把船摇到那个小岛边上，然后两个人都上了岛。小岛的这一边是缓坡，老沈找来一些木棍木片，用打火机点燃，篝火就燃起来了。接着他用两根小铁扦分别把两条鱼从嘴到尾地扦起来——铁扦是特意从家里带来的——然后都交给我，让我把鱼放在火上烤。他自己则走到水边去做什么。很快，鱼就有了香味。老沈也来了，捧着一大捧东西，我一看，是些海蚌、海螺之类。他把它们撒到火里，说烤蚌、烤螺特别有味道。老沈又从我手里接过一根铁扦，示范应该怎样烤。不一会，就有香气窜入鼻孔，看铁扦上的鱼，已经黄铜铜油亮亮的了。我忍不住，轻轻咬了一口，品味着，接着又忍不住咬一口。鲜满口腔！其中带了点甜，是恰到好处的甜，又带了点咸，是不易觉察的咸。与烤河鱼的味道是大不相同的。吃了鱼，就可以吃蚌和螺了，没有鱼那样鲜，却比鱼香。——在我们家乡，是没有谁烤蚌壳和田螺吃的，嫌太腥，可是，这海里的东西竟不觉得腥。

　　一边吃，一边听老沈讲神话传说。某朝的皇帝逃难到东山岛，玉帝派四个神仙下凡辅佐，分别称为龙、虎、狮、象将军。皇帝不识忠奸贤愚，说龙、虎、狮、象四将军想谋反，就把他们关押起来，残酷地拷打。太上老君在天上看不过，请求玉帝收上天去，玉帝征求四位将军的意见，他们却都要求继续留在人间。于是玉帝让老君作法，把四位将军变成四座岛屿，让他们卧于海边，永远护卫百姓。我知道，澳角人有这样一个情结：把澳角开发成旅游村。我想澳角人能心想事成。有海，有沙滩，近海上有四座肖形的小岛屿——龙、虎、狮、象，且有动人的传说。虎屿龙屿在村子的南面，即"前海"上。我在村前的海堤上已经看到。虎屿特别肖似：一只大虎横趴在那里，虎的眉、眼、鼻、口都有，都很像；虎的左前腿向前伸着，左后腿曲着，刚劲的尾巴则拖得很长，用以剪人，一定特别有力，远胜过景阳关剪武松那一只。

　　这样的地方，人们应该来看看啊。

（2011年。原载《闽南风》《湖南工人报》）

岳阳二题

（一）岳阳楼

秋冬之交的一天，我到岳阳旅游，自然游览了岳阳楼，拜读了范仲淹的《岳阳楼记》。

早知道《岳阳楼记》的雕屏有两块，一块是真迹，一块是赝品。真迹是清乾隆八年（1743）岳州知府、我的本家黄凝道特请大书法家张照书写全文，又请善雕者刻于紫檀木屏之上的。赝品则是清道光年间那个姓吴的岳阳知县的功劳。原来那吴知县一上任就打起《岳阳楼记》雕屏的主意来，遂用重金贿赂一个民间艺雕高手，让其精心仿制出来。两年后，吴知县调离岳阳，以仿制品置换了真品，然后趁夜色遁去。不料半路风狂浪骤，而致船翻人亡，雕屏全部沉入湖中。后来湖水浅了，被渔民打捞上来。百余年后的1933年，当地政府整修岳阳楼，才从民间赎回，并油漆一新，装在二楼大厅正面，而赝品也装在一楼。

导游说那赝品能以假乱真，要我们记住一楼那雕屏上的"居庙堂之高"的"居"字的特点，说到了二楼看真迹，就可以作出比较。到了二楼，看了那个"居"字，果然有区别，二楼那一个，第三画即那一撇长一些，一楼那一个的短一些。据说那是被雇请来的艺雕高手有意这样做的，他相信那"巴陵大盗"的不齿行为总有一天会暴露，《岳阳楼记》雕屏的真品总有一天要重新面世，公众根据那一撇庶几可以分辨"谁是真的谁是假的"。虽然早在读初中时就背诵了《岳阳楼记》，但，在一楼和二楼我都从头至尾一字一句地诵读，"身临其境"，感觉是很不同的。在二楼读罢，又诵读了几副楹联，咀嚼了一番"忧乐"二字的真谛，不觉又想起那个吴知县来了。吴知县爱《岳阳楼记》的雕屏，恐怕爱的是"物质"，那是著名书法家书写的啊，又是昂贵的紫檀木雕的啊，一定很"值钱"，把它弄到手里，家里就多了一分财产。如果是爱范文正公的"忧乐"精神，绝对不会干出那种卑鄙勾当的。我不知那位吴知县的出身、学历如何，但可以肯定他是读过一些圣贤书的，读过一些圣贤书而又为民"父母官"，还居然那样低下！于是我又想，在有些人面前，"思想教育"遇到"物质引诱"会一碰即碎，怎样让"思想教育"在"物质引诱"面前变得坚硬起来，实在应该是长期认真研究下去的课题。

（二）洞庭湖

下了楼，我走到堤栏前，往湖上望去，湖水浑黄，也看得出是很浅的，没有北宋词人张孝祥笔下"玉界琼田"的诗意，没有唐代诗人孟浩然笔下"八月湖水平"的景象；又是薄阴天气，低空里沉滞着阴霾，看不见范文正公笔下的"上下天光，一碧万顷"，看到的只是河似的一条，"河"的那边也许是沙滩，沙滩过去才"烟波浩淼"吧；"河"里停着不少船，船头斜伸着两根长长的杆子，疑是采沙的，没有轮船，没有帆船，也没有打鱼船。这不是我心目中的洞庭湖啊，我激不起张孝祥那样的"着我扁舟一叶"的兴致啊。

幸而我们的日程还有游君山。想，到那里去总可以领略到浩淼的湖上风景吧。

熟料到君山去不是坐船，是驱车过跨湖大桥。过了桥，方知"沙滩过去才'烟波浩淼'"的猜想是错误的。哪里有"烟波"啊，水泥路的两旁，所见都是芦苇，是白杨，是屋舍；秋风瑟瑟，草木乏青，芦花飘零。哪里是到了湖里，分明是到了荒原上。问导游，君山还在水中央吗？还是唐代诗人刘禹锡看见过的"白银盘里一青螺"吗？回答说，也和这一片平畴相连了。到了君山，果然如此。很颓丧。拜谒娥皇女英墓和参观柳毅井的时候，很觉得没有意境，没有意趣。导游说，今年湖南少雨，让洞庭湖显得特别枯瘦；要是涨了大水，水会淹到哪里哪里，会是怎样的波澜壮阔。但那是张大水的时候啊。导游又说，洞庭湖没水，湘资沅澧就没水。他的意思也许是，洞庭湖的水量决定着湘资沅澧的水量；不要嫌弃洞庭湖，你们资江也一样（他知道我们是从资江边上来的）。其实他说倒了因果关系，应该是湘资沅澧没水，洞庭湖就没水。很惭愧，我们的资江，已经不能为"洞庭天下水"的壮观助一臂之力了。

驱车往回走的时候，导游又说，洞庭湖已经大大缩小了，可能还在继续缩小，原因很多，很复杂，这是没办法的事。我也只能接受这一事实了。由孟浩然和杜甫时代的"吴楚东南坼，乾坤日夜浮"，"气蒸云梦泽，波撼岳阳城"，到今天的只剩下一片一片的小水面、一些沟沟汊汊，八百里洞庭已大打折扣。"洞庭鱼米乡"，没有水哪有鱼？"洞庭天下水，岳阳天下楼"，"水""楼"是互相依存的，没有"天下水"哪有"天下楼"？这是一种怎样的悲剧啊。这种悲剧，范文正公可能没有意识到（到他所处的时代，洞庭湖肯定没有更早的时代那样气势雄浑了），他只是"居庙堂之高则忧其民，处江湖之远则忧其君"，而没有忧自然，忧苍天，忧宇宙。他可能也认为"忧天"的"杞人"是可笑的。这么说来，一个有责任心的人，不管是平民还是官宦，不管处于江湖还是庙堂，除了"忧民""忧君"，还应该"忧天"了。

（2009年。原载《都梁风》）

张家界石峰猜想

我猜想，张家界的石峰是上帝的不成功之作。

上帝本来要造很多宝塔，但是，他造的宝塔基本上不像宝塔。它们只有宝塔的昂然、挺拔、尖耸，而要分辨出是几层的、几面的，则是不可能的。有的简直已经不像宝塔了。或是底脚细小一些，上头大一些，成了一个倒立的不规则的酒瓶；或是半腰细小一些，腰上和腰下粗实一些，似被大力士掐了一把。或从头到顶一样大小，即如比萨斜塔，向一边歪斜。或通体纤细，像密林中的树木，只是腰儿不弯。或成了霸主的竹节金鞭，成了"天欲堕，赖以柱其间"的擎天柱。——这些所谓比喻很勉强的，其实它们是"四不像"。那些"四不像"只是一味地向上，向上，似要上到天宫里去，让上帝看看：你把我们造成什么样子！这就让看的"人"也有要跟着它们上去问一问的想法。而张家界的人为了让上帝重新造宝塔，居然自己还造了一个样板，让上帝临摹，不知上帝愿不愿意重造。

这是远看的印象。近看呢，则更可看出上帝不负责任。他把一块一块带点赭红的大石块，非常随意地安上去，或者说是抛上去，一次性地安上去或抛上去后，就不再挪一挪动一动了，这样就使得这个石块凸一些，那个石块凹一些，参参差差，没有规矩，不成方圆。那些石块也不加选择，单看显露在外头的一面，固然有正方形、长方形，但更多的是无规则的几何形状。而砌上之后也不用水泥或三合泥抹一抹缝线，更谈不上通体抹上水泥或腻子遮丑了。这样做，是不是为了迎合一些人的喜好？——大大咧咧，素面朝天啊，不修边幅啊。杨贵妃的姐姐虢国夫人的素面朝天，是不是受了这些"石塔"的启发，如今流行的牛仔布料的乞丐服，是不是受了这些"石塔"的影响？我想恐怕是的，一定是的。

我猜想，张家界那些石峰，是巨人的化石，他们的形态和神态宛然而在。单尊地看，有的英武——是男子，有的俊秀——是女子，有的龙钟——是老人，有的稚气未脱——是小孩。有的大腹便便，是饱食终日的富翁，有的瘦骨伶仃，是食不果腹的穷人；有的昂首挺胸，志得意满；有的低头哈腰，恭让过分；有的在谦和地和别人说话，有的则陷入深深的沉思；有的眺望远方，盼亲人来到身边，有的垂首脚下，在研究脚下的土地是否坚实；有的像在缓缓行走，有的干脆坐下休憩。他们更多的是聚集在一起的，这里那里，有神态基本一样的一群，或站成队列，兢兢业业，准备接受检阅，或团在一起，同仇敌忾，准备战斗。也有神态各异的，两个三个，男女混杂，聚在一堆讲悄悄话或密谋着什么；五六个、七八个或更多的聚在一起的，则是在开会，或一人做中心发言众人各怀心思地听；或在面红耳赤地争吵什么会议室炸了锅。

是的，人如石，石如人，石间百态，就是人间百态。上帝实际上是以人为样板，在张家界造石峰。

（2009年。原载《邵阳晚报》）

雨蒙雾遮黄石寨

到张家界的第二天下午，我们徒步登黄石寨。

是深秋时节，昨天开始雨就时下时停，我们祈祷今天下午不要下雨了，当然，祈祷归祈祷，雨伞还是带了的。一共三十来个人，称得上是浩浩荡荡地从前卡门上。沿山路逶迤来到"杉林幽径"上，觉得到张家界来又是一"值"。那一棵棵杉树，拔地而起，挺直劲健；他们负势竞上，不谦不让，而又伸展着枝头相接相携，显出共生共荣的大度。那树冠是郁深的青翠里沉淀的一点浅红，而橙红的杉球点缀其间，又给人以硕果累累的成功人士的感觉。"情人是人中之王，杉树是树中之王"，湘西的民谣评判得真准，除了这杉树，还有什么树可尊之为王？行走在王者们之中，我觉得自己也沾染了……不是王气，是豪气了。

也许老天爷要考验我的豪气，"杉林幽径"还在脚下夭矫不止，雨又下起来了，由稀稀落落的雨线而成密密的雨帘，山坡、幽谷、杉树、山石，一切的一切，都隔在帘外了。天地自然也暗了下来，那一团一团飘飘荡荡的云雾，亦生出一种诡秘来。于是，同行的伙伴有一些就踟蹰不前了。我也有一点犹豫。雨并不大，也不是斜着下，伞足可以遮身；雨中登山，亦别有意趣：那么，犹豫的缘由是什么？缘由是，我身边还有一个累赘——我的妻身体并不是强健的，虽有伞，被雨淋湿衣服也难以避免，如果继续上，她中途身体不适怎么办？更何况，在这种烟雨统治一切的山野里，越往上不确定的因素越多，若遇什么危险，一个人好自我保护些，而还要保护另一个人，就增加了难度。于是问妻，上不上？妻说，上吧，怕什么？那就不怕吧，就拉着她，毅然而上，虽然心里还潜藏着紧张。接下来的情况是，"幽径"延续一截，队伍缩短一截。走完"幽径"，一数人数，包括我和妻，一共只有八名勇士了，而女性，则妻是绝无仅有者。那六位勇士赞扬鼓励我俩，我要他们只管往上走，咱们在山顶庆功。

　　往上走了一程，向前方望去，云谲波诡之中，但见一尊巨人俨然而立。——在山下我看过介绍，知道那就是"定山神针"了。它和张家界其他石峰一样，下粗上细，峰壁略无树蔓攀援，峰顶则丛生着灌木，像搽了摩丝有意修整过的头发。但我觉得它与其他石峰又有不同，他格外沉稳、壮肃、坚毅不拔。这种感觉，也许是"定山神针"那个"定"字早潜于我的意识里，还因为他处于云谲波诡的环境之中。哦，他的躯体还闪烁着银灰色的光泽，雍容而华贵，——这是雨水的功劳了。我拉着妻的手，久久伫立凝望；他也在凝望着我们。我觉得，心中潜藏的紧张在凝望中稀释。再启程时，雨似乎更大了，且有一股云雾长龙一般从谷底卷袭而来，呼啸有声，但觉得那只是雨中的奇景。

　　妻说，前面有个地方是南天门——她也在山下看过介绍的。我想起家乡有句歇后语，叫南天门打伞——一路同行，这歇后语的典故出自一则神话，讲的是一男一女两个仙人同进南天门。我心里就涌出一种愉悦：我和妻正在演义这一则神话啊。走了不远，只见前头有𥖄嶙石峰挡道；我们拐个弯，就"豁然开朗"，前面敞着一条通道，原来𥖄嶙石峰是两个身子互相支撑的巨人，见我们来了，身子就移开一些，礼让出一条路来。说是门，也不假，而对于我们这些踏着雨云雾朵行走的人来说，它是名副其实的"南天门"了。穿过南天门，我对妻说，现在我们进了天庭，算是神仙了。妻把我的手抓紧一些，大概为的是腾云驾雾也不会分离。妻突然又指着右边不远处说，那是……托塔天王吧！我说，托塔天王要降妖，忙得很，那只是个一般的维护天庭治安的将军。又说，那将军昂然伟岸，尽职尽责，有他维护治安，我们真可放心。

　　雨停下来了，但云烟更沉了，天也更低垂了。我看看手表，说还只有三点多；我要宽慰妻，我们到底是朝不可知的地方走。妻说，没事的。她也是在宽慰我。又走不远，妻指着前方幽谷说，看那一座石峰！我知道，她指着的叫"南天一柱"。我俩又停住了，向那"天塌下来擎得起"的神物行注目礼，他也似乎在向我们致意。他崛起于蓊郁的林木之中，赤裸着浑圆壮硕的躯体，头发不很浓密，但桀骜上指：说他是柱，不如还说是一个魁梧的武士。雨又下起来了，这一次大一些，伞被打得啪啪作响，天地也更暗了。我试探地问妻，还上去吗？她把我的手臂挽着，说，上吧，天塌下来有长子顶着。我以为，她说的"长子"是我，或许还是那"南天一柱"。

上坡、下坡、拐弯抹角，延展在我们脚下的，是一条平而直的沙石路了，雨也停下来了，我们的步履轻盈起来，心情也格外舒缓起来。路的左侧是不陡峭的山坡，苍翠之中有古藤老树黄叶，亦有黄花红果黄果，妻还摘了一束黄果，我知道那是可以吃的，就尝了一颗，味道是苦涩而微甜。路的右侧是幽谷，也是"乱云飞渡"，我们也"仍从容"。前头走来了几个人，告诉我们，顶峰不远了，要我们"不到长城非好汉"。可惜走完平而直的沙石路，就甘尽苦来了——路变得仄逼陡峭，爬了一阵，妻的脚步明显沉缓了，也有点气喘了。我挽扶着她，说，慢点走，不要紧的，反正伙伴们在前头等着。妻也说，我不要紧，吃得消。与前面走过的路不同的是，这里的路上时而蹒跚着一个癞蛤蟆，而路边的癞蛤蟆更多，其状丑陋，其鸣呱呱。妻平素是很怕这类东西的。我说，不怕的。妻说，它们又不咬人，只想吃天鹅肉。她是要我别为她担心。再走一段，突然听见喁喁的叫声，循声望去，在路边的树上，不是蹲着一个猴子吗？哎，岂止那一个啊，更多的树上，还有石头上，还有地上，都有猴子，或蹲着不动，或跳跃腾挪，或向我们走过来，喁喁之声此起彼伏。"猿鸣三声泪沾裳"，猴子是善于制造悲剧气氛的。我对妻说，不要紧的——山顶快到了！妻点点头，说，快到了。妻向来有点多愁善感，但此时我没有听出她声音中异样的因子。

终于到了峰顶。先到达的六位伙伴都在那里等候我俩。他们要我俩去登六奇阁。登上六奇阁，觉得是来到一艘海轮上，海轮正犁浪破涛前进——四顾皆是云雾的海洋，那云浪雾涛汹涌翻滚，一拨一拨地向我们扑来，又向我们身后涌去，好在没有冲击力，我们能"岿然不动"；也有涛声，沉沉的，不知是林涛的声音还是这云雾之涛的声音。过了不久，云雾变稀薄了一些，但那丝丝缕缕变粗了，它们在眼前扭动着，似乎手指一卷能绕上几缕。可惜还看不见资料中介绍的远处的景观，也看不见稍远处哪里有岛屿偶尔露峥嵘。

我知道"六奇"是山奇、水奇、云奇、石奇、植物奇。水奇、植物奇和珍禽异兽奇我们没有领略到（癞蛤蟆和猴子不算吧），但领略了山奇、石奇、云奇，也值了。而从"石奇"之中，我们还接收了一种阳刚之气，这恐怕是最大的"值"。

（2009年。原载《都梁风》）

山灵与天籁

　　下了张家界天门山缆车，往左走，一路是栈道。栈道蜿蜒在悬崖上，左侧是不高的石壁，石壁之上是缓坡。石壁和缓坡上虬曲着千年古藤，屹立着百年老树，匍匐着草本的丝绦，盛开或萎落着红花白花黄花。右侧呢，横看过去，所见是高高低低的山峰，峰壁被上帝的巨斧削劈得笔陡；是深深浅浅的沟壑，沟壑里弥漫着烟霞。俯瞰（如果敢的话），栈道的栏杆之下则是万丈深渊，千尺谷底，想那底部的石头应是庞然大物，树木应是参天耸立，却变得渺小而猥琐。只有悬崖上靠近栈道的树木，斜俯着身子，舒张着手臂，傲视沟壑中的烟云。

　　移步换景。一步一景。尽管大环境不变，细节总是不断变化的。

　　何况还有玻璃桥。

　　玻璃桥和水泥栈道一样宽，只是用玻璃替代了水泥板，栏杆也是玻璃的。透过玻璃，往下看到的是深深的沟壑，踩在上面，有腾空的感觉。每向前跨一步，脚掌和腿杆总觉得有点麻，这是因为有恐惧感：生怕一脚踩下去，玻璃破了，人摔下去，摔死在"温都尔汗"。一般的游客，总是贴着左侧的石壁走，手也要扶着石壁；也有胆大的，贴着右侧的玻璃栏杆走，"行若无事"。

　　不管怎样，是够刺激的。

　　没有鸟声，却有蝉声。仲夏时节，正是蝉儿尽情歌唱的季节。低音、中音、高音；独唱，合唱；领唱，跟唱；你唱我和，渔歌互答。沟壑里，山坡上，是浓稠的蝉声的世界，似乎看得见萦绕缠绵的蝉声的音符。

绿色的世界。音乐的空间。

但是，在栈道上走得久了，似乎觉得有点……有点单调。是的，是有点单调。这种单调，应该是夜间走在都市的大街上饱赏红灯绿光的单调。有单调暗袭，人就有点萎靡了，也有点浮躁了。

正当意兴阑珊的时候，突然……世间的突然之后往往有意想不到的转机。突然……有绝不同于蝉声的音乐导于耳孔，不，是导于胸臆。清新、凉爽、柔和、婉丽，丝丝缕缕，不骄不躁。

是谁手机里的音乐？

不像啊，没有这样真切啊！

哦，前面是个凉亭，音乐是从凉亭里传来的。

跨进凉亭，看到了，看到了音乐。

凉亭右侧的中间，供游人歇息的条形板凳上，一个女子，正在演奏古筝。一袭本为白色而稍稍浸染了些绿意的长裙，与季节相合；浅浅的淡妆，与环境相合；古朴幽雅的音乐，与季节、环境都相合。少女与音乐，更不是"人工"的而是"鬼斧神工"。少女是山灵，音乐成了天籁。

游人——男人、女人，老者、少者，独行侠、成群结队者，踌躇满志者、心情抑郁者，没有人不停下来。都像"行者""少年""耕者""锄者"见到采桑的罗敷，只不过是欣赏音乐和观赏少女，而没有其他妄想。

周围，山还是原来的山，石还是原来的石，树木还是原来的树木，蝉声还是原来的蝉声。但是，都又变了，山多了灵气，石少了冥顽，树木增了生意，蝉声糅进了情调。

人呢，在古筝的旋律中，萎靡拂去了，心志沉静了。

是的，自然是伟大的，但有了人的装点，这种伟大就有了质的飞跃。

（2014年。原载《邵阳晚报》）

芋头古侗寨

我们来到通道侗族自治县的芋头古侗寨。

石板路的石板没有规则，长方形、正方形、多边形、非几何图形都有，不刻意追求一律，但平整，规范在一定的宽度里。这是一条古驿道，脚夫、兵卒的足迹虽被岁月的风雨拂洗，透过石板的光洁，却更能感受到深沉的沧桑。石板路的右侧是一条小溪，清澈得透明，碧透得坦荡；溪水缓缓流淌，听不到杂沓的喧哗。心气平和则步履从容；既聚水而为溪，总归要流入小河、汇入大河、归于大海的，焦急什么呢？我们读懂了溪水的心思，于是也放慢了步伐。

来之前就了解了芋头村的历史。相传明朝洪武初年，一侗族杨姓青年带着猎犬赶山，赶至芋头界一带时，疲惫的猎犬在一块草坪上趴下，罢工了。主人无奈，与猎犬订立契约：我向空中抛三次饭团，你能张口接住，我们就不走。结果每一次，猎狗都接住，青年信守诺言，在芋头界下砍树搭棚，住了下来。之后与逃难进山的女子结成连理，生儿育女，生生不息。我感兴趣的是人与动物订立了契约而不反悔，明显是承继了人类童年的实诚……

一座鼓楼矗然在前。宝塔形，一共有……九层，从正面看去，一层至四层的檐是一字形，但两端悠然翘起，翘角上有龙欲飞而未飞；五层至九层，每层的檐增加了一倍，则一道变成两道，翘角上仍有龙，仍欲飞而未飞。九层之上叠两层宝葫芦，再往上挺立一根尖杆，尖杆的稍下端斜斜地长出一个装饰，像一片出土不久还未舒展的包谷叶。九层之台，起于垒土，这鼓楼也立于砌了台磡的高台之上。我整衣敛容，肃立于高台之下，久久仰视。鼓楼不语，只是慈祥而悲悯地垂眉看我。我不知道他诞生于何年何代，但可以肯定，他吃过的盐比我吃过的米多，走过的桥比我走过的路长。是的，他没有走过路。静止也是生活的一种，当然也有其独特的况味。他对寨子外面的一切的了解，大概皆托付从他身边走过的小溪了吧，他俩应是心有灵犀的。从另一个角度来看，他也是游动的，他游动在时间之流里，以另一种方式感知世事。不舍昼夜流淌的小溪，静止的鼓楼，组成了世间的两极，让人体验世事的嬗变和永恒。

正方形鼓堂里，四围搭着货台，货台上陈列着土特产：圆盘的藤叶俱见的侗茶饼、手工纳的花鞋垫、仙人用来装酒的葫芦、最佳洗碗工具干丝瓜络、往昔的脚夫离不了的草鞋、各种形状的篾篓子、瓶装的腌菜、被称为灵芝的猪肝色的蘑菇、袋装的野蘑、陶坛或玻璃瓶装的或清或浊的家酿的米酒，筷子头大小的干鱼，等等，等等。卖主清一色是上了年纪的侗家妇女，多皱的脸上凝着平静，你看她的货也好，你看罢不买她的移步到相邻的货台前也好，那平静之水并不淌去。没有谁口头叫卖，更没有谁借助电喇叭叫卖；这里有买卖，但没有市嚣。"逛"这样的市场，是一种新颖的体验。

寨子里有些房子是沿溪而建，更多的是依山势而建，看上去重重叠叠。我们沿着石级路，迤逦而上。木结构的瓦房，素面朝天，没有瓷板墙和玻璃窗的炫耀，倒是一些木柱、板壁经烟熏火燎的"洗礼"，显得油光锃亮。走廊上晾着各色衣物，有一种是镶边的大襟褂，还有一种是镶边多纽襻的对襟褂，也有黑色头帕，鼓堂里老妪头上戴的那种。廊下、墈头，花儿或枯或荣，绿草青蔓葳蕤柔曼，梨树、柿树的浓密的绿叶掩映着夏季的半大青果。站在墈上看墈下的屋顶，不是灰青着脸的水泥面板，当然也不觉得有蒸腾的暑热辐射而来；看到的是真正的鳞次栉比的黑瓦，感受到的则是瓦楞上的青草的自得其乐，虽然它们谈不上茂盛。

一路到寨顶，有好几座鼓楼迎迓，其中一座，一半搭在山坡上，一半岌岌于山崖上，奇哉险也。险，不等于是"危楼"。鼓堂里有闲坐的老者，安详、淡定。我们也进去坐了一阵，要沾一沾他们的安详和淡定，这可最是能够抵御尘嚣、消融浮躁的。

到了寨顶——以山而论，只是半腰——其他伙伴原路下去了，我和另两个意犹未尽，还往没有房屋的山路上走。走不远，眼睛豁然一亮：一树杨梅……不，两树！青枝绿叶间，繁繁闹闹着多少杨梅！青而泛红，红而泛乌。望梅止渴，见梅岂不生津？但是且慢，"不拿群众一针一线"啊。摘不摘？踌躇间，一对中年夫妇来了，看出我们的心思，说，可以摘了吃的，在树上摘了吃是不要钱的。在树上摘了吃不要钱，是一种古老的风俗，我们的老家过去也是这样，可惜被时光的修正液覆盖了。我们就在异乡他方还原这一风俗。杨梅很好吃。

想起来了，刚才那对中年夫妇，是带着漏斗状的篾制渔具的，而坡下有流水声，他们也许在捞鱼。我们就下坡，只见一条水涧，从坡那头汩汩流来，涧中腰一个卡口处，安着那渔具，而夫妇俩已在旁边的地里劳作。同伴指着渔具问，里面有鱼了吗？那侗家大嫂说，你提起看一看吧。我提起渔具一看，里面已经有好几条银色小鱼。这才是"放心鱼"啊——在另一些地方，鱼长在污水里，还是被药死后捞上来的。同伴问，鼓堂里卖的干鱼，就是在这样的涧水里用这样的方法捞到的吗？侗家大哥回答说"当然"。

离开古侗寨的时候，我们一行不少人买了"土特产"，其中也有干鱼。一个同伴还买了一个酒葫芦，又沽满米酒，自己对着葫芦口喝，也让别人喝，醇醇的酒味里飘荡着一点原始、古朴的情调。

（2015年。原载《邵阳日报》）

会仙桥

住在南岳祝融峰的一个旅馆里，目的是要看日出。于是起了个大早，出门一看，满天下云遮雾障，茫茫一色，东边也不见沁出哪怕是细微的亮色。头天下午雷雨恣意欢闹了一番，这雾障是他们未央的余兴。

趑趄间，忽见路边有指路碑，上书"会仙桥"。既不能一睹羲和驾日车启程的风采，何不去会一会神仙？于是又读碑上的说明文字，原来去会仙桥的路还叫"曾大人路"，当年曾国藩为了方便乡邻来南岳烧香，倡议修一条从他的家乡直达南岳祝融峰的路，自己也做了慷慨解囊的榜样。

那就多谢曾大人他们那些前人了。

开头是石阶路，由麻石铺成，每块麻石长有三尺多，宽是一尺多吧；台阶也不是很陡，走起来很舒松。让人舒松的，还有——路的两边是柳杉林，林子里氤氲着不浓不淡的雾，让人预感到能与神仙相会；柳杉树干高大，枝杈却一伸手就可以抓着，那翠绿的针叶上时不时滴下一颗水珠，应是仙露，让人禁不住想尝一尝。于是走到一根横逸的枝条下，张开口，对着一颗摇摇欲坠的水珠。那水珠真是通了灵性的，它倏地不偏不倚坠入我口中。清凉，似还有点甘甜，神仙应也是这样吃甘露的，觉得味道也是这样的吧。空气当然无比清新，呼吸之间，只觉得神清气爽，血脉畅通，耳聪目明，因起得过早而滋生的倦意被置换，抬腿甩手，是十分轻快灵活了。

于是加快了步伐。

但渐渐地，我脚步凝滞起来。东拐西拐的路是越走越远，林子是越走越肃穆，对面没有人走来，回头看，后面也没有跟上来的，真是寂静啊，而这里一声那里一声的露滴，更加深了这种寂静，又平添了一种神秘。有一种畏怯之镞袭向我了，心既中了畏怯之镞，脚就不能不凝滞啊。好，迎面走来一个人，不是神仙，是一个娉婷的凡间少妇，我含糊地问，前面情况怎样，她瞥我一眼，也含糊地回我，你也怕？

别让她瞧不起，快走吧！

路不是往下，而是往右了，有些路段已不是一级级台阶而是缓缓的坡路了：两边箍着长条形的石板，中间铺着形状不规则的石板；总体是平整的。路的左边是树墙树篱，屏蔽了再左边的悬崖。路的右边大多是"无欲则刚"的石壁。哦，石壁上有摩崖了，我伫立壁下欣赏，那是用朱笔填写过的阴文，字巴掌大一个，字体刚劲。"予自辛未岁奉□严父其寿命，邀同湘邑义士彭嘉会倡修岳峰石路，功经数载，今幸告成。特作七律，以记其事。云：谁道祝融路难行，直上青云第一程。宰相芋分千古仰，状元松种万年荣。放开眼界看未来，好养心田对日盟。敢请督修矜伟抱，相偕诸友话生平。"觉得气势宏阔，意境高远，而又意味深长。摩崖中间一些字被石垢遮住，看不清，稍后看得清的有"袁瑞龙书"，末尾有"光绪元年岁次乙亥孟秋"。这碑文应是曾国藩所拟。我久久恭肃于碑前，默诵、吟味。

再往前走，忽见右边赫然一块浅浮雕，七个字，每个一尺见方，分两行竖写，右行是"昔人曾此"，左行是"会飞仙"。说得好肯定。走吧，我也能会到！走不远，又有摩崖诱我，分两行横写，上行是"会仙桥"，下行是"老此不恨"。字是魏碑体，沉稳凝重。"老此不恨"，尤撩起我的兴味，快快走吧！又走不远，路分两岔，我沿着右边的一条走。路的左侧是护栏，右侧是一个巨石盖在另一个巨石上。护栏尽头，右拐就是那两个巨石挨着石壁搭成的石洞，前方的洞壁上刻着四个字："摸心自问"。洞中已有几个人，有一个漂亮女士手摸着"心"字，让人拍照。她是认为自己以前所作所为"问心无愧"，还是打算以后做事"问心无愧"？

出了石洞，我拐到左边的路上，又看见石壁上有镌刻，内容是，会仙桥下是万丈深渊，人过时胆战心惊，故又名试心桥。于是我想起石洞内何以刻上"摸心自问"了。走了不远，路又分两岔，对直走是下山（应是通往"曾大人"老家），左侧几步是会仙桥。桥是一条三尺多长、一尺多宽的石板，很明显，是现代"凡人"架设的。但这里不失为仙境。雾似乎还浓了一点，没有风，雾就不是一丝丝一缕缕地飘，也不像在林子里一样悬浮，而是静静缓缓地浮游，自由自在地浮游，桥也像是悬浮着，一晃一晃的；什么都隔了一层，什么都似有似无：对面的巨石、桥下的山涧、涧边的树木花草，乃至不知何处传来的鸟鸣。桥两侧有护栏，即使做过问心有愧的事也不怕摔下深渊吧。于是过了桥，来会仙。

桥的这头是一座孤岛，孤岛左上角的峭壁边，危座着一尊庞然巨石。

巨石座基的三面可走人，侧边护栏俨然。凭栏外望，仍是雾霭茫茫，"望穿双眼"也穿不过绵柔雾障。回过头来，见桥那头站着个少妇（正是石洞内摸"心"的那位），想过桥而畏葸。她终于安全过来了，却还说"吓死人"。我再走到桥端往下看，这突兀的孤岛，实际上是把对面的山崖掰挪过来的，大自然的伟力，在这里只是牛刀小试。于是豁然开朗。"会仙"，应是以自然为友，与之灵犀相通；"试心"，"摸心自问"，应是对自然的敬畏，"曾大人"的"好养心田对日盟"，也有这样的意思，半路上那个娉婷少妇的"你也怕"，也不是瞧我不起，而是真正的问我。有敬畏，就"摸心无愧"，就不是老想着"战胜自然"，而是顺应自然，"曾大人路"的九曲十八弯，会仙桥两边、孤岛三面的护栏，都是顺应的表现吧。

（2015年。原载《邵阳日报》）

探寻资水源

2013 年元旦，我们探寻资水源。

驱车到了城步苗族自治县西岩镇的坳头村，又向左侧一条较窄的公路蜿蜒了不足一公里，就看见一个电站，叫资源电站。下了车，站在电站前的一座小桥上，只见一条小溪从峡谷口跌撞出来，又看见小溪右侧立着一块碑，看得清碑上的"资水源"三个字。这条小溪是资水源已经确凿无疑。

于是问电站里面的工作人员，沿这道峡谷走到尽头，是不是就可以找到初始源头，回答是不可以。说是这道峡谷的尽头有一个同源村，但并不是初始源头，初始源头在本县茅坪镇高峁塘村，离这里还有几十里，那里原先叫资源乡。即便如此，我们还是要沿峡谷走一走。于是过了电站的水坝，溯溪而上。溪是两丈来宽的样子，溪床里躺着、立着大大小小的石头，大的比这一带的禾桶还大，青色、赭色或灰白色。清洌的水在石间奔突，发出窸窸窣窣的声响。我们从这个石头跳到另一个石头，有时还要沿着溪边石礁抓着树枝走几步，行进的速度是很慢的。溪流"斗折蛇行"，走到这个弯折处，只能看到前面不远的一段，再前面被崖壁挡住了。但诱惑总是在崖壁的那边，走到前面的弯折处，呈现在眼前的新的一段又有新的景致：或有小小的瀑布，或有长长的涓流，或有造型奇特的巨石。不知走了几处弯折，忽见前面横断着一面大石壁，有一丈五六尺高吧，石壁的右侧，有一条涓流七拐八弯地流下来。想，现在是枯水季节，只

122

有涓流，如果是春夏水大，整面石壁上一定淌着水，那就是很有气势的瀑布了。涓流下面是深潭，水是黑绿色，面对着这样的"纯净水"，是不能不生出洗一洗手的欲望的，可惜是冬天，不敢"濯缨"。洗了手，还想上去，当然不可能趟过深潭往壁上攀，好在左侧的坡上有人从灌木丛中走过的迹象，于是走别人的旧路，不断地拨开灌木，牵着藤条攀上一道塝又一道塝，上到一个台阶上。眼前是另一番景象。刚才在下面看到的石壁，只是一小截，上面还弯折着一大截。这一大截的石头是白色，不平整，这里有凸起，那里有凹凼，还有几处是斗状的石窝。可以想见，若是丰水季节，水流在这石壁上是怎样地撞击旋转，是怎样地溅玉喷珠，是怎样地叱咤嗔喈，那水雾，一定挥洒弥漫到半山腰，那声响，峡谷外很远的地方一定也可以听见。我们走到石壁上，手脚着地往上爬，爬到顶端，只见一道石坝横亘，石坝拦着一汪琼浆玉液，那涓流是从左侧的缺口泻下去的。

我们没有再深入了。但愿留下的遗憾能让以后探访的脚步踏灭。

回到电站，又向一个从盘山公路上坐摩托下来的人了解源头的情况，他说，高茆塘村也不是源头，源头在高茆塘村再往前几十里的黄马界的分水岭，那里有很多细流汇成一道小小的瀑布……

我在溪里捡了一个手掌大的薄而圆的石头，算是留念。然后，我们就又过溪桥，走到那块石碑前。碑宽 1 米多，连碑座有 2 米多高；"资水源"三个烙上朱丹的行书位于碑中，左侧是"黄永玉题"；再左侧题写的是并列的三个单位：湖南省水文水资源勘探局、潇湘晨报社、城步苗族自治县人民政府。立碑的时间是 2005 年 4 月 15 日。碑后面有关于资水的介绍。

关于资水，《汉书·地理志》有这样的记载："都梁，侯国。路山，资水所出，东北至益阳入沅。过郡二，行千八百里。"郦道元《水经注》也有记载："资水出零陵都梁县路山。"这里的路山即今城步黄马界。城步一直到明朝弘治十七年（1504），都属都梁（武冈）县；都梁县汉时属零陵郡。资水从这坳头村奔出不远，又有从雪峰山奔来的两条支流加盟，然后过城步的西岩镇，进入武冈市的邓元太镇。往东流不远，又有从城步境内流出的威溪助威，流经武冈市区，又有从雪峰山流来的渠水助兴。资水由此河床变得宽了，水量增大了。

资水在武冈流长 64.5 公里，流到马坪乡田塘村后进入洞口境内；流域面积 1087.97 平方公里。境内的一级支流有 6 条，二级支流 18 条。流经我的老家的一级支流龙江，也从隆回的紫阳汇入她的怀抱。

资水是我们的母亲河。

我最反感的是把母亲河当成垃圾坑、污水沟；随便在母亲的躯体上挖坑挖凼——淘金、采沙。最愿意看到的是河水清悠，汤汤乎向东流向洞庭。

（2013年。原载《邵阳晚报》）

黄桥铺

秋季的一天，我和朋友李锋君陪同我的同乡曾维浩君及他的父母，专程到黄桥铺一游。

黄桥铺位置在洞口县东方偏南，西南面、南面与武冈边界、隆回边界相距都只有五公里的样子，是三县交界处的一个集镇。现今的洞口县是 20 世纪 50 年代初从武冈县析出的，民国时期，黄桥铺曾是武冈县的一个与区同级别的直属镇，那时市政的规模相当不错。黄桥铺水运很方便，资水流到镇西十里许的地方，有流经高沙镇的蓼水注入，流到镇东十里许的地方，有流经洞口镇的平溪江加盟，黄桥铺是左右逢源，因而是一方商品的集散地。黄桥铺也是人文荟萃之地。武冈先贤祠供奉的第一人——唐代的邓处讷，就是黄桥人，他曾任邵州（今邵阳市）刺史、驻守潭州（今长沙市）的武安军节度使。据《宝庆府志》记载，宝庆府也把他列为本地区最早的"乡贤"。他的墓也在黄桥铺。还有一个农民英雄袁有志，在明崇祯年间因深受朱家岷王"筑城之害"而起兵黄桥铺，率万人攻克武冈州城，杀死岷王。共和国开国少将袁以烈，也是黄桥人，他在南昌起义中的故事至今还到处传诵。平溪江注入资水处的龙潭铺，还有旧时"武冈十景"之一的"龙潭夜雨"，好多文人包括唐代著名诗人王昌龄、宋代陈与义在内都歌咏过。黄桥铺到龙潭铺一带还是鱼米乡。清道光武冈州庠生高沙人萧鸿钧写过《武冈竹枝词》十九首，其中一首是："龙潭春水碧如油，赤足渔娃鼓枻游。昨夜钓筒才收得，银鳊串串卖江头。"估计黄桥铺鱼市上的很多银鳊，是从龙潭铺的"赤足渔娃"手里贩去的。

但黄桥铺周围的很多地方旧时水利条件是不太好的，所以旱土作物红薯、麦子、棉花、桑麻种得多，红薯、麦子之类的杂粮也是这一带人的"半年粮"。这样，洞口县别的地方的人似乎有点鄙夷这一带的人，说是"从荞麦畲里走出来的"，是"荞粑佬"。我的朋友彭俊涛写过一篇散文《麦粑情愫》，说黄桥人头上顶了这样的代名词，是一种深深的隐痛。但我觉得，"荞粑佬"与"米饭佬"并没有高下优劣之分，大米、杂粮，各有千秋。还是那个萧鸿钧，在《武冈竹枝词》中就写了这样一首："黄桥胜地足桑麻，麦饼出笼味最佳。更爱秋风八月里，家家棚棚打棉花。"在他的笔下，那些别人看不起的东西正是他最欣赏的。说起"桑麻"和"棉花"，我特有感触。一直到20世纪80年代，我母亲还常常到黄桥铺去买麻，然后织成蚊帐到高沙一带去卖。而在更早的年代，她也把从黄桥铺买回的棉纱织成土布放到黄桥铺去"印花"，用来做被套，那白底蓝花的被套上有龙凤花鸟；用一句套话，我就是盖着"印花布"做被套的被子长大的。

黄桥铺是离我们老家一带最近的集镇，旧时人们用腿丈量出到那里是十五里"蛮路"，后来筑了公路，里程碑承认是八公里半。在我们老家一带人的心目中，黄桥铺是"大地方"，到那里去，虽然中途还有陡峭的"山桃坳"，但上街并不觉得难走。上街，一是卖东西，如红薯、大蒜、辣椒、猪崽子、猪肉，——我们老家一带，贡献出的红薯最多；二是买东西，其中也有猪崽子，还有数额较大的日用百货或鸡、鸭、鱼、肉。当然，哪一个人上街，除了自己买东西，还要承担村邻的嘱托，"给我带一包染料""给我带一把镰刀"……一般上街的人，总会或多或少地给孩子买些吃的东西，所以做父母的上街，儿女是很期待的。稍大一点的孩子，就希望跟着大人上街。我第一次上街是十二岁那年。在街上，母亲给我买了两个豌豆饼吃了，很香很香；那香到现在还萦绕在我脑海里没有散去。青年时代在家务农时，为了生计，我无数次到黄桥铺买东西卖东西，那现在看来是"袖珍型"的石板街，留下了我的足迹。

那天受邀去黄桥铺，我当然乐意，旧地重游嘛。以长篇小说《弑父》《离骚》名噪文坛的维浩君供职广东珠海，他还是在20世纪70年代末尚是半大小

126

伙子的时候到过黄桥铺。他去黄桥铺的目的也是"怀旧"。

　　那天，我们从新建的街道迤逦到老街区去，毋庸讳言的是，我们是从繁华走向萧条，且越走越萧条。"袖珍"的街还在，但店铺少了，来往的行人少了，更没有当年的"摩肩接踵"的景象了。我们走到以前最繁华的上节街，更有无限沧桑之感。真是面目全非了啊！当年石板铺道的上节街，商铺挨挨挤挤，"黄桥供销社"规模尤其大，还有好几家小吃店。而今石板不见了，铺着的是碎石——应是为筑水泥路垫基脚。街上几乎没有行人。我们踏着壳壳作响的碎石，步履蹒跚而艰难。辨认出一座房子就是当年的供销社旧房，但见门墙破败，可以肯定已经不是商铺了，往门里面看，只有几个人在打麻将。维浩君说要找一个小吃店。当年他从家里挑几十斤麦秆，卖到一个造纸厂设在镇旁的收购站，然后怀揣一块多钱，走到那个小吃店，或吃一碗三毛钱的肉丝面，或吃三个五分钱一个的肉包子，感觉特别好。——已不知那店面在哪里了，看到的都是一些民居，且很多是铁将军把门，蛛网障窗。我知道黄桥铺还有一家"洞口竹雕厂"，在那个厂的展橱里，我欣赏过竹蔸、竹筒雕刻的观音、弥勒、飞天和饰有龙凤花鸟的其他工艺品。我们找了一转，没找到，问一个人，说是早就搬走了，搬到洞口县城去了。

　　我们知道黄桥铺正在"凤凰涅槃"，一些产业在县内进行统一整合，既"搬走"一些，就也可能"搬来"一些，还可能有新兴的，但仍然难免生出悲凉来。

　　行政区划是不能把一个人与一个地方的情愫隔开的，作为老黄桥客，我祝愿她重铸辉煌。

　　　　　　　　　　　　　　　　　　　（2012年。原载《邵阳日报》）

一派川流咏高沙

下了车，我们信步走，很快就"发现"了"高沙大桥"。桥端的牌坊壮观典雅，飞檐翘角，古色古香和现代气派兼容，"高沙大桥"四个字也很有气势。牌坊上横亘着红底金字的长幅："热烈庆祝高沙镇命名为中国历史文化名镇"。早听说高沙要申报国家历史文化名镇了，竟申报成功了。高沙确称得上历史文化名镇呢。早在汉代已成集镇；清乾隆三十四年（1769），武冈州在高沙设"同知署"（"同知"是知州的副职）；清道光二十五年（1845），又设千总驻军于此。高沙也是人才辈出的风水宝地。我所知的文化教育界的，就有蓼湄中学创办者李钟奇，曾任民国教育部专门教育司司长的刘百昭，毛泽东在一师的同学、著名画家曾以鲁，著名教育家刘寿祺、曾光炎，著名作家谢璞等。

大桥的两侧分别磅礴着一道大弧，与平整宽阔的桥面相映衬，显得壮美而有雅趣，算得上高沙一道好景了。走到桥上的栏杆边，又有新的发现：蓼水里有好几队龙舟！都在训练——后天是端午，他们是要搞龙舟赛了。鼓擂得急促，桨划得整齐，看不清擂鼓、划桨、掌舵的健儿鼓起的三角肌和绽出的汗水，但他们使出的劲力，已经传导到我心上来了。同行的若松和余弟三丛说，赛龙舟真应该，历史文化名镇，就要传承文化嘛！连续下了好几天雨，蓼水有点浑浊，而有了龙头彩舟，有了红衫健儿，有了咚咚鼓声，竟显得这样亮丽生动。我突然想起清代高沙人萧鸿钧的《高沙竹枝词》系列，其中有"水泛桃花鲻正肥，陶家坝外艇如飞"，写的虽不是这个时节和这种事，但情景还有点相似。

我们过了桥，往下游走了大约半华里，就到了祖师桥。祖师桥我早听说过，可惜而今的桥是对历史的忏悔和模仿。桥端的山墙上镌有《重修祖师桥记》的阴文，字有巴掌大一枚，行书偏草，凌厉有劲。《重修祖师桥记》上说，祖师桥原名真武桥，始建于明洪武十八年，为十一墩风雨桥。因桥上供奉北方之神真武祖师而得名。清末改名廻澜桥，就廻澜涌月之景，寓廻水生财之意。清乾隆、道光、咸丰间，桥三度毁于水患或兵燹，乡贤三次集资重建，其间增加两墩。公元 1945 年 5 月 12 日，日寇犯高沙，烧店毁桥，古桥唯余墩立。1947 年始复修，由时任湖南省主席程潜题书廻澜桥名。可惜到了 1975 年，古桥因改建公路桥而拆，一方形胜，惜成追忆。幸而至 2012 年 3 月，高沙商会会长陈立新等乡贤得地方党政支持，筹资 1280 万元，于原址上游百余米处重修此桥，翌年告竣。

读到末尾，眼前大亮，原来撰文者是张千山，低我两届的大学同学，而书者王铭祥，是与我同级同系的同学。于是重读、重玩味一遍，如面晤老同学。

然后上桥。如湘西一带很多风雨桥一样，桥中腰有神龛。与别的桥上供奉关夫子不同，这里供奉的是真武祖师。我们三个都恭立于祖师塑像前，作揖鞠躬如仪。不求祖师度人成仙，但求祖师把平民百姓度向幸福的彼岸。桥已不过车，桥两旁的横凳上有不少人在休憩，还有人在唱卡拉 OK。"悠悠岁月，欲说当年好困惑……"若松说，还是别说当年了，说今天、明天、明年吧！我说，有困惑还是可说一说的。

过了桥，沿蓼水北岸往下游走。不久就到了另一座钢骨水泥大桥端头。一问，知道当年就是因为要建这座桥，而把稍上游的祖师桥拆掉的。有人又指着上游江心偏彼岸的地方说，旧桥还留下一座桥墩。果见水中兀立着半截桥墩，墩上长着绿树丛，似在顽强地表现它的存在——那是一座小小的岛礁。水流无声地从岛侧滑过，一只小鸟从树丛中飞出。突然想起萧鸿钧的另一首诗《重修回澜桥》，其中有两句是："磴排十三骨节劲，不受风霆相击掊。"不知那半座残墩，还能否经得起风霆的击掊。

再沿南岸往下走，在一个行路人的指引下来到旧时的观澜书院——今观澜小学。一看便知，静立在我们面前的那座灰色的砖房，是一尊从历史深处走来的幽灵。两层，大门的楣上是"观澜书院"四个红字，条石的门联是："千重山势撑文笔，一派川流见道心。"我在大门前肃立良久。我知道，这门联是"原装"，为创立书院的袁敏所撰。而楣上的"观澜书院"则是后人附上去的。因为当年"观澜义学"的大门外还有牌坊，"观澜"是镌刻在牌坊上的。正对大门的，是一路石级，石级下面是操场。我特地走到操场上，仰望这被岁月风蚀而老态龙钟的架构，心里想象着那个叫袁敏的人为建义学而呕心沥血的情景，以及莘莘学子踏着台阶，一步步往上走的情景。进了大门，前面一块坪子是青石墁地，两旁的坪子是河卵石墁地：应该是原汁原味。离大门不远，是两个相距两丈左右的方形石墩，墩相对的一侧是已残缺的浮雕：一种动物，它的身上和两旁还有装饰。我们想不出石墩是做什么用的，墩上是什么动物。

来之前我查阅过《武冈州志》上关于观澜书院的资料，知道其大致构造和规模。那是一个建筑群，"栖士之舍七十所，而燕息之室斋各一所"。厅堂、阁楼、斋舍、门坊、仓庖、垣墙，一应俱全。我们上了一级台阶的时候，注意到还有青石为基的地基模型。还有两棵古柏，树干有水桶粗，树皮上纹路扭曲，可能是当年哪一位学子或教习手植的。我知道，道光至光绪年间的一位大儒、时为"湘中五子"之一的武冈人邓辅纶，就曾主讲观澜书院；是不是他手植的？

在观澜小学的宣传栏上，我们看到了这样的介绍：书院创办以后，武冈本州（包括今洞口）的，还有城步、绥宁、新化、溆浦等地的学子，都负笈前来。进入民国以后，书院先后改为农校、简易师范学校、小学，薪尽火传。

尽管如此，我却仍然不无伤感。"雨后观澜门畔过，鹧鸪堤外鹧鸪啼。"这也是萧鸿钧的《高沙竹枝词》中的两句。萧氏是一语成谶了。

好在我们还在一些老街走了一转，老街的热闹稀释了我的伤感。历史上，高沙就是湘西南农副产品的重要集散地，萧鸿钧的《高沙竹枝词》，也有这样的描述："洞口黄桥石江路，逢人便说往高沙。"看来，有"小南京"美称的高沙，这一地位并没有改变。

（2014年。原载《邵阳日报》）

扶峰山

　　扶峰山在武冈市邓家铺镇近郊。山本是长条形，但从邓家铺镇的方向看去，一山拔地而起，"抟扶摇而上"，尖挺雄壮，算是一方形胜。

　　读初三的第二学期，一个春夏之交的日子，我和一些同学第一次登扶峰山。那时当然还没有建盘山公路，我们是沿着石磴路盘旋而上的。盘旋了不久，见沟谷间有一口池塘，我们就凝滞在池边。那时我们刚学过柳宗元的《小石潭记》，觉得那文中描写的景物就在这里：什么"水尤清冽"，什么"潭中鱼可百许头，皆若空游无所依。日光下澈，影布石上，佁然不动；俶尔远逝，往来翕忽，似与游者相乐"。"乐山"之前而先"乐水"，当是一幸事。然后一路是松林、杉林、杂木林；鲜花、野果、飞禽。到了山顶，却很有点失望了。在山下看到的那座建筑的前墙，显得斑斑驳驳，千疮百孔；大门洞开，门扇也没有，门楣上只留下浮雕的印痕。进得门来，屋瓦房檩已然没有，自然也没有神坛和菩萨了。两旁的侧墙或坍塌，或危立着半扇，墙内墙外皆是杂草丛生；虽知道这建筑是"四旧"，当破，但依然给人"黍离"之感。

　　第二次登扶峰山，已是进入21世纪的第六个年头了，那是一个冬日的晴天。我们一行还是沿石磴路而上。林子没有当年那样蓊郁了，但绿枝红叶，黄花红果，还有鸟雀啁啾，也还赏心悦目。到了山顶，但见观宇是新建的，大门的上方浮雕"紫府观"。哦，原来是道教观宇。但进门以后，除了中间的神坛上供奉着道教的神灵，左侧一个单独的神龛上还特供着一位，那位尊者长髯飘拂，慈眉善目。那是谁？我们不知道；神坛相应的位置上并没有像人间一些会议的主席台的座位上贴着出席者的名讳。不见庙祝，也没有香客，欲问而无人，只好把遗憾留下。

后来我向邓家铺的一个朋友萧先生问询扶峰山的一些情况，得到了很多有益的收获，其中包括特供的那位神圣叫张祯。

萧先生说，扶峰山也是历史悠久的道教名山，开山之祖叫张祯。张祯原是南宋的一个宰相，被奸臣排挤后就西游四川峨眉山，得道后云游四方，辗转来到武冈的邓家铺，但见镇西一山气势非凡，"微妙无通真君"庄周《南华经》里的"抟扶摇而上者九万里"，就脱口而出。他爱上这里了。就命山名为"扶峰"。先在一个岩洞里悟道，岩洞里常有雾气飘出，其色红紫，就命岩洞为"紫府"。又在山顶结茅供神，然后四方化缘，让茅庵蜕成砖木结构，命曰"紫府观"，同时招纳门徒，弘扬道法。观内菩萨很显灵，于是盘旋的山道上行人络绎，三清殿里香火不绝。扶峰山由是名闻一方。

萧先生还说，张祯虽然离开京城，但一直心系朝廷，据说他总是一只脚穿草鞋一只脚穿布鞋，草鞋象征身处江湖而忧民，布鞋象征心系朝廷而忧君。南宋皇帝也很怀念他，听说他在扶峰山修道，就派人送来两棵楠木苗。他把楠木植于紫府观前，精心培育，然后插枝于山，多年之后，居然遍山是楠木了。张祯羽化后，人们用楠木为他雕了一个像，作为开山之祖，供奉于观内。

萧先生是个教师，他说20世纪60年代，自己曾在扶峰山下的一所小学教书，那个学校里面还长着两棵楠木，可惜后来倒了。萧先生又说，邓家铺还有张祯的朝笏，是张祯羽化后人们清理他的遗物时发现的，是用犀角做的。那朝笏至今还在，只是不知落在哪个人手里，不过肯定也很短了。人们认定那朝笏能治病，有些病，磨一点水喝，就痊愈了，磨了几百年，还能不短？——一般的人不知道是"犀角解乎心热"而治好病，却说是张祯显灵显圣。

萧先生还说了张祯显圣的故事。20世纪90年代重建紫府观，奠基时，领班的匠师禀告了各路菩萨，请求他们支持。后来紫府观建成，又要禀告各路菩萨，但主持奠基的那个领班的匠师没有来，而让儿子替代。年轻的匠师念了自己以为应念的各路菩萨的名讳，就打卦。奇怪的是，打了上百次，竟没有得到一个想得到的；卦象一共只有三种，即使撞，也应该撞到一次啊！年轻的匠师战战兢兢了。他找到萧先生，请教是怎么回事。萧先生问他，都禀告了哪些菩萨，他就复述了一遍。萧先生说：你忘掉了一个不该忘的！就说了张祯的事。年轻的匠师重新禀告，自然加上了张祯，居然一卦就准了。

我笑了笑。他姑妄言之，我姑妄听之吧。

张祯究竟是怎样一个人？我查《武冈州志》，没有关于张祯的记载。又查《宋史》，没查到张祯这个人，倒是在《明史》里查到一个叫张祯的。说张祯是明朝山东平度人，进士出身，曾任监察御史和凤阳知府，明弘治年间任徽州知府，上任伊始，兴利却弊，主持重修公益建筑渔梁坝。工程竣工后，老百姓凑钱立碑，夸他是"天鉴于上，民颂于下"的好官，可惜他在徽州知府任上只待了不足两年，就因"丁忧"离任。此张祯是不是彼张祯，不知道。我想，真实情况可能是，扶峰山上的紫府观始建于宋代或明代，最初结茅而居者是一个从官场退下来的官员，姓张，名 zhēn，而当地人也听说了那个为民兴利却弊的张祯，于是把此张 zhēn 附在彼张祯身上。老百姓是希望有好官、好神灵，从这件事也可以看出来。

（2012年。原载《邵阳日报》）

高庙，高庙，高在哪?

一个颇有凉意的秋日，我在家里翻阅一些资料，顺便读了前人咏高庙的诗和关于高庙的介绍，觉得旧时的高庙可是神圣之地。于是起了兴致，就到"高庙"去，试图寻找旧时那种"神圣"的遗踪。——尽管我知道庙宇早已拆掉，成了另一种所谓"圣地"。

穿过武冈城东门洞子，再沿着店面挨挤的坡街走不远，就见右侧虚着一段空缺，几级石磴之上是一面被两侧的房子紧夹的牌楼，牌楼的门楣上方写着"东方红小学"五个红字，再上面是一个浮雕的五角星。我知道这原是高庙的牌楼。我踏着石磴缓缓往上走。旧时上这些台阶的，大都应是去朝拜神灵的，他们该是十分虔诚，而今天的我，有的只是沧桑和苍凉的感觉了。牌楼旁边是个荒芜的小坪子，蔓草已在秋风里萧瑟；牌楼墙顶上歪着几棵由"飞籽"长成的小树，也失却了生意。进了牌门，我转过身子，这一边的墙壁不像正面的那样用水泥石灰浆装扮过，看到的是凹凸的青砖，而又被岁月的烟火熏得晦黑。我的眼睛在墙上探索，注意到上面有三角形的白框的印痕，那是曾经的装饰留下的残梦。我彷徨着要再沿台阶而上时，却发现左侧的围墙底脚砌着一块石碑。于是蹲下身子看。上面是"重修高庙记"，五个横刻的阴文，下面是竖刻的阴文。因为碑的下部埋在土里，碑上字迹大多又模糊，所以只能看出一些捐资的数字；什么时候"重修"的，看不出来。

　　带着遗憾，我又沿台阶缓缓而上。我知道旧时进牌门以后还要爬百来级很陡的台阶，才能到山顶的大殿，这跟很多庙宇和伟人的纪念碑或陵墓是一样的。是要告诉你，到这种神圣的地方来，可不是"闲庭信步"。但如今台阶的级数不多了，前面不远就被一面高墙切断。我故意走走停停，以延缓时间，有时还闭上眼睛，设想自己是旧时朝圣者，想象着旧时的情景。

　　"高庙"其实是俗称，因为建在全城的最高处。正式名称叫五岳庙和东岳庙。

　　东岳大帝是主宰人的生死的，人们对他当然最应该顶礼膜拜。清康熙二年（1663），武冈州副总兵韩弘淳把东岳庙从城隍庙移建于高庙的五岳庙之左，专祀东岳大帝，十殿阎王也移于两旁，还仿真了阎王辖下的十八层地狱。佛教的说法是，人死后都要到阴间去报到，接受阎王的审查审判，生前行善者来世享荣华富贵，生前作恶者下地狱受惩罚。为了劝人从善，震慑恶人，十殿阎王个个威严可畏；十八层地狱里，种种刑罚之残酷让人不敢卒视。因此做父母的一般不让小孩去观看，以免受惊吓，也有做父母的为了警戒子女，而特意领他们去看；这就同现今有些地方特意组织干部到监狱里去参观、以体味被剥夺自由又受劳教的痛苦是一样的。

　　看来，"高庙"不只是俗称，说它"高"，不只是因为建在全城的最高处。劝人为善、规人心灵，其"高"庶几就在这里。

　　上到台阶的顶端，我再沿着高墙下的水泥路走了一段，然后又上台阶，呈现在我眼前的就是东方红小学的教学区了。

　　当然，我也看到"高庙"的一些遗存。几级石磴，连接着下一栋和上一栋房舍；几个石碾，一字儿排列在一个小坪子的边沿；两个石狮，分别趴在两个小小的花圃中，也不知是后来移去的还是一直坚守在那里的。我先后走到校园的四面，可惜都找不到"高"的感觉——四围都有高楼大厦，"高庙"成了"芸芸众生"，一点也不"出人头地"了。而我知道，旧时站在高庙，是"一览众山小"的；反过来，从武冈城四围的任何一个方向，都可以看到"高高在上"的它，直到20世纪80年代，还能看到其遗址上的房子。众生平等，当然也是好事。

　　但我还是默诵着王闿运的《登武冈城东高寺》：荒城常早昏，高殿肃古思。平阶对空杳，环郭伏参差。遥冥隐重山，近夕漾余晖。炊烟稍孤上，连云似群归。茸茸秀晚川，菀芳零夏枝。余阴蔚众绿，暖蔼交洲坻。漠漠布谷音，萋萋黄鸟飞。既欢劝农篇，复感求声诗。欣戚信代终，二愿岂具连。良序不我惜，怀归恨无依。

王闿运是湖南湘潭人，近代文学家，为"同光体"诗派领军人物，和同是"同光体"诗派的武冈诗人邓辅纶、邓绎是好朋友，邓辅纶的墓志铭就是他写的。他曾客居武冈四年。诗所咏的东高寺就是高庙。从第一、第二句可看出，王氏在一个黄昏登上已成"荒城"的武冈的东高寺，在肃穆的"高殿"前徘徊，发思古之幽情。然后写他所见所感。因为在"高寺"，放眼所见是一片"空杳"，当然也看到了起伏的城墙。远处是暮霭遮隐的重重山岭，稍近处则是荡漾着夕阳余晖的资江。然后是城内城外的炊烟互相连接。此外，还看到田野里、江洲上的景色，而听那布谷鸟的歌声，似在欢快地"劝农"，又似在"嘤其鸣也，求其友声"。于是在"欣戚"不能同时拥有的情况下，就感慨时不我待而恨不能归去了。

我感慨，那时候登上高庙，视野竟那么宽展。市尘难扰的高庙，实在是一个游目骋怀的好地方，是一个抒发情感、化解胸中块垒的好地方；有"欣"或有"戚"时，如果对着"空杳"一声长啸，那声音是可以传得多远的。

告庙之"高"，庶几还在这里。

因此我认为，高庙是可以作为武冈的地标的。于是想起有些人，总要做人的"地标"，或者总要把自己的什么东西作为同类事物的"地标"。竟不想一想有没有本钱和资格。

（2013年。原载《邵阳日报》）

登同保山记

初冬的一天，我和朱若松、黄三丛、唐谟金"老夫突发少年狂"，登了一回同保山。

同保山是武冈的母亲山，北魏郦道元《水经注》里有这样的记载："旧传后汉伐五溪蛮，蛮保此冈，故曰武冈，县即其称焉。""此冈"就是"这座山"，称之为"同保"是说"五溪蛮"曾"共同保卫"过；称之为"武冈"是说它曾是"用武之冈"。武冈的县名就是根据这山名而取的。山有两座，一高一矮，是连体的兄弟。我们一行出城走了不久，就到了山脚下，观赏了王安石题写的"砇嚴"，向一个"土人"问了路径，就往两山之间的山坳进发了。

路是"走的人多了"走出来的，还算好走，一些不高的墈子算不了什么，荆棘拦阻避开就是。不费什么力气就到了山坳上。山坳上基本是平坦的，深深的茅草丛、杂树丛的空隙是一方一方的小平地，平地上也铺着或浅或厚的茅草、马鞭草之类。于是席地而坐，稍做歇憩。不远处有一树红果，估计是"救兵粮"，我走过去看，果然是的。好多年没吃这"救过兵"的"粮食"了，于是扳过一小枝来，也不用手摘，直接用牙齿啮，有一些颗粒只有半边，我知道是鸟吃过的，也不管。有一点点甜，一点点酸，但水分少，感觉是枯涩的，小时候吃过的味道不知道哪里去了。

我听人说，山顶上有很宽的平地。说的是不是这一片？我们又往右探寻，只是荆棘、杂树、石头，没有平地。又退回来，往上山的路的前方探寻，依然是荆棘、杂树、石头，再过去就是陡峭的山崖。于是又退回来。左边的山峰——则同保山的主峰顶上，是不是有那"很宽的"平地？既然来了，还是要上去看一看啊！统一了思想，就上。没有路，硬闯！

我打先锋。找了一根紫荆树条当哨棒，前头是半人深的茅草，就往两边披一披，又一顿乱打。前头是荆棘藤条，细的打断，粗的就披开，更粗的就只好降低身份，躬身往下面拱了。走了一段，居然发现有小路从左边蜿来，再往上蜒去。原来路是有的，只是我们没找到。当然，所谓路，也只是看得出有人走过的痕迹，茅草浅一点、荆棘少一点而已，而越往上，这种痕迹越不明显，直至杳然消失。没有路，还是要走。手攀树干、藤条上石堋，猫着腰钻密密的细竹丛，高高地抬着脚蹚齐腰的茅草阵，躬着腰过荆条搭成的拱门。一些细荆条很刁蛮，总喜欢拉着我们的衣服或干脆扯着我们的手，好不容易才能摆脱它的纠缠。每走一步都很艰难。好在突然看见灌木丛里躺着一个矿泉水瓶子，——肯定有人上去过啊！于是受到鼓舞，更有信心地前进！

终于到了山顶！

平是平，但依然如山坡上一样，遍长着柏树、杂树、荆棘（有不少花椒树）、藤条。——从半山腰开始，就是原始次生林了。有一个半米见方的凼，是人挖开的，看样子还是近年挖开的，凼中和凼边有石块，有棱有角成几何状，肯定是过了人工的。我发现另一些地方还有不少这样的石块，只是半埋在土里，想掰出来，它岿然不动。我们往山顶的其他三面看了一番，发现都是悬崖。于是设想，这山顶上，当年"保此山"的"五溪蛮"筑过工事；这山顶上发生过血与火的拼斗。——那个凼，估计是有人想寻宝而开挖的。我想，如果细细发掘，肯定可以发掘到"铁未销"的"折戟"的。

感叹了一番，就下山。原以为是"熟路"，很容易下的，没想到更难。依然是我领头。走了不远，发现"此路不通"了，是石堋、荆藤，根本没有人踩踏过的痕迹。于是分头找路。找了好久，都没有找到。有时候觉得似乎找到了，好像上来时也攀过这样的石堋，但再往前，不是悬崖就是藤条荆棘的屏障，下不去，闯不过。大家几次合在一起，又几次分头寻找，互相问询，找到了吗？没有找到啊！这样分分合合，蹚过一大片深深的茅草坡后，终于下到了山坳上的平地里。都挂了彩，手背上纵横着血痕。——原来我们偏离了方向，才没找到原来的"路"，才遭此劫难。

下了山，来到"浰水"边，诵读着郦道元的"县西有小山，山上有浰水，既清且浅，其中悉生兰草，绿叶紫茎，芳风藻川，兰馨远馥……"观赏了"浰水"和矗立在水边的石壁。又找到被打掉一边的石碑读了。有点疲倦，却不后悔。

往回走的时候，我说，同保山应该划定保护范围，在保护范围内不准采石、不准随意砍树，不能在保护区内建商品房，当地的老百姓如果经批准建住房，也要限制高度。唐谟金说这已经下发了文件。我们还认为，在划定的保护范围的线外，要规定，离线多远不能造高多少米的建筑，以免"喧宾夺主"；人们在城内看同保山，不应该有建筑物遮挡视线。——目前造出的一些建筑，已经有这样的弊端了。此外，已发现的同保山的石碑要好好保护，还要寻找未发现的加以保护。我们高谈阔论了一番以后又自我嘲笑：谁听你的？不过我们又达成共识：随着时代的发展，同保山肯定会开辟成公园，这座公园既是森林公园又是文化公园；是武冈人休闲的好场所。

（2013年。原载《邵阳日报》）

同保山北麓

　　我和同伴从武冈城往北，翻过同保山凹形山坳，往下，然后沿一条小公路往西走不远，再沿石坎路而下，就看见一汪方塘。那是用石坝围起来的岩水，大概有一亩宽，坝口放开，水往下流淌，形成不太高的瀑布。站在石坝上往方塘那边的山崖下看，崖下有一个弧形豁口，弧下的切线应有两丈长，岩水就是从那里流出来的。因连日冬雨，方塘里的水不是很清，但水面上泛起轻轻的涟漪，又似还飘着淡淡的热气，因此仍觉得可观可赏，就禁不住在水里洗手，还有与水亲一亲的意思。一只翡翠鸟突然从山崖上俯冲而下，在水面上啄起什么，又顺势腾向山崖，起止的线路是"V"形，很有趣味，也给方塘注入了活力。

　　我们在坝上徘徊。坝水哗哗，如诉如说。

　　这方塘的大坝是 20 世纪 50 年代筑的，为的是提高岩水的水位而引入水渠灌溉农田。以前没有筑坝，岩水看上去可是另一种景观。崖下是一个大半圆形的黑洞洞的豁口，一股大水从豁口里倾泻而出，水与石壁碰撞的声响在岩洞里发生共鸣，轰轰然有如雷鸣。看着水从神秘的山腹里流出来，出水的豁口又有那么大，于是我们的前人的探索欲就被激发出来了，他们就撑着小船，从豁口"逆袭"而进，竹篙抵着石壁，往前，往前！往"不可知"进发，进发！他们最远到达哪里，是不是留下标记，我们这些后人不知道。

　　岩水的源头在雪峰山，形成小溪后蜿蜒流到同保山西麓就乘隙钻入山腹，再从这北麓流出而聚水成塘。坝口下面又流成小溪。溪边树木的半腰上挂着红色黑色塑料薄膜（值得诅咒的彩色污染），它曾经上涨的高度可以想见；溪水上涨的时候，它是怎样浪涌翻滚、惊心动魄，也可以想见。

小溪流了不远就杳然不见，唯见一面高大的石壁横在那里。我们沿溪堤走去，只见溪水从石壁前悠然淌过，又在几块横卧的石块中跌宕冲撞，而后毅然钻入山岩下的豁口。同伴朱君说，小溪要再经历直线有几里长的黑暗，然后才在山那边重见光明。真不容易啊，我对小溪肃然起敬。我们眼前的这面石壁，它避让了，但那几片横卧的石块，应是它冲塌的。于是引发联想，它最初钻入山腹，是怎样摸索探寻，拐来拐去，最后才豁然开朗的呢！它避让了多少石壁？它又冲崩冲塌冲穿了多少石壁？它每前行一步，都要付出多少"血汗"啊！听说，我们的富于探索精神的前人也驾舟或徒步沿溪而进，在山底下重走小溪走过的路。他们最远到达哪里，是不是从山那面的溪口出来，我们不得而知。

历史，更多的细节更多的情节被后人遗忘了。

这同保山北麓，岩水的近旁，还曾是"五溪蛮"一支队伍的后寨。北魏郦道元《水经注》里记载，"旧传后汉伐五溪蛮，蛮保此冈"。他们的前寨设在同保山的山坳上，瞭望哨设在西侧的山巅，那里森严壁垒，众志成城；后寨则设在山北麓的岩溪边，这里有水啊。当时的情景是：前寨皆为青壮的五溪蛮兵，他们持枪弯弓，严阵以待，后寨虽大多是老弱羸兵或许还有妇幼，他们做饭、烧水，往山上送饭、送水，忙而不乱，紧张有序。"此冈"兵家必争，保住"此冈"，就是保住自己的家园。就这样，他们该在"此冈"的前寨坚守的就坚守，义无反顾，该在后寨支持的就支持，无怨无悔。"此冈"最终保住了吗？多少人死在冈上冈下？不知道，历史语焉不详。但那面石壁，它一定看见，默然无语，是它的习惯；还有这冬日里红透在壁顶上的那一树"救兵粮"，它也是看见的——也许，当年也用它的红亮的果实救过一些饿倒的五溪蛮兵，让他们重抖精神，再次走上前寨。

小溪横过的，是一条东西走向的山冲。山冲的东头比较狭窄，是被山峦夹住的，那里也有一道小溪挤过；山冲长约两里吧，渐往西渐宽；山冲的四围、溪水两岸，四季鸟语花香。这样一条山冲，自然会产生美丽的传说。其中有一个传说是这样的。西晋的陶侃在武冈当县令时，游遍武冈城郊的山山水水，这条山冲的美让他摇头捋须地赞叹过，也深深地刻入他的脑沟，他也把这条山冲给自己的孙子陶渊明讲述了。还有一种链接的说法是，陶渊明听了祖父的讲述，就禁不起诱惑，亲自来到这里，饱赏了山冲的美。于是陶渊明，那个不愿为五斗米折腰的田园诗人，或根据祖父的讲述，或根据自己的亲历，写出了千古传诵的诗歌《桃花源记（并序）》。"林尽水源，便得一山，山有小口，仿佛若有光。便舍船，从口入。初极狭，才通人。复行数十步，豁然开朗。土地平旷，屋舍俨然，有良田美池桑竹之属。"读奇文，赏奇景，一千五六百年以后，别的一些地方高岸为谷，深谷为陵，这条山冲却如"旧时相识"，原汁原味不变，岂不是天佑武冈？

"咱武冈呀好地方"，我们这样唱；"武冈历史文化深厚"，我们这样说；"武冈风景优美"，我们这样写。的确是的，单单这样一条山冲，要看山有山，要看水有水，要看石有石，要探奇猎险有奇有险，要读文有文，要讲武有武。可惜我们武冈人，视珍宝如卵石，视西施为无盐，不，是没有把珍宝做必要的修饰，是没有给西施做必要的打扮。我们到邻近县份的"风景胜地"去，到远方的"风景胜地"去，对那些地方津津乐道，无可非议；我们也应该修饰打扮自己的风景胜地，让别人来陶醉一番。

不说云山，不说法相岩，不说浪石，只说像同保山北麓这条山冲一类的地方，武冈有多少啊！要让他们走出武冈，走向湖南，走向全国，走向世界，是民众行为，更应是政府行为。

（2015年。原载《武冈报》）

乡忆

乡愁

第三辑

红 花

是 1956 年国庆前一天的事。

那天下午,我们钟桥初级小学举行新中国成立七周年的庆祝大会兼表彰会。

学校请来的高级社唐华生主任给我们讲了新中国建设成就后,就是夏益中校长宣布表彰的优秀学生名单,他要求每一个受表彰的同学都上主席台。从四年级宣布起,第一个名字竟是我姐姐!我姐姐走向主席台的时候,所有同学的眼光都被牵住了,一双双眼睛里盈满羡慕。我呢除了羡慕还有骄傲。念到二年级了,第一个名字竟是我!我好激动啊!往主席台走的时候,也觉得背后投来无数的目光。站在主席台上,我和姐姐的目光相碰了,她向我点点头,我则微笑着。我又想,要是我弟弟也是优秀学生,那该多好!念到一年级了,第一个名字竟是我弟弟!我望着弟弟,只见他脸蛋红得像我们高级社新引种的西红柿,他往主席台走来,我俩的目光对接的刹那间,我似乎听见了他要跟我说的无数的话。我想,弟弟的目光肯定也会和姐姐的对接,我们姐弟三人要说的话,应该是一样的啊。

受表彰的优秀学生都戴上一朵大红花,我们姐弟三个的都是唐主任给戴上的。唐主任给我戴时,我仰头看着他的脸,觉得他脸上每一条皱纹都漾着慈爱和喜悦。挂好,他还拧了拧我的脸蛋,他的手很粗糙,和我爸爸的一样。

放学后,我们姐弟三个戴着大红花走到自己村的村口,一丛早开的红色菊花朝着我们笑。忽见爸爸从另一条路走来了，他手里提着一尾大鱼，一尾大红鲤鱼！——我们早就知道，这个国庆节高级社里会干一口大鱼塘，让社员们家家有鱼吃。——我们姐弟快步迎上去，爸爸脸上也笑开了花："嘿，姐弟三个真的一人一朵大红花呀！了不起！"我把爸爸提着的鱼接住，抱在身上，说："鱼也是红的！真好！"爸爸说，红鲤鱼是唐主任特意分给我家的。又告诉我们，唐主任从学校来到塘边，指着一尾大红鲤鱼，对给社员们分鱼的社干部说，把这尾鱼分给我家，又说他刚才在学校亲自给我们姐弟三个戴上了大红花，——让我家红上加红，喜上加喜！

回到家里，姐姐把胸前的大红花取下来，贴在领袖画像的下面。我也学着姐姐，弟弟也一样。我们姐弟三个站在领袖像前，恭恭敬敬地给领袖鞠了躬。我们心里要说的话是一样的，就是与领袖画像并排的一幅年画下面的那句话。那幅年画画着很多喜笑颜开的小朋友簇拥着领袖，领袖慈祥地和大家说着话。——有一次到我们家里的唐主任说，领袖给孩子们说的话是这样的：孩子们，你们现在要努力学习，将来好好工作！祖国的未来是你们的！孩子们对领袖说的话是这样的：我们要做您的好孩子，做对国家有用的人。

"把红花献给领袖，好呀！"我们扭头一看，说话的是唐主任，他跨进我们家了。爸爸听见唐主任的声音，也从里屋出来了。唐主任和爸爸以兄弟相称，他对爸爸说："兄弟，还是你思想开通，知道送女孩子读书——我们村你是第一个带头送的！"爸爸说："你不是说了，建设新中国需要大量有文化的人嘛！女孩子也是建设人才嘛！——我还真后悔没送前头三个女儿读书呢。"唐主任就问姐姐，将来想当什么。姐姐说，想当医生。唐主任说，好！又问我，将来想当什么，我说当拖拉机手，又说："你不是说过，将来犁田不用牛，都用拖拉机吗！"唐主任抚抚我的脸蛋说，好！又问弟弟，弟弟说当农艺师，当米丘林那样的农艺师，在我们南方种苹果。唐主任又抚抚弟弟的脸，说："都是好样的！你们的理想一定会实现！"唐主任又问爸爸，送三个孩子读书，经济上是不是有困难，如果有困难，可以到社里预支一点钱。爸爸说："困难是有点，但自己可以克服，不麻烦社里。"

妈妈把饭菜做好了，请唐主任在我家吃饭，唐主任告辞了。他说，他还要到别的社员家去分享欢乐呢。

　　我们一家坐着吃饭的时候，略有点文化的爸爸说了这样的意思：今天是新中国成立七周年的大喜日子，全国人民都在庆祝，我们家也庆祝。如果不是新中国，我们家不可能有三个孩子进学校读书。我们姐弟真是生逢其时！我们这个国家，势头好得很，也需要各种人才，当医生，当拖拉机手，当农艺师，都是能为国家效力的，也正合他的心意。国家大有前途，我们也大有前途！我们姐弟要好好学习，不要辜负了长辈的期望……

　　后来，我姐姐高小毕业后考上县里的卫校，再是当了医生，她的理想是完满地实现了。我和弟弟，没有当上拖拉机手和农艺师，但作为"老三届"，都在恢复高考后赶上进大学的末班车，之后都在另一种田园里耕耘培植，为国效力的理想也是实现了的。

　　五十八年过去了，1956年国庆前一天的情景还常常在我脑海中显现，那三朵大红花，缀着共和国朝露的大红花，一直灿烂在我的心胸。

　　　　　　　　　　　　　　　　（2014年。原载《中国劳动保障报》）

父亲酿酒

父亲是个酿酒的行家。

父亲酿的米酒，闻着香，喝着醇，咽进喉咙，清爽柔和，一杯半杯下肚，筋骨活络，浑身舒坦，兴致来了，喝得过量一些也不上头。

父亲酿酒，首先是选好的稻谷。杂着稗子的不要，杂着二秕谷的不要，受过沤的不要，绝对要货真价实的、粒粒饱满的。碾成米以后，碎米要簸出来，下锅焖饭的都是"全米"。

酿酒，焖饭是第一项基本功。用大铁锅焖，焖出的饭绝对不能烧煳，烧煳了就有"烧锅气"，饭有"烧锅气"酒里就有"烧锅气"。但允许锅底有黄亮喷香的焦皮，这种焦皮的香气会衍化成酒的香气。父亲焖饭很能掌握火候，焖熟的饭还没揭锅，香气就会沁出来，就会飘散出去，那是先"香"夺人。

饭焖好了，就舀到篾箩里，凉一凉之后，用冷水淋几次，若是热天，还要抬到溪水里去洗一洗。这样做的目的，一是让热饭变凉，二是要把饭中的黏糊洗掉，——黏黏糊糊的饭是变不好清清爽爽的醪糟的。然后，就把早已挨碎的草苯药末撒到饭里，边撒边翻，务必让苯药末与饭和匀。

然后就把和匀了苯药末的饭舀进一只陶缸子里，盖上盖子。如果是冬天，陶缸子还要坐进用砖砌成的围子里，再在陶缸子与砖围子之间的空隙里絮上稻草，在陶缸子盖子上盖上稻草，天特别冷的话，还要在稻草中插一些装着热水

147

的瓶子，以促使苯药在饭里发酵，起"化学反应"。一两天或两三天后，陶缸子里就会漏出酒的香味。再过一两天，就要把陶缸子从砖围子里提出来，揭开盖子，当然是酒香扑鼻了。原先的饭已经初成酒坯了，尝一尝，是甜的，但酒味重，"咬口"。还不能烤，还要让它继续起"化学反应"。但要翻扒开，不然会"烧"坏。——这是一般的流程，别的酿酒的人也按这一流程做，但事情的成功在于细节，在这一流程中父亲插进很多不可言传的细节。父亲时不时会走到陶缸子边去，摸一摸陶缸子，整理整理絮着的稻草，或撤出或添加装着热水的瓶子，或做其他人不知道的事，也可能什么也不做，只是站一站，看一看，闻一闻。这些细节的插进与焖出的饭的稀硬、苯药的剂量、天气的冷热与变化，以及什么时候陶缸子从砖围子里提出来、揭开盖子，等等等等，密切相关，凭的是视觉、嗅觉、手感甚或是心灵的感觉。

再过一两天，酒坯已经化成了醪糟，咕咕响着，又鼓着气泡；看上去汁液多而"饭粒"状的东西少了，那些"饭粒"也显得瘪瘪的成了糟了。就可以烤了。把醪糟舀到架在圆灶上的大铁锅里，再添加适量的水，然后把圆甑子坐在铁锅上面。——甑子是木做的，如同没有底也没有盖的大木桶，中间横着一根木笕，笕的一头搭在甑壁上，一头通到甑外。再就是在甑子顶端架一只大铁锅，叫"天锅"，天锅里倒进冷水。然后就在灶里烧火。铁锅里的醪糟烧开了，含有酒的蒸汽往上冲，遇到冷的天锅的底面，就凝成液体，往天锅底面的尖端流，再流到笕子里，再流到甑子外面的坛子里——不，起先只能说是滴，断断续续的，像雨下得不大的屋檐水，不久，断断续续的声音就连接起来，像小孩屙尿。烧火也是大有讲究的，什么时候烧大火，什么时候烧不大不小的火，什么时候不要明火只要火子。这种讲究，凭的是经验。

一般情况是，天锅里要换三次水。头锅水的酒，水分较多；二锅水的，酒的度子最高，所谓"二锅头"嘛；三锅水的又次之了。但也有例外，父亲也换过四锅或五锅水，酒还是很浓。当然，那要归功于醪糟好了。

父亲酿酒的过程，就是大半个村子荡悠着酒香的过程。往往还没有"结烤"，就有人提着瓶子来沽酒了。这个时候，父亲会请你"尝酒"，当然是"免费"的。

（2012年。原载《邵阳晚报》）

画牛的农民画家

　　农民画家曾东成陆续收到被批准为中国文人美术家协会会员的通知，还收到了与文化部乔联文华阁书画院签约的协议书。

　　曾东成确是个了不起的农民画家，他专攻画牛。他的乡邻说他的牛画得"真像"；一些行家即称赞他的牛"神形兼备""有意蕴"。

　　他的画，如《农民易老命难老》《春》《可怜天下父母心》《同饮一江水》《砺》等，或表现农民的命运和生活，或表现世态人情，或是自慰和明志；要形象有形象，要意蕴有意蕴。

　　其实，曾东成就是一头不断砺角的牛。

　　那年初中毕业，因家庭成分高，高中进不去，只好回家当农民。他深知迎战生活的不易，除了砺磨好搞农业生产的角，又砺磨了当木匠、篾匠、泥水匠、烧窑匠……的角，似乎总有点不安分。

　　到了将要"知天命"的年岁，他更不安分了，觉得一个人来到世间，还要做一点什么才好。儿女都大了，自己身上的担子轻了，正可以做一点什么了。做一点什么呢，平素自己喜欢画画，何不试着画画。读初中时画过工笔水墨，就画工笔水墨吧。画什么？天天和牛打交道，最熟悉牛，牛也值得画，就画牛吧。于是特意到县城，买回"文房四宝"，就画起来。先用铅笔勾勒线条，再用水墨画。鼓捣了一天，画出的东西竟然是四不像。就想，看来还是要看着牛画。就到有牛吃草、嬉戏的山坡上去画。画出的东西，"像"是"像"一些了，却是死死的，眼中无光，浑身无神。——这只怪自己"技术"不好了。于是用心来揣摩，用手来操练，画一幅不行，再画一幅，再画一幅。画过的宣纸堆了一叠。值得安慰的是，一幅比一幅有进步，至少一幅比一幅"像"了。

他知道，要形似，更要神似。神似哪里来？除了"技术"，恐怕还有对牛的真正了解的问题。于是从小看牛、与牛打了大半辈子交道的人，又有意地"看"牛了。看各种动作、各种神态的牛，看各种年齿、性别不同的牛，看背犁、吃草、嬉戏的牛。往往看得忘记了回家吃饭，没意识到雨把衣服打湿了。"看"得胸有成牛了，再画，不但得心应手一些，画出的东西真也"有神"一些了。这期间，他订的《中国书画报》等报刊也来了，于是边"学理论"边实践，作品的档次又逐渐提高了。自然越画兴趣越大，有时睡在床上，得到个好构思，就要起来描在纸上。

画了一叠又一叠。哎，可别小看那"文房四宝"，真正买起来，还要钱呢。干脆，把烟和酒戒了，用买烟酒的钱来买。

当然也有干扰。村里的叔侄弟兄们打牌三缺一了，就来拉他。不去，别人就不理解，"画什么卵呢？""有什么味道呢？"他也不解释，只是稳稳坐着，面带笑容，手不释笔。有时呢，小孙子也来"干扰"，呀呀呀地要爷爷抱。这倒好办，反正有两只手，就一只手抱孙，一只手画画。

曾东成磨砺画画的角，实在比画作《砺》中的那头牛磨砺得起劲。当然，功夫也不负他这个苦心人。学画七年来，他的画艺越来越好，作品得到越来越多人肯定。作品《春》2000 年获香港新世纪国际金融文化出版社暨香港少儿视觉艺术研究会联合举办的庆香港回归祖国三周年大型艺术活动金奖，又在 2002 年获中国书法研究院举办的庆建军 75 周年全国书画大展银奖，还在 2002 年获中国书画艺术华表奖大展银奖。《农民易老命难老》2002 年入编《新世纪传世书画艺术经典》，2003 年获中国书画小精品大赛银奖。《黄牛石竹图》入编《中国书画艺术》。还有多幅作品在《北岳恒山书画报》等报刊上发表，被广州新世纪书画研究院、文化部侨联文华阁等单位收藏，而来自全国各地向他索画的书信则不计其数。

曾东成深知自己功底不够，理论不足，他打算携作品从家乡武冈市双牌乡双岭村岩头江畔出发，求行家点拨、赐教。

（补叙：可惜天不假年，曾东成未能成行。六十初度之际，就被病魔夺去性命。）

（2004年。原载《邵阳日报》，署名黄三畅、黄三丛）

在我们村做过手艺的匠人

　　早些年，我们大门头村算是周围一些村落的中心，因此一些手艺人就到我们村来开店铺谋生。我家和邻居几家的房子都被他们租过。说起这些手艺人，印象深的极有好感的有很多位。

　　有一个姓谢的裁缝，洞口黄桥人，那年带了一家子到我们村开缝纫店。从那以后，村邻们大都穿机器缝的缀"牛骨头"纽扣的"干部服"了，穿那种手工缝制的缀布纽襻的"农民服"的少了，这等于向现代化迈进了一大步。谢师傅有一个女儿，在黄桥铺读高小，有一个星期六，将要放学的时候，她被邀到我们的村小，教被老师留下的同学跳舞。那天我也成了她的学生。她教我们《找朋友》，又唱又跳，"找呀找呀找呀找，找到一个好朋友……"她头上扎了一朵红绸，声音甜润，身子灵活，那红绸更是一跳一跳的：在我们眼里是天使。一些人把"找呀"唱成"找叶"，于是把谢妹子也借代为"找叶"，而"找叶"又衍变成"枣叶"。有些晚上，我们村里的孩子在禾场上做游戏的时候，"枣叶"也加入了我们的队伍。游戏做累了，"枣叶"就给大家讲街上的人和事，让我们开了眼界。也给我们讲一些有益身心的生活常识，譬如男孩子应该留头发，留头发不但人漂亮，还可以保护脑袋；人应该勤剪指甲；饭后睡前要刷牙，饭前便后要洗手。她还给我们讲故事，梁山伯祝英台的故事我是第一次听她讲的。有一天下午我们带她到村后的竹林玩时，她指着两只并排在前和一只跟在后面的长尾巴鸟，说前面两只就是梁山伯祝英台，后面那只就是马家郎。后来，村里一个姑娘在婚姻大事上竟然敢不听父母的话，我想梁山伯祝英台的故事对她应是起了作用的。几年后谢师傅一家走了，"枣叶"的情况怎么样，我不得而知。

　　谢师傅带了一个徒弟，姓朱，是武冈城里的人，年纪是十六七岁的样子吧，村里的人却叫他"老朱"。后来谢师傅走了，老朱留下来，在我们村做了很多年。我一直记得这样一件事。县里的电影放映队来放电影，放映地点是村小的操场里，放的影片是《花木兰》。好多人来看啊。那年我才九岁，挤在人的森林里，哪里看得到银幕？老朱就把我抱起来，让我的头高出他的头。他又掏出炒花生给我吃。那炒花生真香啊，香的时间真长啊，直到现在还香在我的肺腑里。但天公不作美，我们看着看着，就下起雨来了，爸妈要我回去，我听老朱说不要紧，然后我的头上就盖了一块布——是老朱的手巾。我摸一摸，又摸一摸，竟不知道说感谢的话。幸而雨下得不大，我们一直看到末尾。第二天，老师要大家写观后感，我自然也写了，那篇文章还被选登在墙刊上，那是我第一次发表文章。

　　与老朱同时在我们村做手艺的，是一个姓阚的铁匠带着两个徒弟，阚师傅师徒也是黄桥铺人。村里一些大人还有小孩喜欢到铁匠铺去看打铁，我也是其中之一。阚师傅很喜欢小孩子，常出其不意地用两个手指往我们嘴上抹一下又按一下。我们很欢迎这种动作，因为他那样一抹一按，我们嘴里就留下东西，或是一颗花生米，或是一颗水果糖。阚师傅的大徒弟姓邱，武高武大，可惜学了几年也没有"出师"，但他独立给我家打过一副柜门扣。我二姐出嫁前，嫁妆之一是一个木柜子，木柜子要门扣，那天需要把门扣钉上去，就请铁匠铺打，但阚师傅和二徒弟外出了，只好请邱师傅打。我自告奋勇给他扯炉。之前他没有独立打过这种东西的。他打得很慢，打得汗淋淋的，打好了，自己左看右看，又自言自语：太粗太笨，应该秀气一点。也许那东西既成了成品，加工也秀气不起来了，他就丢在一旁，找了一块铁重新打。打好淬火之后，阚师傅也回来了，见了他的成果，很是高兴，说今天怎么这样开窍了！他红着脸说，人家是做嫁妆用的！

　　几年后，阚师傅他们走了，有一个姓彭的铁匠带着两个徒弟来了，也是黄桥铺的。彭师傅年轻一些，和以前的师傅一样，跟着村里的同龄人称呼村里的长辈，称我父母为八叔八婶。后来彭师傅回到黄桥铺了，看到我们村里上街的人，仍用原先的称呼；我们村里的人上街，也常常在他铺子里小憩。对彭师傅，我们一家是特别感激的。我父亲上街，几次发痧，每次都走到他铺子里，他总像亲侄子一样照护他，又请人给他扯痧，自然还留他吃饭。有一次，我父亲不但发痧还兼有别的病，踉踉跄跄地往彭师傅铺子里走，恰好被在街上有事的彭师傅看见，他把我父亲往自己铺子里扶，到了他铺子里，父亲已经不省人事。他又请来医生救治。——真是难得的好人，那样的危重病人，谁愿意往家里领啊！

（2012年）

太　岩

　　太岩是我们邻村人，是个残疾人。他的手臂、手指、腿胫枯瘦，而手臂、手指、膝盖的关节又特别突起，因此那些部件就俨像郑板桥笔下的萧萧瘦竹。走路要撑拐棍，姿势当然是一瘸一瘸的。做事更谈不上便捷，吃饭时摸筷子都是摸不稳的。他是村里的五保户。

　　他也做一些力所能及的事。比如织扇子。织一种棕叶扇子。春夏之交的时候，把嫩棕叶割下来，去掉筋，放在鼎里煮，煮到一定的火候就捞出来，晒干。那原本是青青的棕叶就蜕成嫩黄色。又把一部分染了色，用的是从村后山上采回的泥土，红黄黑都有。然后就织扇子。那种骨节突起的手指，织起来当然不灵便，拙拙笨笨，呆呆滞滞，甚至抖抖索索，那些棕叶呢，虽是柔柔的，绵绵的，却一点也没有活泼夭矫、飞舞灵动的韵致，显出一种疲软和痴呆。但事情总是这样，"不怕慢腾腾，只怕半路停"。因为慢而不停，他手里的扇面，就渐渐从扇柄下生出来，渐渐宽展着，那扇面上的草呀花呀鸟呀鱼呀就渐次长高，长完整。桃形或心形的扇面收梢了，那些草呀花呀该长多高就长了多高，该开花就开花了；那些鸟呀鱼呀该怎样展翅就怎样展翅，该怎样跃水就怎样跃水。稍加修整后，他就自我赏玩一番。的确好一把棕叶扇！扇面上除了氤氲着棕叶的清香，还洋溢着花草的芳馨或播放着鸟儿的歌声鱼儿跃出水面的泼剌声。这样一把做工精良的扇子，一把"色香味"俱佳的扇子，制作它的理应称为能工巧匠，而"能工巧匠"的手脚竟那样不灵不巧！正如一种枯焦的树枝上开出鲜艳的花，不能不令人感叹。

太岩成为残疾人，用科学的观点来看当然是因为某种疾病。但村人给了另外的说法。有两种：一是太岩小时候，一天他到村左的山峦上玩，在一棵树干只剩下一边且成了空壳的古杉下射了尿，那是一棵"社公"树，"社公老子"认为他侮辱了自己，就罚他致残。二是太岩是从小时一直到成为青皮后生时很顽皮，很爱惹事，做了不少伤天害理的事，于是惹怒了"社公老子"，"社公老子"就罚他腿胫枯瘦，继而罚他膝盖骨突成竹节。后来，太岩虽然幡然悔悟，爱做好事善事了，但"社公老子"纠缠旧账，继续罚他的手臂、手指骨节也变异。太岩自己，对幡然悔悟后爱做好事善事了残疾程度还加深的问题，有独特的看法。我曾听他讲了这样一个故事。有一个作恶多端的人，阎王罚他第二世遭雷打，第三世遭火烧，第四世遭虎咬。第二世时，他脱胎换骨做好人做善人，但他仍然遭了雷打，不久又遭了火烧，后来还遭了虎咬。这不是老天赏罚不明，而是赏罚分明：把对他三世的惩罚集中于一世，让他从第三世起就做正常的人。太岩讲这个故事（后来我在一本佛经启蒙的册子里也读到），用意还不明显吗？

讲到太岩做好事善事，不能不讲他钓鱼。他钓鱼是成年以后的事。很特别。钓饵一定要用筷子头大一根的蚯蚓，钩也是很大一枚的。两根竹钓竿，一条独脚凳——坐下后凳脚插进土里，比四脚的更方便更稳当。他钓鱼的收获不怎么样，傍晚时分见他从我们村走过时，篓子里常常是空的。原因呢，是他只钓大鱼，不钓小鱼——那种大钩大饵，小鱼不能吃，不敢吃，只能让大鱼上当，而大鱼终究少一些，上了钩也容易挣脱。问他为什么不钓小鱼，他说，人家还没做几天鱼，你何忍心把它钓上来？他的不忍心，原因当然是不愿再生出罪孽来，却也暗合"数罟不下池"（网眼小的网不下池，以免网住小鱼）的古训。他自我禁令既下，就绝不"萧何律令萧何犯"，而是"坚决执行"。我们团转几个村的人津津乐道的是这样一件事。一天，上面来了一个干部，村长要招待，要用"土菜"招待，特意要太岩去河里钓鱼，务必要钓几尾回来，大的没有小的也将就。村长平素是很关心太岩的，太岩也感激他。但那天太岩还是空手回来了——他备了一枚小钩，却没忍心放下水，而又鬼使神差似的，大鱼偏偏不上钩。可让村长骂了一顿厉害的。他也认了，眼观鼻，鼻观心，没有回一句话。

　　太岩相信因果报应，还相信八字命运。他说他请人算过八字，他八字里当有一个儿子。要有一个儿子，当然要讨婆娘，于是请人做媒。于是婆娘就讨回来了。时新郎已经有五十多岁，而新娘还只有十七八岁。是一个双目失明的姑娘。据说婚后一段相当长的时间里，每到晚上，他们家里就传出凄号，是少女的沙哑的凄号；也传出哄孩子一般的"嗬，嗬，听话"的声音，那是衰老的男低音。有一次我见过那个姑娘坐在堂屋的高门槛上，一抹斜阳映在她的脸上，那脸色倒显得红润，但窈陷的眼窝里分明幽着悲戚和怨望。几年后，那个"怨妇"到底跑了，并没有给太岩留下一男半女。给太岩算八字的先生失算了。后来太岩又请人算了一次八字，那位先生没有说太岩命里有子，太岩就没有再"续弦"。

　　太岩年岁更大了以后，手指的骨节僵硬疼痛得更厉害，鱼不能钓，扇子也不能织了。他想把织扇子的技术传人，可惜没有人愿意学。

（2011年。原载《邵阳日报》）

犁 田

是农历二月天，汉子在犁田，在驶着一条水牯犁田。

汉子犁的是一丘红花草籽田，草籽的绿苗承受春温抚慰的时间终究还不长，还不到蓬勃威势的时候，还只是浅浅地薄薄地铺着；草籽的红花呢，也只是稀稀落落地点缀着一些，胆怯地张着眼睛，像黄昏刚临时天幕上最初的几颗星。汉子为什么这样急于犁田？因为这是作秧田的，先要犁几遍耙几遍地整理熨帖，眨眼间日子就会到了三月，就要择天气好的日子把秧谷撒下去的。

刮的是北风，北风里天矫着细针般的雨丝，似有似无的，时有时无的；正是"冻"桃花的时节。汉子没有依婆娘的话，像有些人一样穿着高统靴子下田，而是传统的做法——赤着脚，裤腿捋过膝盖。刚踏下田的时候，水当然是刺骨的寒，渐渐地这寒就没那么尖锐了，只是汉子踏在泥水里的脚被"烫"成乌红色，一直露在泥水外面的腿杆子呢也是乌红的，颜色却鲜亮点。汉子的脸则是另一种红——是酡红，是喝得五六成醉的那种酡红——出来时婆娘确是斟了两碗米酒让他喝了的。汉子的牛打着呼哧；它的长脸是谈不上红还是不红的，毛和皮肤总是那种铁灰色，虽然汉子的婆娘也给它喂了拌有酒糟的谷糠和切碎的红薯。

汉子平素是沉默寡言的，婆娘说他石板都难压出一个屁来，但汉子驶牛犁田时嘴里有的是话，他在不停地叱牛骂牛。"咙——快点！""力气哪里去了，要死不活的！""抽死你，你懒罗！"……翻来覆去，骂一些重复的话。汉子手里也握着竹梢子，嘴里不骂呢，就扬起竹梢子，唰地打下去，但没有落在牛身上，而是落在牛身侧的虚空——倒像有一次生了气打婆娘。

　　那牛，已摸透了主人的性子，知道叱骂是只打雷不下雨，竹梢也只是吓它的道具；它总是不紧不慢地迈着步。偶尔，它也返过头来，用那双大大的、眼珠子是棕色的眼睛望一下主人，更多的时候，它是低头看着稍前头的地方，不知道在思考些什么。汉子小时候就听到这地方的一种说法，牛本来也会说话的，主人骂它，它就驳嘴，后来阎王就在它喉咙上钉了一颗钉子，使它说不出话来。汉子知道自家这头牛，即使不钉钉子，也不会驳嘴的，它老实得很，也一点不偷懒。牛的步子似乎迈得不快，但牛后面、汉子前面的插入泥里的犁头，其实是行进得很快的。汉子犁田的技术也好，他只是掌握着弯弯的犁柄，就知道犁头插进泥巴多深，有时因了某种缘故犁头往上翘或往下抵了，他就知道会犁得过于浅或过于深，就把犁柄往上提一点或往下压一点，四两能拨千斤。插进泥巴的梯形的犁头把泥巴撬起翻成泥坯，随着犁头的行进，那泥坯就往犁壁上卷，犁壁是稍稍向右侧斜的，汉子又不断地摇着犁，泥坯就不断翻落下去，整齐地排成一线，这条线又不断延长。翻落的泥坯朝上的一面早就被犁头切得光荡，在天光下闪得乌亮，像黑色的玻璃。

　　老马识途，牛是耕田的天才，汉子家这条牛有了两三年的耕作经验，已成了行家。它拉着犁行走，走得很直，人还难以走出那样的直路来；所以一行一行的泥坯才那样直。需要转弯的时候，汉子也习惯地喊"转——"，其实他不喊，牛也会转的。

　　这丘田的一端，汉子的婆娘栽了一棵桃树，那一团树冠膨胀得比汉子家请客吃饭的圆桌子都要大了；因为那一端的田塍较高，那桃树就斜斜地俯着身子。桃树绿色的叶芽还只是吐出一弧舌尖儿，起眼的是这里一朵那里一朵的张开的花，比草籽花要大方，鼓胀着的花苞则更多。牛拖着犁从桃树下过的时候，它总要抬抬头，似要欣赏桃花；跟在后面的汉子也要抬抬头，他是实实在在地欣赏桃花。这一丘田将犁完一半的时候，汉子和牛又一次要从桃花下面过的时候，牛"哞"了一声，汉子没意识到它一声"哞"的不寻常，正要叱骂，抬起头，却看见桃树下伫着一个人，一个妇人。就喊一声"哗"，让牛停住。妇人就把一个木盆递下去，再把一个鼓鼓的蛇皮袋递下去。汉子先后接住，把木盆放在牛的脑袋下，把蛇皮袋里的东西倒在木盆里，牛就感激地吃里面的东西，吃那仍有酒味的东西。汉子则攀着桃树干跃上田塍，接过妇人手里的瓶子，喝酒，——酒是热的。喝了两口，妇人把自己手里的什么东西往他嘴里塞。他啃了一口，伸手接，妇人不给，说，你的手脏死了！

桃花映着妇人的脸，妇人的脸映着桃花，二者都很生动，汉子都喜欢看。

牛也吃了，人也吃了，田里又响起汉子叱骂牛的声音。妇人还伫立在桃树下，骂汉子：嘴巴这么多，有力气何不留着！

（2006年。原载《邵阳日报》《都梁新韵》《知青文集》）

插　秧

　　水田里，有一个妇人在插秧。

　　这是一丘还算规则的长方形水田。妇人横移着身子插，从这一头插到另一头，又从另一头插到这一头。这一蔸与另一蔸距离就像用尺子量过的，这一行与另一行也一样，而每一行又插得笔直如过了墨线，因此这些秧儿横也成线、竖也成线，斜也成线；每一蔸又都是三根秧，绝对均匀。妇人手法特别快，左手握一把秧苗，拇指和食指好像不经意地轻轻地拧呀拧，那是把秧分出来，与此同时，右手的拇指、食指和中指从左手把分出的秧接过，又顺便用食指和中指夹住，再插下去。如此反复进行，秧行就在她的巧手下延长，延长，延到终点她身子就后退一步，就另起一行，又延长，延长……一个秧把插完，又随手在身边捡一个……如果说平平整整、泱着浅水的田像铺着一匹素色的缎子，那么田缎子上就被妇人绣起了一束束一行行绿色的花，绿花的缎子在慢慢延展，延展……

　　这是暮春时节，"暮春者，春服既成"，妇人穿着棉毛纱衣，袖子挽过手肘，稍紧的裤腿也抒过膝盖；衣服是浅红色，裤子是豆黄色：妇人成了一星耀眼精灵。浑圆的臀部拱成半个球，长而柔的腰身弯成一段弧，两只手灵巧优雅地操作，两条腿灵活规则地移动：妇人成了一塑造型优美的艺术品——与《思想者》相比，"思想者"是静止的，而这"劳动者"却是运动的。偶尔，她也

161

直一直腰，用手臂揩一揩脸，看看前面自己绣出的绿花缎子，或后面待绣的素色缎子。素色缎子上靠近自己的这一大截，端端正正地坐着或歪歪地蹲着或懒懒地躺着一些秧把子，排列不规则，却很匀称，一个秧把子能插多宽的地方，早估算好了的。

妇人又一次直起腰，返身望后面的时候，却见田埂上有一个人挑着一筬箕秧把子，一只手从筬箕里提起秧把子漫不经心地往田里扔，那双眼睛呢，却眨也不眨地望着自己。妇人就说，还不快将秧把子扔下田，快来插秧了，呆呆地看什么？汉子说，看你！——看你插秧！妇人说，有什么好看的？心里又说，还没看够？汉子说，最好看呢！妇人就没做声，又弯下腰插秧，有让你看个够的意思。

汉子将秧把子匀称地扔在了水田那头的一小截，就也走过来和妇人插秧了。妇人这一行已插了几蔸，汉子另起一行。汉子插秧也是一个把式，他想赶上妇人，就施展才能，用最快的速度插，可惜，没有追上妇人，反而和妇人的距离拉大了。妇人把这一行插到了尽头，又另起一行，插了一段，就和汉子接轨了，接轨的株距和行距也中规中矩，就像是一个人插的——夫妇俩本来是心心相印，配合默契的。于是两人同时后退一步，同时插下另起一行的第一蔸。插这"第一蔸"时，两人好像都是随意的，但距离却像过了尺子的。妇人插下第一蔸后就渐次向右插，汉子插下第一蔸后就渐次向左插：两人的距离就越来越大。妇人很快插完了这一行，又另起一行，这一行快插到终点时又和汉子另起的一行接轨了……这样，夫妇俩会合又分开，分开又会合。在分分合合、合合分分中，那一铺绣了绿花的缎子就以加倍的速度延展，延展。

间或，夫妇俩接了轨的时候，就都把身子直一直，以解一解腰杆的酸痛和膝盖的酸麻。丈夫就说，插晚稻还是要喊插秧机来。妇人说，要喊插秧机做什么，——哪有我插得好？汉子说，太累。妇人不说什么，又弯腰插起来。汉子也开始插了，又说，你这部插秧机，几户人明天想请，我都回绝了。妇人说，请我，我就去吧！人生来是做工的！妇人心里还有这样的话：有手艺就要使出来，要不，也沤死了。妇人插秧的技艺，是做姑娘时即练就的，而"技痒"，也是人之常情。

终于，汉子上了田埂，妇人也插了最后一蔸，上了田埂。两个人都慢慢地挪步，都望着那绣了绿花的缎子，——那排列整齐的一束一束，可与他们的母辈纳的鞋底的针脚相比——享受着一种喜悦。忽然，妇人又下了田，向中间走去。汉子挪到了妇人刚才下田的地方，发现田中间有一束花儿绣偏了一点点，这样那个地方看起来就不顺眼——横也不成线、竖也不成线、斜也不成线。

妇人把那束绿花儿移动了一点点。

怪我，汉子检讨说。心里又说，插那一蔸时心里开了小差，开了小差，就不默契了。

是我俩会合的地方，要怪，怪两个人，妇人说。

（2007年。原载《红豆》及王剑冰主编、长江文艺出版社出版的《2007年中国精短美文100篇》，王剑冰主编、北方妇女儿童出版社出版的《2007年最适合中学生阅读散文年选》，以及《都梁新韵》《知青文集》、"青少年智慧阅读"丛书《生活卷》）

锄草的老大爷

老大爷在锄草，在锄辣椒地的草。老大爷伛着腰，舞弄着锄头；锄草的锄头不大，上半截被土擦得银亮闪光，很轻巧，锋利。

所谓锄草，除了"锄"掉杂草，还是为了松地，还要为辣椒苗培土。辣椒苗虽还只栽下十来天，这一棵与另一棵还远没有枝叶交错，空间还很大，但老大爷仍然十二分小心和细心。锄头如果打算落在辣椒苗与辣椒苗之间的较大的空隙地，老大爷也只把锄头举得平自己的头就"锄"下去，不敢举得更高，如果举得过高，锄头就可能落不准，就或许会把辣椒苗的枝叶撞断，或许会把辣椒苗杆儿锄断，那样就会听到辣椒苗嗲嗲的"哎哟"的声音。而锄到靠近辣椒苗杆的地方，老大爷就把腰弯得更低些，就把锄头偏起来，也举得低，也落得轻，用的是"碎锄头"，嚓，嚓，一寸一寸地，慢慢地锄，他听见辣椒苗儿在说："千万小心啊，别伤着我！"嗤，这些家伙，也太脆嫩！

"你这棵'烂草'！"老大爷一边连根刨出一棵"烂草"一边骂。这棵"烂草"还只两三寸长，还只分了一杈，但如果不锄掉，几天后它就会四处出击，蓬勃起来，欺压辣椒苗。老大爷把"烂草"提起来，往锄头脑壳上磕一磕，磕掉草根上扎着的土坷垃，一声"啪"，把它扔到地边的沟里去，宣布为不受欢迎的东西。

"你这'虾弓草'！"老大爷轻而易举地刨出一棵"虾弓草"。"虾弓草"

是煮熟的虾弓的颜色，幼苗也像伸腿抻螯的虾弓，如果不锄掉，它也会跟辣椒苗争肥争阳光。老大爷用锄头一砸一砸，以"碎尸万段"。

"你倒狡猾！"有一棵胖胖的草儿，紧紧地靠着一棵辣椒苗长。老大爷伸过手去扯，却把它扯断了，没有把根扯出来。他只好用手指刨，把根刨出来。

地里还有几种杂草，每锄掉一棵，老大爷就觉得是一个小小的胜利，如早些年捉衣服上的虱子。

"家伙三！"老大爷一锄头锄下去时，就有一个"土狗子"从旁边一个小孔里蹦出来，老大爷旋即翻转锄头，用锄头脑壳去砸，可惜那东西一蹦两蹦就无影无踪。那东西可恶得很，爱啮嫩辣椒苗的杆。

这里是一道峡谷，这峡谷里也只有老大爷一个人在劳作。很静，老大爷却不觉得寂寞。除了骂杂草和"土狗子"，更多的时候他是抿着嘴，偶或嘴角也牵动一下，是默不作声的，却在心里听辣椒苗说话，跟辣椒苗对话。"你看，我长这么高了！"他听见一棵"鹤立鸡群"的辣椒苗说。"你还要长粗壮点！"他叮嘱道。"嘿嘿，你矮矮的，就长杈了，是矮脚婆娘啊，矮脚婆娘生崽多！""你还在这里打瞌睡啊！——怎么吃不到肥料？"地里的每一棵辣椒苗都是他的……对，他的儿女。他栽的时候选的秧儿高矮胖瘦基本一样；也没有薄待哪一棵——挖一样深的凼，下一样多肥料，可惜后来就"十个指头有长短，山中树木有高低"。无论高，无论矮，无论胖，无论瘦，无论分杈，无论没分杈，老大爷一律在每一棵辣椒苗的周围培上土，培成倒铺的饭钵的样子，这样，辣椒苗就不易被风吹倒，也能够更好地"保墒"——老大爷可不知道这样一个词。他发现有一棵辣椒苗的杆儿贴地处被啮了一个口子，就在心里说："不要紧，伤口会好的！"又大骂"土狗子"，一边又细心地培土，那倒铺的饭钵子比别的都大。在抚慰这受害者的过程中，他出其不意地用锄头脑壳砸死一个"土狗子"，也算出了一口恶气。

伛了好久，老大爷才挺一挺腰。老大爷的腰挺不直了，他的腰本来已经伛偻了。挺一挺，要舒服一点。他挺起腰，转身望一望锄过的地，觉得那些辣椒苗，显得更鲜嫩，更精神，正在努力往上长；当然，他也听见一片窸窸窣窣的声音，那或是它们在伸筋骨，或是它们在嬉闹：就有一种欣快感，像轻风拂过树梢一样拂过他的心田。地里氤氲着一种湿润的、酸酸的、甜甜的气味。他吸吸鼻子，喉咙里"嗯"一下，就又开始劳作。

锄了两床晒簟宽了吧，也锄到了地的一方的边沿，老大爷就跨到地边的沟里，把锄头柄放倒架在沟的两边，就坐在锄头柄上，从衣袋里掏出烟荷包之类，卷纸烟。一口辣辣的烟吸进去，老大爷舒服地半闭着眼享受着，好一阵，才从鼻孔里缓缓地喷出两股烟来。然后是几声咳嗽。然后又深深地吸一口。"看今年辣椒价如何。"他是在自言自语，又似在和辣椒苗们说。

在他劳作过的地里，何时飞来两只山鸟，它俩一边欢快地跳，一边欢快地叫。老大爷知道，它们在觅食，在寻找被他锄出的蚯蚓、虫子。

一只山鸟跳到他身旁来了，老大爷爱昵地瞅着它，像在家里瞅着到身边来觅食的小鸡。

山坡上，传来"关关"两声叫鸣，老大爷知道那是雉鸡；这正是雉鸡求偶、生蛋的时节。忽然一只长尾巴的花雉鸡扑棱棱地飞落到他还没锄的地里，转一下身子，却又飞走了，大概是看见了老大爷，怕他。老大爷就有点遗憾，"怕我做什么呢？我还害你？你到我地里来找虫子吃，我只有高兴的呢！"是的，老大爷虽不寂寞，但希望更热闹一点呢。

老大爷扔掉烟蒂，起身，提起锄头，又开始劳作。他听见还没有锄的辣椒苗们呼唤他的声音了。

捡豆子的老大娘

老大娘在太阳下捡豆子。

这是夏日午后的"胀水太阳"，黄得发白，白得刺眼，火力十二倍的猛烈。

早晨的时候，老大娘的儿子、媳妇割回几担豆秆，摊开在禾场上的晒簟上。豆秆上本来就干了的豆荚在太阳的炙烤下变燥，又渐渐鼓胀起来，然后嘎的一声脾气暴躁地爆裂，于是有的豆粒就滚出安乐窝，就地落入豆秆中藏起来；有的还颇带情绪地飙起来，或鼓足劲儿往上冲，或流星般地画一道弧；情绪激愤的则飙得很远，甚至飙出禾场——像孩子用弹弓弹出的小子弹。于是禾场上就热闹起来，这里那里，就响起豆荚爆裂的声音，整个禾场就下起流星雨——杂乱无章地下起流星雨。到一定时候当老大娘把豆荚翻转以后，禾场就平静下来，当然是暂时的平静，不久，又嘎地爆裂了第一颗……

老大娘把豆荚翻转了第四遍以后，好似听见隆隆的雷声。手搭凉棚往西北边一瞧，那边的山坳上空滞着一片乌云，乌云把山坳都衬黯淡了。老大娘就回家扛来一把连枷，开始打豆子。尽管老大娘打得很轻，但受了连枷捶打的豆荚脾气更暴躁地爆裂，里面的豆子也飙得更高更远。老大娘打着打着，头顶的天空就汹汹地压了一大团乌云，雷也在头顶上旋转有如推磨。好在老大娘的儿子、媳妇也回来了，手忙脚乱地鼓捣一番，总算在豆粒大的雨点还不密集的时候把打下的豆子收回去了，当然，有待加工的豆荚也收回去了。

但是，晒簟周围，禾场边沿，禾场外面，还有散落、飘去的豆子啊。老大娘就不安地等待雨停下来。雨还在拖泥带水地烦人的时候，她就拿了个笋壳叶筲箕，戴了个斗笠，出来捡豆子了。

豆子变了。浸在积水里的，被泡得鼓胀饱实起来，表皮也光亮润泽，有点像小孙孙的脸蛋儿；躺在湿地上的，则只是稍稍膨胀了一点，或只是把表皮浸松了，浸松得起了皱纹，就像老大娘自己的脸了。

一颗，一颗，一颗……老大娘手还算麻利，每捡一颗丢进筲箕，就获得一种小小的成就感。

上面"胀水太阳"以加倍的力量俯冲，似要弥补下雨时耽搁的时光；下面湿热的地气要呼应太阳，暗地里使劲猛烈地蒸腾：老大娘如笼在看不见的蒸笼里。头皮上流出的汗往下流，在脸上、颈上皮肤还算光洁的地方聚成一颗颗豆子，豆子再往下移，到了皱纹边上就浸渍开去不见。而后又流出皱纹，重新汇成豆子，或滚到地上和雨水融合一起，或浸渍到衣服上。而"胀水太阳"又在她脸上、身上晒出更多的有如小小的水疱一样的沙痱子，这东西又仗着"胀水太阳"的淫威，"夹"人也更凶了，这里下一口，那里下一口，那种感觉，说不出是痒还是痛，真是扰人呢。但这一切算什么？老大娘只是偶尔用衣袖揩一揩眼角。

捡豆子，捡豆子！

晒簟周围的容易捡，因为它们无什么遮掩，坦坦荡荡，素面朝天。禾场边沿的就难捡一些，那里有树叶、杂草、碎石子，豆子们有的就藏在那些东西的旁边，有的还藏到它们的身体下面去了。老大娘有时正眼儿瞅，没瞅见什么，不经意地偏着头一瞧，就瞅见一颗；或者还要扒开树叶、杂草：捡一颗，都是费心劳神的。但是既然可以捡到，就要捡。还有禾场外面的。禾场外，有三方是人家屋檐下的水沟，飘去的豆子随流水而去了，可惜。有一方是人家菜园的篱笆，篱笆是用杉枝结的，篱笆上爬着丝瓜藤。雨后的丝瓜藤很生动，但是午后的丝瓜花是萎了花瓣的。老大娘来到篱笆旁，一眼就看见一片微凹的丝瓜叶上卧着一颗，马上就用手去捏，可惜指头一触到丝瓜叶，丝瓜叶一耷拉，它就滚下去了。幸好被两颗杉针承住了。老大娘有了教训，就用三个手指塞到那两颗杉针下面的缝隙里做承接状，再伸出另一只手去撮，好，撮住了。嗬，还有一颗，居然藏在萎了的花瓣里。还有一颗，堂堂皇皇地蹲在篱笆桩的顶端。当然，更多的豆子是散落在篱笆脚下。篱笆脚下偶尔有小青蛙跳过，该不是也想找豆子吃吧！那倒不要紧，可恶的是蚊蚋，身上这里那里痒痒，不是蚊蚋是什么？老大娘无奈小虫何，让它们吧。你看，蚂蚁也出来了，它们好多人抬着一颗发胀的豆子，也要抬回去打豆腐吧！给我，你们去找我没找着的！老大娘带点歉意地抢走了那颗豆子。

捡豆子，捡豆子！

终于，该捡的地方都捡了。又绕场一周，寻找遗落的。

但是，并没有捡到多少啊。在笤箕底上摊开，薄薄的一层，并没有多厚。看起来掉下很多呢，捡起来却只有这么一些！也好！没有掉在地上糟蹋了就好！

老大娘两腿软软的、酸酸的、麻麻的，回家了。

（2008年。此篇与上一篇原载《散文百家》，原标题为《我的大爷大娘》）

干　塘

　　农历年底快到了，村前塘里的鱼也喂肥了，就干塘了。干塘是一村人都可以沾点腥的喜事，不管你是塘主还是一般的村邻。

　　往往在清晨进行。首先打开塘缺口，放水。水从缺口是放不尽的，还得安龙骨水车或抽水机，车水或抽水。自然陆续来了一些看客，站在塘边的禾场上或塘基上，议论塘里鱼的大小和今年鱼价的高低，估算塘主这一年能挣多少。这是霜天，塘基边的枯草上凝着灰白的霜；没有枯草的湿润的松土，则结着"狗牙齿霜"——一颗颗一瓣瓣密密地竖着，晶莹洁白，形如狗牙齿。他们把手拢在袖子里或插在裤兜里，红着鼻子，口里哈着白汽。狗也来了，望着龙骨车或抽水机发一阵愣，然后突然醒悟似的转头往人缝里钻，看见有人扔下什么，以为可以吃，就奔过去，却不料是个未熄火的烟蒂。

　　水位降到了现出塘边沿的滩涂了，就有人扛着锄头迫不及待地走下去，——穿的是深统的靴子，裤腿扎在靴筒里——偏着锄头口子，一啄一啄地在那滩涂上刨。不时就有一条泥鳅暴露，光溜溜的，出污泥而不染，扭动着，显得不知所措，待看清了情势想钻进泥巴时，就有三个手指把它夹住，丢进坐在旁边的篓子里了。滩涂上也会有蚌壳和铜田螺、铁田螺——铜田螺大、铁田螺小——也会被捡起来往篓子里丢。这当然是"野"的，塘主是不管的，古来如此。

　　水位更低一些了，也即塘里的水更浅一些，塘边沿的滩涂更宽一些了，又有穿深统靴子的人，平举着长柄状的是三棱体的捞网，尽量往塘的中心伸去，然后沉下水，再慢慢朝身边拖，待拖到身边出了水面，就只见网里有一些手指大小的"长唧鲴"、手指脑大小的"砧板子"、长脚长手的跳虾子，还可能有一两个两三指宽的鲫鱼，当然，还有毫无价值的水夹子虫。自然会把有用的抓进系在腰上的篓子里——这些东西也是"野"的——无用的就放生。也有使形似半截独木舟的篾网的人，他们只是沿靠水的滩涂一边移步一边拿蓑网在水里撮。那种网后头有一个弯起来的尾巴，撮进去的鱼虾会被顺势推到网尾，当然，撮几下他还是会提出水面看一次，把收获转移到篓子里。

水位更低了，更多的人就脱下臃肿的棉衣棉裤或毛线衣毛线裤，扎起裤腿，捋起袖子，腰上系一个篓子，再毅然脱下鞋子，口里咝咝吸着气，侧着脚板下到滩涂里，再一步一步地走到稍中间的齐膝深的水里。水好冷啊，那锐利的冷箭穿过皮肤，穿进肌肉，穿透胫骨，直达骨髓；皮肉又麻又痛，骨髓则如针刺如火炙，腿杆子似要从水面处断掉，整个身子战战兢兢，已然站立不稳。但这只是片刻间的事，他们很快就把这种难受抛弃了或忘却了，他们的手伸到水里，贴着泥巴，手指一摸一抓的，或者手指微弯着，两只手一分一合的：有的人不时就把抓捏着什么的手弯到篓子口，手指一松，就有什么掉到篓底——那是一个鲫鱼，也属"野"的；也有不背篓子的，摸到鲫鱼就朝禾场上扔，自然有人捡。鲫鱼是躲在泥巴里的，用网难以捞着，徒手捉拿是很好的办法。当然，这要看你的手"吃腥"不"吃腥"了。有的人抓摸几下就有一个进了篓，有的人好久好久还没有"开张"——不是根本没碰着就是碰着了而没有抓住。

这时候，禾场上塘基上的人更多了，以女人小孩为主。他们不单是看热闹。妇女在关心她们男人的篓子，情窦初开的少女在观赏某个后生的强健身子。小孩呢本也想脱下鞋袜下去的，无奈妈妈不准，只好心里痒痒地恨自己不快点长大。也有身强体壮的汉子，他们一如既往地拢着手，踱来踱去地看热闹。若问他何以不下去，即说："为了两个细鱼仔，拱到水里去受那样的冷，不抵！"很不为外物所动的样子。他们最要看的是热闹。有人若不小心在滩涂上滑了一跤，一屁股坐在泥巴上，他们就会大笑和大喊："捉到团鱼了啊！"当然其他的人也会跟着大笑和大喊，"捉到团鱼"的人也会随着大笑和大喊。

水基本车干或抽干了，那些肥胖的"家鱼"——青草鳙鲢们就暴露在光天化日之下，有的还"俯卧"着，有的则只能"侧卧"了；大多显得很坦然，浮躁的也只是用尾巴拍一拍泥水。塘主早把几只盛了些清水的圆桶搬到塘边来了，他自己和被请来帮忙的人就把鱼用捞网捞到圆桶里。

太阳已经挂在塘边那棵光丫杈的李子树上的时候，塘里的人都上了塘基，装着鱼的圆桶也被抬了上来，塘里安静下来了。很多人就向塘主表示祝贺，心里是艳羡或嫉妒："今年捞了一把！"塘主就谦虚着，或者还后悔着什么。捞细鱼虾的人们就互相看篓子，有的沉沉的有大半篓子，有的则还没盖着篓底；有的捞到不少鲫鱼，有的则多是一些泥鳅蚌壳田螺：似乎都无怨意。而一些没有下水的身强体壮的汉子，似乎有了点悔意，暗地里打算下一次谁家干塘，也要去捞一把呢。

而很快地，满村就飘着油香夹鱼腥的诱人的气味。

（2000年。原载《邵阳日报》）

篱 笆

　　街心公园那一圈矮矮的精致的篱笆，勾出我儿时村边的篱笆来了。

　　那时候，村前村后都是菜园子，菜园子除了靠水田、水池或高崖的那一边，其他各边都要结篱笆。先打桩，丈把远的地方打一个，一般与成年人的头顶等高；再在桩与桩之间横扎两梯细树条子，每梯两根，扎在桩的两侧；然后把杉枝或荆条或带刺的灌木枝贴地插在两根细树条子中间，密密的，不能漏出稍大一点的间隙，尖端又要超出桩顶：这就是篱笆墙。也要留菜园门，还要做活动的门扇，门扇一般是杉木枝做。当然，老菜园只要补篱笆，新辟的菜园则一切从头开始。

　　村前村后的菜园筑篱笆，主要是防卫那些鸡，没有篱笆的话，那些自由散漫无组织无纪律的鸡们就要去品尝园子里的嫩苗子；当然，也有"防君子"的意思。一般是初春，就要把篱笆补好或筑好。有了篱笆，在园子里种什么都可以。栽一畦红薯种、种一畦苋菜、一畦蕹菜、半畦辣椒、半畦茄子，当然，还要为头年种下的菜蔬除草施肥。又往往还靠着篱笆的内壁种上一些丝瓜或南瓜或包谷或向日葵：最有味道的是这些作物。丝瓜藤先是沿着插上的扦子往上长的，长到一定的高度，那生气勃勃的小小的"龙头"就探到篱笆上来了，就在篱笆上蜿蜒，就把触须缠在杉针或荆条、带刺的灌木枝上，显出步步为营的样子；就在篱笆上开花，雄花多，雌花少，一律是金黄的花瓣，嫩黄的花蕊，一律准许蜜蜂、野蜂、有翅膀的小虫子在他们的花蕊里探幽吮蜜；雄花枯萎了就枯萎了，不伤感，他们的后头，又有新的开放；雌花枯萎了，更不伤感，除了后头有新的接替，她们本身还有瓜胎呢，瓜胎随意地横在或挂在篱笆上，一副不愁长不大的样子。

南瓜的藤蔓是顺着篱笆爬上来的，他们可要比丝瓜威势得多，那昂扬的"龙头"掠过的地方，就成了后续的阔大叶子尽情嚣张的天下；但那底部成筒状、上部再张开的雄花儿，虽显得雍容却很平和，那带瓜胎的雌花看上去也羞涩而收敛。瓜胎长大一些，就"此心安处是吾乡"地安然卧在篱笆上，再大一些，篱笆承受不住就歪到一旁挂在篱笆上，更大一些就坠到地上来——或在篱笆里面或在篱笆外面，谁也不知道他们做着什么梦。还有包谷，长得高出篱笆顶以后，再长出的叶子就大大咧咧地伸出篱笆；顶端就开天花，秆子的半腰就结出包谷，一般是谦虚地隐在篱笆那边，也有高出篱笆而朝篱笆外面老顽童似的翘胡子的。向日葵呢，总是笔挺地伴着篱笆内壁长，身子长得和篱笆一样高了，就长出圆圆的挂着标准黄色饰条的脸庞来，真正的东张西望——那一颗一颗子儿正是他的复眼呢——只是转动的速度缓慢。子儿饱满了，整张脸庞就搭在篱笆顶上；张望得累了，需要休息了。

总之，丝瓜、南瓜、包谷、向日葵开花结果的时节，篱笆成了花墙、果墙，花枝招展又硕果累累。

那是一道风景。

家园家园，有家就有篱笆园；一座兴旺的村庄，一个温馨的家庭，是不可能没有篱笆园的，也是不可能没有这些花墙果墙的。篱笆园的繁茂，花墙、果墙的亮丽和丰硕，见证着一个家庭的热火兴盛。

当那些藤蔓老去、果实被摘去，篱笆素朴了，但并不显得落寞，园子里有菜呢，他要护卫呢。有责任就不会落寞。篱笆也只是护卫园子，他没有桎梏住园子里的生动和青郁；有篱笆的规制，园子里作物看上去比没有篱笆的显得更加蓬勃，更加不可阻遏。越过篱笆的顶端或透过篱笆的缝隙看园子里的作物，比无遮拦地看，实在觉得有韵致得多。人进入有篱笆的园子劳作——除草、松土、采摘，总觉得比在无遮无拦的园子里安宁、踏实，别有意味。

有了篱笆园，居家过日子的味道更浓更醇。主妇把饭煮熟了，要做菜，就开了园子门进去摘菜；或招呼从山野或水田回来后又在园子里劳作的丈夫或儿子，"拔几根葱来"；园子里的就拔几根葱，举过篱笆顶或从篱笆缝隙里递过去，对方就接住了。饭菜熨帖了，香味飘到园子里，主妇隔着篱笆喊一声"吃饭了"，篱笆门就吱嘎一声开了，又吱嘎一声关了，在园子里劳作的就沾一身青气出来了，可能还打个喷嚏，然后说："好香！"

父亲在园子里拔草、捉虫子，刚学会走路的孩子隔着篱笆喊，说"我也要进去"。父亲就把园子门打开，让孩子进去。然后就教其拔草。只教拔草；捉虫，还须长大一点。孩子拔草，往往也把菜苗子拔下，父亲也不恼，只是又一次教孩子辨认，什么是草什么是菜——或许，这是劳动的第一课，也是识别真伪好丑的第一课。又拔了几根草，孩子就摘了一朵什么花儿，要出去。父亲就让其出去。母亲已经站在篱笆门口待了一阵子。孩子出来了，就把花儿插在母亲头上。母亲就大声说："妈妈不要插花！"是说给园子里的人听的。园子里的人直起有点酸痛的腰杆往外看一眼，又看一眼，也没说话，再弯腰拔草时，觉得腰杆不那么酸痛了。

有时，有两个人在园子里劳作，一个是丈夫，一个是妻子，是年轻的，也可能是上了年纪的；或许还是未婚夫妻。喁喁低语，有时嗤嗤地笑，或许还动一动手。说什么，为什么笑，动手放肆不放肆，园子外的人不知道，听不见，看不见啊。篱笆能为他们隔音保密呢。有篱笆遮掩，在里面做什么，就是要自由，就是要放肆。

可惜的是，如今的村边已没有篱笆园。当年结篱笆的人，还有他们的第二代，大多被圈在城里的有形无形的围墙内；他们的心园里，故园的篱笆已被拆掉，或从未结过。

（2015年。原载《邵阳日报》）

乡村黄昏

太阳隐入西山坳下去了。黄昏的幽灵现形显影了。

突然有一个飞行物，从瓦檐下冲出，在禾坪上空画一道柔和优美的弧，又回归瓦檐。又突然有一个同样的飞行物，从另一端瓦檐下冲出，在禾坪上空画一道更长的柔和优美的弧。有时有几个这样的飞行物一同在禾场上空大显身手，禾场上就忽闪着交叉着几道这样的弧，像武侠小说里的剑客在比剑。就是这些有点像燕子、家雀的叫蝙蝠的飞行物，把黄昏勾画出来的。而和它们一样寄居在人家里的燕子、家雀，业已归了窝。

是啊，黄昏是"归"的代名词。

一只鸭子，突然就从村边的禾田里爬上来，接着又有两只、三只爬上来，接着就有一大群陆续爬上来，它们伸着颈，仰着头，鼓着膆包，嘎嘎叫着，身子摇摆着、步履蹒跚地走着。走到村口一户人家的偏厦前，就有一小群自动离队，嘎嘎叫着向敞开的偏厦门走去，偏厦里，自然有一个人在"来、来、来"地召唤它们。稍稍减员的鸭队继续往前，走到另一户的偏厦前，又有一小群嘎嘎叫着自动离队……直至最后的一小群嘎进了一户的偏厦门。嘎嘎、嘎嘎，听起来也像归归、归归呢。

这家的走廊上，那家的走廊上，都有一个女人在切猪菜。——坐在一个木盆边，从木盆旁的篓子里抓一把猪菜出来，卷紧卷紧，成为筒状，然后一刀切去前头不整齐的部分，压于筒底，再紧紧卡住摁住，然后就一刀一刀地薄薄地切，索、索、索，刀片是挨着摁猪菜的手的虎口的，切几下，卡猪菜的手往后移动一小截，再切。要是不太嫩的猪菜呢，就不是切，是剁，刀扬起，落下，扬起，落下，哚、哚、哚……手法熟练的女人是不要看着刀子的，手里的刀子是不会"吃肉"的。这样，在黄昏的空气里，就飘散开一种微微带点甜、带点辛、带点酸的青草嫩叶的清新的香。这些切猪菜的大多是留守女人，切猪菜的同时，心里想着远方的打工的男人——用土法喂土猪，才要切猪菜；用土法喂土猪，为的就是给在远方打工的男人回来吃；猪喂壮了，男人就该回来了——这种青草嫩叶的清新的香与对远方的男人的思念的糅合，是乡村黄昏特有的况味呢。

　　一群一群的羊儿，由头羊领着，大腹便便地从村后的山坡走下来。它们有的安详，有的活泼，有的淑女；有的咩咩叫着，大概在招呼自己的儿女姐妹或丈夫；有一两只则很不安分，总往别人的背上爬，失败了不气馁，再干。老羊倌走在羊群的后面，嘴里叼一支廉价的烟，神态是劳累了一天该回家歇息了的理所当然。还有牛，或一头，由老倌或半大小孩牵着；或几头，由老倌或半大小孩赶着，也雍容华贵地从山坡走下来；或者还有两个半大小孩，侧坐在各自的宽大的牛背上。老倌有时会眯着眼往山那面看，缺了一颗牙的嘴里咕噜着什么。骑在牛背上的小孩，就吹奏用树皮做的筒号，嘟里嘟……嘟里嘟里……旋律单调而热烈。他们是留守儿童，吹奏出来的音乐，或许就是对在远方打工的父母的呼唤，听上去是"回来吧，快回来吧……"羊儿、牛儿的身上散发出的从山野里沾来的草木气味和它们本身就有的膻臊气味，加上老倌们鼻孔喷出的烟缕和嘴里吐出的咕噜，加上半大小孩筒号吹奏出来的音乐，一并融进幽蓝的暮霭，黄昏就衍生出古乐府的情调来了。

　　从村后的山谷里，也走出一两个人，或一群人，大都也是上了年纪的老倌，肩上扛着锄头，锄头的大半截业已被泥土磨亮，在暮霭里闪着银白的光。他们在村后的路口相碰，你给我递支烟，我打燃打火机先把你叼着的点燃；然后就交换感慨，今年雨水多，红薯藤长得快，包谷苗蹿着长；或者互相问询，在外面打工的儿子、孙子可有电话回来。然后呢，就在村边的浅浅的沟水里洗手、洗脚，或者还要把锄头洗一洗。然后各自往家里走，到了家门口，就把锄头从肩上放下来，习惯地往地上蹾两下，橐，橐。然后提着锄头进屋，把它搁在墙旮旯里或挂在一根枋子上。这时候，旮旯里，墙缝里，蛐蛐已经在浅唱低吟，老倌即坐在一条凳子上，吸烟，或接过一大碗凉茶往喉咙里灌。缕缕轻烟或茶香就把黄昏渲染得更醇了。这时候，他们往往会想：在外面打工的，这个时辰歇息了没有。这种对远方亲人思念的神态，让黄昏更加可描可绘。

一个女人站在这个巷口喊："毛狗哟——回来洗澡了啊——"另有一个女人站在另一个巷口喊："麦妹呃——快回来洗澡了啊——"喊声在巷子里悠回，撞击着人家的窗棂、禾场边沿的树干和篱笆。往往要喊好多声，才有毛狗或麦妹在巷子那头出现，或突然在她们身后接了声："回来了！"女人揪着孩子的同时，黄昏也被揪得微痒微痛了。毛狗和麦妹们，则还沉浸在对同伴的爸爸过几天就会回来的艳羡中，这种艳羡，给黄昏的晦暗抹上了一笔或淡或浓的明丽。

这时候幻成绛紫的晚霞也从村西头的峰尖上退去；朝村东头的柚子树尖上望去，灰蓝的天幕上已绽着一两颗星星，或者那镰刀似的月牙儿也已射出浅浅的光芒。地上近处的一切——动的、不动的，有声的、静默的，单色的、多彩的——都还看得见，却看不清，像隔着一层什么；稍远处的呢，只能听其声而不能见其形，或只能隐隐见其轮廓了。在这个连接白天和黑夜的节点上，人的生物钟的指针也转到了"思念"的节点。"黄昏犹待倚栏干"（杜牧），"日长帘幕望黄昏"（苏轼），"到黄昏，点点滴滴"（李清照），都是这一节点上的钟鸣吧。

不知不觉的，夜的大幕就罩下来了，一些人家窗户里透出的灯光，是夜的眼睛。窗户里的人或许在"倒计时"：又过了一天，离什么人回家，只有多少天了；那些眼睛，或许在朝远方张望，远方，当然是亲人所在的地方。

（2005年。原载《邵阳日报》）

油菜花开

这里是一洼盆地，四围是如黛的青山，中间凹着一片田垄，一条小河穿垄而过，阳春三月，田垄里和田垄边沿的坡地上油菜花就闪亮登场了。站在山坡上的村子前，一眼望去，田垄里就像盛了一大锅金水，在阳光下沸沸扬扬地闪烁，晃荡；又像铺着一床大金毯，满满实实地盖着什么更珍贵的东西。

油菜花开的时节，田野里是没有什么事的，不要浇水，不要施肥，也不要撒药。但人们总觉得特别激动和兴奋，总喜欢到田野里去走一走，——到金水里去游一游，或许还想掀开毯子看一看。到了田野里，人就被酽酽的金色氤氲着，被烁烁的金光浸润着，眼睛只能眯缝着，但眼光是无比的贪婪了。只见那花儿，一朵朵，一串串，挨挨挤挤，熙熙攘攘；似还听见他们在嚷，在叫："快看我，快看我！我最美！"于是顾此失彼，挂一漏万。这一朵，那一朵，这一串，那一串……每一朵都是四个瓣儿，几丝蕊儿。这好有一比呢：瓣儿是棚，是帐，是男人的手掌；蕊儿是妻，是儿，是男人的心。每一朵又都不同，有的瓣儿宽大，有的瓣儿窄小，有的瓣儿张得大方，有的瓣儿张得拘谨；有的蕊儿挺挺地竖着立着，有的蕊儿则柔柔地歪着倚着。而每一串都是：下面的花儿开了，渐渐往上就还是花苞，越往上花苞越小。人知道，他们唯有这样，"黄金期"才会长，才不是"昙花一现"。那些油菜叶子，则不声不响，只是油油地绿着，谦虚地绿着，无怨无悔地陪衬着花儿。

179

　　而色与声往往是形影不离的。听啊,那嗡嗡的声音,是蜂儿的。有蜜蜂;也有野蜂,比蜜蜂个儿大,也许采蜜也会多。也不知他们是从哪里飞来赶热闹的。他们飞到这一朵上待一待,飞到那一朵上待一待,落脚或离开,都使得那花朵儿、那花串儿微微颤动,又轻盈地掉下一些花粉,或者一些早开的花儿的瓣儿也掉下来,落在泥土上,或者叶子上。因了这生灵,田垄里就热闹起来,就更生动起来,也多姿多彩而不显单调。

　　在这样的地方走一走,人就有醺醺的醉意了。这种醉意,缘于蜜的甜,当然也缘于油菜花的香。油菜花的香,本来早就闻到的;油菜花的香,本来也带有甜味;只是看见蜂儿们采蜜,那香儿就觉得更浓烈了,更甜蜜了,于是醺醺的醉意油然而生了。这样,贪婪的人自然要重重地吸鼻子,想把香儿更多地吸进五脏六腑;风雅的男人就要唱歌,唱的是本地的山歌:

> 油菜花来芥菜花,
> 江边走着个妹子家。
> 拖你过来歇一夜,
> 明天打发你块包头花。

小河那边也有人唱,是女声,但只听见声音没见人,人藏在花丛里。

（2008年。原载《邵阳晚报》）

荞　麦

　　秋日在郊外走，忽有一畦小小的庄稼吸引了我的目光——那应该是荞麦！

　　我快步走近，果然的。荞麦正开花，粉白一片。这种粉白，不同于别的相似的颜色，她朴质、柔和、亮丽而不晃人眼目；她沉静、凝重，不因在"零落清秋节"开放而炫耀：体现出庄稼花的本色。空气里氤氲着淡淡的带点苦味的芳香，我做着深呼吸，要尽可能多地把这种芳香吸进五脏六腑，让她随血液在身体里循环。我又蹲下，勾过来一秆，仔细观赏。小小的花瓣白中泛着浅红，疑是霞光的点染，花蕊的颜色是绛红带紫，正是夜色的凝聚：花瓣和花蕊的颜色，竟是这样和谐，这样相映生辉。绿色的三角心形叶子上，深红的叶脉似在颤动，那是血液在流注；而秆子那沉着的深红，使人想起农人被晒黑的肤色。

　　任何庄稼都是美的，荞麦自有她独特的美。

　　我想起早些年家乡的这种庄稼。一条山谷都种上，一块地连着一块地，荞麦开花的时节，山谷里像降了一场重霜或下了一场浅雪，即使是阴天或雨天，雪上或霜上仍像有初阳映照。——这样形容其实不妥，哪有霜雪的凛冽啊；初阳固然有温馨，却是浮光掠影，缺乏沉静和凝重。是的呢，那样的时节，穿行在荞麦地的阡陌之间，心中感受到的确实是沉静和凝重。而待粉白谢去，累累的果实即隆重登场，先是浅浅的橙红，然后颜色渐次加深，最后止于黑红，情绪稳定而带点羞赧，等待农人去收割。

　　我给荞麦做这样的诗意的美化，是因为到了今天。那些年，人们对荞麦的美真正是视而不见的，原因是，人们把粮食也分出三六九等，杂粮是贱品，而荞麦被归为贱品中的贱品。荞麦做成的食物,总是乌黑的颜色,口感也不是很好;我们这一带的人也不讲究做的花样，一般是做成荞麦糊糊或粑粑，糊糊和粑粑里还可能拌着红薯——也是贱品。吃这种东西，是不足为外人道的，20世纪70年代末恢复了高考，下了一场试以后我和也参加考试的弟弟走到教室后面的林子里，才敢拿出母亲做的荞麦粑粑吃，怕别人笑啊，怕别人说吃荞麦粑粑的人考不上啊。——这么贱的东西，人们还能看到她的美吗？

　　世间的事物总是变化的，谁高贵谁低贱，也不是永恒的，有些东西，一夜之间，就来了个咸鱼大翻身。如今，荞麦居然成了保健食材，据说能降"三高"；那些特殊的、有益于人体健康的东西，"沉静、凝重"地藏在它朴实的外表里。吃荞麦做的食物，居然算得上小小的奢侈了。

　　不过，荞麦还是荞麦，它并没有变，变了的是我们——这些人。

（2015年。原载《邵阳晚报》）

回想当年看电影

枯坐电视机前，手拿遥控不断转换频道，总觉找不到可看的节目——这样的时候，我常常想起当年的看电影。

"好消息，今晚温塘放电影！"吃晚餐的时候，有位老师大声宣布，就使得大多数老师欢欣鼓舞。我们那个学校的十多位老师，大多是电影迷。于是吃罢饭，就你邀我，我邀他，一人一支手电，欣欣喜喜地去了。

我们那个学校处于三县交界之地，学生除本县的外，还有相邻两个县的，因此，周围三县五六个大队哪个大队哪夜放电影，总能得到信息。——老师们跟每一个大队的学生讲了，哪里什么时候放电影，一定要告诉老师，而学生总是热情地邀请老师们光临他们大队的。那是粉碎"四人帮"后的一段时期，老电影渐渐解禁，新片子也渐渐多起来，公社的电影放映队也有敬业精神，一个公社就十来个大队，每个大队放一晚，轮流来，一个大队不要多少天就可以轮到一次。因此，我们几乎个个星期都有电影看，有时一个星期可以看几场。

到了哪个大队，有些学生的家长会把老师邀进家，又马上炒南瓜子、冬瓜子或豆子乃至麦子之类（那时很少有花生），炒好，香喷喷的端给我们吃。吃了一阵，我们要走了，好客而又尊师的家长又要我们把剩下的炒货抓进衣袋，要是我们谦虚呢，他们就自己动手，强行拉开我们的衣袋，一把一把地往里面塞。到了放电影的场地，又总是有人把凳子让出来，给我们坐，不坐还不行。

183

记得有一次，一个年龄比我大的把独凳让给我，我不坐，他就说两个人坐，我和他就一人搭一边屁股。可是不知什么时候他就走了，独凳我就独坐了。还记得一件令我特别感动的事。那次看一部片子看到中途，天下起雨来，冒着雨看了一会，我就庆幸雨停了，因为头上已没有雨淋下来，却又感到奇怪，因为放映机射出的亮光里却挤着雨线子，怎么回事？抬头一看，一把伞遮在我的头上，再往身边一看，撑伞的是一位大嫂，她把大半片伞遮在我头上呢。

每一次看电影，自始至终我们都兴味盎然。发动机响起来了，银幕上映片名了，但还不是马上放映，大队书记先要讲话。我们也不着急，因为知道平时作报告再啰唆的书记，在这样的时候也会言简意赅的；邻县一些大队的书记还在讲话中对我们这些"来自外县的老师"表示欢迎，我们就更加感动。在看电影的过程中，我们和贫下中农（其实不只是贫下中农，还有地主富农之类——一笑）一起笑，一起悲，一起担忧，一起愤怒。印象最深的是看《苦菜花》，赵新梅得知未婚夫纪铁功牺牲了，强忍悲痛，上了织布机织布；后来母亲得知牺牲了的纪铁功就是自己的儿子德刚，也强忍悲痛，坐在织布机上织布：我的眼里噙满泪水，泪水模糊了眼镜的镜片，模糊了双眼，我发现身边有抽泣声，扭头一看，抹眼泪的，揩鼻子的，好多。有些影片中，一个角色的长相或所说的话所做的事像自己大队的某个人，有人就会"哈哈，这不是我们这里的×××吗"，如果我们认识×××，也会会心地微笑。事后那个×××就有了外号，外号就是电影中那个角色的姓名或官名，我知道有好几个村都有李双双，有一个大队的书记被暗地里称为南霸天。

每次听到有电影看的消息，我们总不问是什么影片，因为无论是看过的还是没有看过的，我们总要去看，走在路上或到了目的地，知道是"旧片子"，也不后悔，知道那个片子是没有多少味道的也不后悔。"旧片子"，如果是有味道的，重温那种味道，又何乐而不为？没有多少味道的，感受"看"的气氛就是一种味道，在看的过程中以影片中的人和事为引子随机编笑话更是一种味道。看得次数最多的是《南征北战》，其次是《地道战》和《地雷战》；再次是《侦察兵》。《侦察兵》是新拍的片子，国民党军队的官兵被描写得非常迂腐无能、滑稽可笑，很能够笑倒人的。那些片子里的人物的话，我们几乎耳熟能详，甲说了之后，我们会跟着乙与甲对话。

去看电影，也不管天气和路程的。虽说是到邻县的邻近大队去看，有些大队离我们学校是很不近的，看《苦菜花》那次是到西边那个县，小地名叫摘缨塘，要翻一座很高的山，走一段长长的山谷，路平素是少人走的，两旁长满茅草；讲是讲五六里，实际上加一倍还不止。那次我们听到那里放电影的消息已是傍晚，于是拿了手电像《南征北战》里的解放军一样急行军，爬到山半腰时，天就下起雨来，我们没有退缩，知道那边的贫下中农也会"风雨无阻"的。好在到了那里雨就停了。看了大约三分之一，却又下起雨来，放映员问大家，还看不看，几乎是异口同声地回答：看！声音的洪涛里也有我的一滴水。看完电影回家时，雨又下起来了，且越下越大，我们也走得越来越快，有人滑倒了，别的人就笑着说"这就是王柬芝的下场"。冒雨回到家里，大家都成了落汤鸡，还有人摔伤了腿，好在工友师傅早已为我们准备了洗澡的热水。大家当然也不后悔。

我们走得最远的是北边那个县的三阁司大队，十五里还不止；看的次数最密集的是1978年9月上旬，从一个星期的星期一到星期日，每天晚上都看；看时坐的地方最新颖的是在西边那个县的一个大队，我们去晚了，银幕正面的坪地已无缝插针，只好走到银幕背面的乱石林里看，还好，感觉并没有什么不同，估计只是银幕上人物和景物所面对的方向相反而已。

现在想来，当年看电影有那么大的兴味，除了文化生活贫乏，恐怕还有心态问题。当年人们的心态哪像这如今这样浮躁、惊疑、忧虑、总觉得无所寄托而又不能满足呢？

（2005年）

石笋龙家的大戏

  隆回的石笋龙家离我们村十里左右。20世纪五六十年代，石笋龙家有一台大戏班子。我们这一带称祁剧为大戏，以区别花鼓戏那样的"小戏"。我所知道的情况是，石笋龙家的大戏班子的演员是本村的农民，他们拿起锄头能种地，上了戏台能唱戏。他们不是常年演出，只是农闲和逢年过节的时候演出，春节期间演出得最多。如果在本地演出，地点就是龙家祠堂或石笋大院子。

  20世纪60年代初的几年，大年三十和初一，我们村里的一班小朋友都要去石笋龙家看大戏。我们这一带，大年三十和初一都天未亮就吃年关饭，等天亮了我们就呼朋唤友，兴致勃勃地出发了，翻山越岭，连走带跑，不要一个钟头就可以赶到。而过年，肚子总是撑饱的，到傍晚才回，一点也不觉得肚饿；或者说，肚子装了精神食粮，是不觉饿的。我的一个姐姐嫁在石笋龙家，外甥见我和弟弟在看戏，要两个舅舅去他们家吃饭，我和弟弟硬是没有去，怕误了看戏啊。也有做父母的不准儿子去看戏，有个伙伴，傍晚看戏回家，本以为饭鼎里为他热着饭菜，但揭开一看，是半鼎冷水，那是他父亲的恶作剧，让他挨饿，以示惩罚。但第二天，他仍然和我们一起去了。经不起诱惑啊。那个伙伴后来读中学和再后来当回乡知青，都是学校或大队的毛泽东思想文艺宣传队的优秀队员，演技很高，应与受了石笋龙家的大戏的良好影响有关。

  那几年，是人们已从"三年困难时期"逃过来而"文革"还没有开始的几年，人们肚子能填饱，文化的"命"还没有被"革"，因此我们钟桥大队就请了石笋龙家的戏班子来演出。时间是正月"初间"或"十间"，地点是我们黄家祠堂，祠堂里当然有戏台，一演就是好几天，晚上也演，点了煤气灯。说是一个大队请，看戏的当然不只是一个大队的，周围几个大队包括邻近隆回、洞口的，都"来者不拒"；当然，我们村和周边村的人还请了亲戚来看。演员吃饭，分散安排在一些家境比较好的社员家，开头和结束的一顿，是由大队统一安排的。那几天可是社员们特别是小朋友们的盛大节日，为了看戏，小朋友们饭可以不吃，也希望演员们不要吃，一整天演下去。

第一天演出开场时的"脱口秀"，给我印象十分深刻。十来分钟吧，内容是介绍国际国内的形势，赞扬我们大队的名人好事，表情丰富，动作夸张，语言诙谐幽默，台下不时爆出掌声和笑声。正式的节目我印象深刻的有《搜孤救孤》《桃园结义》《长坂坡》《南阳关》《粉妆楼》等。《搜孤救孤》又叫《程婴救孤》或《赵氏孤儿》，内容是，春秋晋国权臣屠岸贾追杀大臣赵盾的孤儿赵武，赵家门客程婴和公孙杵臼定计救出赵武，程婴舍弃了自己的儿子，公孙杵臼舍弃了性命，后来程婴将赵武抚养成人而报了冤仇。石笋龙家剧团演出的这出戏我看过多次，在他们龙家祠堂看过；在我们黄家祠堂看过；有一次我从设在邓家铺的武冈五中回家，中途路过一座村庄，见那里演戏，就去看，还是石笋龙家的戏班子在演，演出的还是老相识《程婴救孤》。石笋龙家的戏班子热衷演这出戏，老百姓也爱看这出戏，我想其主要原因是人们要匡扶正义，颂扬正气，痛恨乱臣，鞭挞邪恶。

《桃园结义》有趣味盎然的情节。起先是打铁的关羽和杀猪的张飞很要好，他俩看不起织席卖屦的刘备，两人喝酒时总要避开他，但刚要往摆在桌子上的杯子里斟酒，刘备就从桌子下钻出来，且自备了杯子，说三个人一起喝。刘备的死乞白赖的表现，映射出不少先有点流氓习气后来竟成为领袖的人物的形象。《长坂坡》主要是赵云的戏。我印象最深的是，赵子龙背着阿斗在曹军中杀个"七进七出"，有一个丑角说，"三将军杀个七进七出，我要杀个八进八出"，逗得大家忍俊不禁。后来赵云被张飞误会，赵云悲催的一句"三哥哇……"让人无限感慨。《南阳关》是隋唐英雄的故事，主要角色是伍云召，其中一个次要角色叫朱灿，他是一个路见不平拔刀相助的人，见伍云召被对手追得躲进关帝庙，他也进去了，站在神台上周仓神像的背后，对方一进来他就绰起周仓的大刀跳将下来大显神威。我们村里也有一个爱打抱不平的人，名字中有一个"周"字，看了那出戏后大家就叫他朱灿或周灿了，而他打抱不平也更有劲了。《粉妆楼》演的是唐代开国功臣罗成的后代罗增、罗琨、罗灿父子等受奸相沈谦无端陷害，被迫聚义鸡爪山，诛灭沈谦奸党，扶助大唐天子重振朝纲的故事，其中也交织着罗琨、罗灿及柏玉霜、程玉梅、祁巧云、马金定等青年男女之间的爱情故事。有两个细节，给我的印象非常深。有一个叫吴贵的角色说："关门家中坐，祸从哪里落？"话刚落音就有一个人头从天而降，落在他家里，因此他惹上了"祸"。还有一个开药店的，人们讽刺他"药卖不脱自己吃"。这两个细节，后来我们这一带的人常常加以发挥，讽喻相关的人与事。譬如在"文革"中，有的人三不知就被扣上反对农业学大寨的罪名，受批斗，他自己和同情他的人就只能慨叹祸从天上落了；有一个诊所的医生，不学无术，人们就说他"药卖不脱自己吃"，有讽刺甚至诅咒的意思。

石笋龙家的大戏班子早就解散了，具体解散于哪一年我不知道。几年前我还遇到饰演花脸的演员，他已经垂垂老矣。和他讲起当年演戏的事，他慨叹说，戏总是要谢幕的。

不知石笋龙家的人还有没有恢复或重建一台戏班子的打算。如果恢复了，还有人看他们的戏吗？这如今，单说娱乐，牌九似乎更吸引人。

（2016年。原载《隆回风情》）

湘黔古道

　　武冈古称"黔巫要冲"。经过我家门口，往西南、东北方向延伸的石板路，后来才知道是"湘黔古道"的一支。小时候，我常常看见一队或一两个挑着担子的汉子从我家门口经过，他们的肩上垫着皮做的或布缝的坎肩，胸前搭着业已湿透的汗巾；颤悠悠的扁担吱嘎吱嘎地响着；箩筐盖了盖子，里面不知装着什么。读初中，读高中，以及毕业后务农，以及后来在县城谋生，我沿着那条路跋涉过多少次。现在"交通发达"了，绝大多数的路段已经废去；而我从县城坐车到一个小镇再沿"古道"步行三十里回家，也应该是二十多年前的记忆了。今年春季的一天，我和妻到一个地方办事，回老家时突发奇想，何不不坐车，沿"小路"步行一段？于是重走了一段"湘黔古道"。

　　从一座叫"韭菜脑"的山上下来，横过公路，就到了"古道"上。脚下的"古道"还是比较整饬的青石板路，石板铺成两排或三排，路也就三尺来宽吧。沿青石板路走不远就进了一条村巷。两边还是木板房，很古旧，有些已经很歪斜，商量好了似的朝一个方向斜，看得出大多没有住人了——房主应是搬到公路边新建的贴瓷板的新房去了。我记得哪一座屋的门楣上挂着一块"曾祥龙中伙安宿"的牌子的，就逐座寻找，终于找到了。被灰尘蒙着脸，一副难以见人的样子。当年，我们几个在一个小镇读初中的同村同学走到这座房子前面时，往往要把牌子上的字念读一次；这时我又轻轻念起来。"中伙"就是客商白天在这里吃一餐饭，"安宿"当然是住宿了。我没有在这里"中伙"和"安宿"过，但有一次从学校回家路过这里，用一毛钱买过一个鸡蛋大的粑粑。一毛钱是什么概念？当时的猪肉是八毛一斤，国家供应的大米是八分钱一斤。那是什么粑粑？是滑石粉掺和了一些菜叶子。那是"过苦日子"的时候，粑粑还是被我吃掉，没有浪费。

在"古道"上，开"中伙安宿"铺子的每隔几里路就有一家（可能是古代的驿站）。我家的隔壁也是一家。那一家门楣上挂着的牌子是"黄炳隆中伙安宿"。记得炳隆伯伯家生意还是好的，常常有讲外地话的客商在他家"中伙"或"安宿"。有一次他家来了二十多个客商，住不下，在我家的阁楼上也摊了铺。我们小孩子最喜欢的客商是"凉席客"。"凉席客"一进村就"拨浪拨浪"地摇着长柄鼓招徕顾客。"凉席客"并不卖凉席，主要是卖些针头线脑和小孩的小玩具（不知道为什么叫"凉席客"，如今"凉席客"已经"销声匿迹"了）。可以用现金买，也可以用铜钱、猪鬃、鸡肫子皮、鸭毛"兑"。我曾经用一小束猪鬃"兑"过一颗玻璃弹子；还用一枚铜钱给妈妈"兑"过一根针。我们小孩子喜欢的客商还有修理钢笔、手电筒的。他们的担子的一头是个玻璃框子，里面成排地招摇着钢笔和钢笔帽子，闪亮着完整的手电筒和手电筒零件。我用的第一支钢笔就是父亲从这样一个客商那里买的。那个客商很和气，还喜欢逗我们小朋友玩。卖给我的那支钢笔是配制的，一截是黑色一截是绿色。第二年下学期开学后弟弟也要用钢笔了，恰好那个客商又"安宿"在炳隆伯伯家，可惜那一次没做成生意。村里一个在乡政府当公安特派员的在家里度假，乡公安特派员就来盘查那个客商，盘查了一番，就认为那个客商是特务，就连夜把他押到乡政府去了。当然，炳隆伯伯不认同，说"他是什么特务啊"。后来那个客商再没来过，不知是不是坐了牢。

沿着"古道"走到小村的出巷口，只见一棵古枫在迎迓。哦，久违了，古枫！古枫缠着青藤、裸着粗根，基本还是当年的样子。枫的新叶是茶红色；藤是四季常青的，手指头大一片的新叶很嫩绿；枫枝上和藤条上还都吊着隔年的刺果或球果。只是树顶的丫杈上那个喜鹊窝，零落得只剩下几根交错的树枝了。没有风，树默然。当年在家和学校之间往返，我们多次在树下歇过脚，如果遇到不是很大的雨，也在这树下避。听说这棵古枫在1958年差点被砍掉，——那年大炼钢铁，需要砍大树烧木炭来做燃料。那年它能逃过锯斧，多亏了几位老人。见刀锯手来砍这棵树了，几位老人就手拉手把树围住，说先砍人再砍树，硬是护住了它。他们保护它，最重要的理由是"来来往往的过路人要在这里乘凉歇脚"。如今大概少有人在这树下乘凉歇脚了，不知它是否有失落感。

"古道"绕枫树半圈，徐徐延下一道缓坡，又傍着村前一道长篱笆徜徉一程，就与从前面的山豁口腾跃而来的小河手挽手，并肩而行。路面高过河面三四尺，路即河岸，路边有油绿的野草垂披，缤纷的落英亮眼，又时有青蛙往河里跳，屁股后射出一股水来。这是一片狭长的田垄，水田被纵横的阡陌划成一块一块，大小形状各异。当然，这路也是阡陌，只是稍宽一点，稍高一点，又坚实一点，它是阡陌们的纲，是阡陌们的主心骨。可惜铺着的石板已经不多了。石板路的好处是雨天不滑，而水田边的路，尤其需要铺石板。我俩走到缺失了石板的地方，泥巴就粘着鞋，走几步就要踢蹬一下。这还是晴天，雨天就更不好走了。

路沿小河蜿蜒了一段，就要横过去了，这路就短暂地悬空，悬成桥。是一座双孔石拱桥，叠着几级台阶，中间平铺着三四尺宽的石板；石拱的缝隙里依然像当年一样垂着藤蔓和花枝。没有桥碑，不知何年建造，何人建造。关于这座桥，我听说这样一件事。当年有一支去参加雪峰会战的日本军队的先遣小队走到这桥上时，与从对面过来的十来个挑夫狭路相逢，挑夫用扁担与东洋刀搏斗，全部壮烈牺牲，当然，日本兵也死了大半。关于这座桥，我还目睹了这样一件事。有一年我从这桥上过，看见一男一女两个年轻人坐在桥栏上，男的身边放着一担箩筐，箩筐口被盖着。那女的用背篓背着一个小孩，在嘤嘤地哭。我听见男的说了两句什么，是外地口音。他们是哪里人？是一家三口吗？女的为什么哭？我都不知道。"古道"上的事多得很，谁能都知道？

过了桥，路在田垄里横穿不远，就和一条小水沟交叉，铺在水沟上的，是一块水泥板了。记得当年这里是架着几根棕树。棕树黑不溜秋，身子早被割棕的刀子密密地刻出一圈一圈纹路，正因为如此，它不会使奸耍滑，路上的人只管放心踏上去，走过去。

路斗折到小田垄尽头的时候，就有一棵古槐伸着手臂相迎，古槐似乎也还是当年的模样。古槐下一条狗，后腿蹲着，前腿撑着，身子斜立着，有所期盼的样子；可不是当年迎送我们的那条了。这槐树下的狗不咬人，当年如此，看来现在也一样，我和妻没有被惊吓。但有一年我是在这棵槐树下吓了一大跳的。那是"文革"开始的第二年，我从学校回家里去，走到这里时天已经黑了，朦胧中看见一个人站在树下，身子笔挺，个子又很高，他的头离那根平伸的粗枝不远。再走近一点，我仰头一看，发现是个毛发披散的，舌头也伸了出来。我虽还从没有看见过上吊的人，但我知道那是一个上吊的人。我"哎"了一声，没命地跑。跑了很远，遇到一个迎面走来的人，我告诉了他槐树下的情况。后来我听说，那个上吊的女人夫家是地主，娘家也是地主，丈夫被批斗，她陪斗，经不起侮辱，只好走了那条路。

路到了山脚下一座村庄。村口有一条小路谦虚谨慎地迈过来，和这一条合二而一，但也并不膨胀，仍节俭成原来的大小。记得当年这一段路是铺着猪肝色石板的，如今石板已然不见，成了沙石路，路边隔年的枯草还在，只是又抽出新绿。沙石路依恋地绕村半周，就毅然射过一条水泥公路，再射向一条山冲。是的，是"射"，山冲是直溜的，憋足力气射，就可以射很远。但我知道，这种远，是有限度的，它是射不穿在前头的岿然庞然的山崖的，于是断折了。断折了也要不着急，路总会有的。当年，我和伙伴们也常常在这山崖下歇一下脚。路边的一眼泉水还在，石头砌成的井沿仍然光洁而润泽，仍然有齐白石画过的虾子在游弋或静默。井边仍有一棵阔叶的树，浓浓的树荫把井水染成青绿，可惜也不是当年那棵了。哦，井沿上仍然搁着一把长柄的竹勺子呢。我注意到竹勺子上起了青苔，大概很少有人用它舀水了；不过我还是舀起一勺水，喝了一点点。

前面的路在哪里？在山石荦确的陡坡上，若隐若现。依着山崖蜿蜒不远，就从一处裂口挤进去，傍着一排巨石延伸，延伸一段，就上了凿在石上的梯子。——当年的挑夫在这石梯上走，该是多么艰难！路又在平矮的石群间穿行了一段，就进入一个古藤覆顶的隧洞了。我原以为覆在这石巷上面的藤蔓被毁掉了呢，竟还在，只是藤条稀疏了点。每次过这个隧洞，我都会想起这样一件事。那是我父亲给我说的。20世纪40年代末的一年，有一天，我的开小店铺的父亲到一个小镇上"批发"了一担货物回家，走到隧洞前头的林子里时，见一个人从迎面走来，那人打着手势，父亲知道是"不要往前"的意思。父亲停下了，那人走到他身边，小声说，隧洞里有人打劫。我父亲就打了转身。父亲说那是他一生中遇到的贵人之一。后来他听说那天晚些时候，就有一个客商被杀死在隧洞里。

过了隧洞，又上石梯，然后是一片林子。这是一片幼松林。当年是古松林，每棵松树有一抱粗，有一年有人还在树干上刨了一些粗箭头，在朝下的箭头尖端贴挂一个竹筒。那是"放松油"，松树里的"油"会沿着"箭头"流到竹筒里去。松林里的路，是踩出来的，不是直路，是绕来绕去的，因为树不会挪位，而人的脚是可以回避着走的。有风吹着松树的枝叶，路上跳荡变幻着枝叶间筛下的光斑。我记得若是雨天，路因有松叶垫铺，踩上去一点也不滑，又比晴天多了一种滋润。有一年夏天我和伙伴们从这松林里过时，看见松林里摆了很多担子，每副担子边都坐着一个人，或抽旱烟，或闭目养神。那年我已读过《水浒》，就想起了"黄泥冈"。当然，我们不怕，我们身无分文，也不会吃他们什么东西，何况那些年治安也好。出了松林，一个伙伴说那些人挑的是大蒜。后来我才知道，当年常有商贩把宝庆（邵阳）的"三辣"（生姜、大蒜、辣椒）贩到洪江、贵州一带去卖，或从那些地方把柚子、松茯苓、天麻贩到宝庆、衡阳一带去。

绕出了林子，路即爬上一座山坳。这里有一座凉亭，无名的凉亭，看得出也是近年重建的。老亭子是 20 世纪 60 年代中期毁掉的。哦，楹联还是旧时拟的那一副：

翻山越岭为谁奔忙
入亭落座于此少歇

好，那就少歇吧。凉亭的两旁有木板搭的条凳，可坐亦可躺。我发现，亭柱上有涂鸦。"高山有好水，平地有好花。张家有好女，我有钱要讨她。"嘿，这打油诗人翻山越岭，兴许就是为的挣钱讨张家的好女。"盖子，我在山下井边等你！"喔，这是给伙伴的留言。"到镇上还有二十里！"这是广而告之，免费的。有古"道"必有"热肠"。嘿，一根柱子上，挂着一把长柄的伞，我取下，撑开，伞是完好的。我知道这是善心人挂在这里，让遇雨的人用的。嘿，另一根柱子上，还挂着两双草鞋呢！我取下一双，观赏、把玩着，说，这草鞋打得好，可惜白送也没人穿了。妻说，她的爷爷也曾往这里送过草鞋——她的娘家离这里不远。我说，我也曾经穿过这里的一双草鞋。让我印象更深的，还是这样一件事。高中毕业的头一年，我从小镇上挑了一担用来喂猪的糠回家，因为缺少锻炼，担子又重，我走不远就要歇息一下。在这亭子那头的山脚下，一个看上去只比我大几岁的大哥说要帮我挑一程。我说我挑得动，他说"看你这吃力的样子"，然后挑起我的担子，说"跟我来吧"，又问我是哪里的。他把担子挑到这凉亭上，说，"对不起，不能再帮了，我还有事"。他是从亭子这头的另一条路走了的，与我要走的不是一条路。我望着他的背影，居然连谢谢也没说一句。我和妻又说起这件事。妻说："你说了多次了。"

少歇片刻，精神复归，我俩走出亭子，上了路。从前面的山下到凉亭的一段，叫喘气坳。"上了喘气坳，担子轻一炮（十斤）"，从这一段路走过的人都知道这句俗话，可见这段路的难走。路确实很陡，又笈笈于鲤鱼背似的山脊上，两旁是陡峭的山崖，崖下有鸟雀翻飞。路面上散落着浮石，脚踏在浮石上，浮石会滚动，须着实踩稳了，才敢移步。下了鲤鱼尾，路就凹在一条仍然陡峭的山槽子里，山槽子正午时分才有阳光映照，于是郁闷得起了青苔，滑溜溜的。我一不小心，脚一梭，屁股就墩在地上，尾骨又疼又麻，哭笑不得。过了山槽，路又是往上，一边是高高的石壁，壁上爬着藤萝，还有一只蜥蜴，尾巴是绿宝石色，先是芥菜子大的亮眼睛好奇地望着我，倏忽就不见了踪影；另一边则是深渊，有流水声杳杳传上来。路是人工开凿的，一步一级台阶，像某些挂在办公室墙上的条形的生产统计图，形势一年比一年好，前年比大前年高一档，去年比前年高一档，今年比去年高一档……有些地方是断崖，不好凿路，就用粗树干架了桥，或凿壁横木建成栈道，总之是路没有中断。

路颠簸着，坎坷着，终于到了山下。傍山崖前进了。左侧的山崖是犬牙互差，生硬倔强，路却柔畅而随和。它长蛇一样夭矫，裙带一样飘曳，神龙一样见首不见尾；它柔曼地起伏着，风情万种地扭着曲线；它不是山路，而是音符，是如歌的行板。好，它亦歌亦舞地来到河谷里了。垂柳飘拂，河水潺湲，路又成了河堤，亦心态平和，从容淡定，悠哉游哉。前面走来两个人，一个老大娘，一个小姑娘；应该是祖孙俩。老大娘背着一个鼓囊囊的袋子，小姑娘穿得花枝招展。她俩应是去走亲戚，亲戚家也不远。"古道"走了一程，前面又是桥了。

一座风雨桥。十几级青石板台阶，桥面也是青石板。桥两侧也有坐板。桥正中有一个神龛，神龛里供奉着三尊塑像：关羽居中，左右分别是捧册子的关平和持大刀的周仓。他们是路的保护神，让良善增强底气，给歹徒施加压力，让"一路平安"不至于毫无根据。我向神像行了注目礼，妻则作了揖。

下了另一头的台阶，路就和一条街巷相接。两边是木架子或青砖的商铺，每一座铺子都有一个条形柜台凸在廊上。这条街巷或许已经退化成一般的村巷，村巷里的一些人家也搬走了，但一些"老字号"还是穿过岁月的风霜，顽强地凝滞在板壁或砖壁上，像尚未醒来的梦。"大卤池""永生祥杂货""善哉纸草香烛"，当年是怎样的情景呢？

路没有退化，也没有萎缩，它继续前行。上一道山坡，再下一道山坡，路又到了一条小溪边。溪有两三丈宽吧，没有桥。路在溪岸踟蹰。啊，筒车还有！溪边那架筒车，圆圆的身子上捆着一个个竹筒，从溪里把水舀起，转到顶端又倒下一道竹笕；咿咿呀呀，似自得其乐的吟唱，又似要告诉别人什么。这筒车还是新的。不废止筒车这样一种提水工具，真有远见呢。筒车是最环保的提水工具啊。——路终于从筒车的咿呀中解析了密码，于是往上游蛇行一程，就见溪崖有几折石阶，石阶下去，即是一路横溪的石磴，形状没有规则，磨盘大小，凳面大小，磴面离水面七八寸尺吧，磴与磴相隔一尺两尺不等，那是溪上的斑马线，——是路的延伸。

路延伸到这边溪岸，再走不远，只见路边靠着土崖又立了一块石碑。碑文是浮雕的，竖行，内容是：

南无阿弥陀佛
大慈观世音菩萨

这块新碑不知是哪年立的。旧碑是 20 世纪 60 年代闹"文革"时砸掉的。这种碑叫佛碑，或称壮胆碑，常立在阴森可怖的地方。这地方以前也确实可怖。路是一个手拐弯，手拐弯的里边是不算高的河堤，堤下的河水发出呜呜咽咽的声响。原因是，河水本来就流得急，河床中又布着大大小小、高高低低的礁石，有些礁石可能还有隙缝孔穴，这样一来，跌跌撞撞的河水不发出怪响是不可能的。手拐弯的外边是一道土崖，土崖上面是黑黝黝的密林。还有听了令人发麻的传闻：水里曾淹死过人，那淹死的人的魂灵总在等待替身；山上的密林里常常有滚动石头的声音，还有像人一样的呻吟和笑声。因此，即使在大白天，一个人从那里过，脊梁骨也会一阵一阵地发麻发冷，天黑以后从那里过，则如过鬼门关了。据说旧时常有掉了队的挑夫单人独马从这里过时，被吓得精神失常而滚落水中（实际情况应该是被谋财的人推落水的）。于是就有好心的人在这里立了这样一块碑，据说走到这里，只要念碑上的这两句话，佛和菩萨就会保护你。有一年，我一个人从学校回家，还没走到这个地方，天已经黑下来了，想起要过这一道关口，心里很是焦急。但我还是硬着头皮往前走，心里也早早念诵起"南无阿弥陀佛，大慈观世音菩萨"。快走到这个地方时，突然听到说话的声音，心里一惊，就停住脚步。说话的声音继续传来，听得出还不止一个人。我可以断定不是什么鬼魅了，就大胆地往前走。走到手拐弯，暮色朦胧中看见四五个人依佛碑坐着，其中有两个孩子。他们用外地人的口音问我，前面多远有风雨桥、庙宇之类。我告诉了他们，又问他们是哪里人，到这里来做什么。回答是贵州人，那里遭了灾，出来逃荒的。我继续往前走时，心里说，但愿佛祖保佑他们不至饿死。

再往前走了一段，就没有"古道"了，农田已"整改"，田野里只有"田"字格——那是一大块田大块田的阡陌；公路也不是"古道"的走向了。没有"古道"，只好走新路了。

（2010年）

逝去的游戏（五则）

　　我小时候，也就是 20 世纪 50 年代初期至中期吧，我与村里的同伴做过很多游戏，回忆起来，觉得非常有趣味，也有"意义"。可惜如今基本上无人做了，很有"失传"的可能，记下来，也算保存"文物"。

（一）抛子

　　抛子（抛读成 pǎo）是手上的游戏。

　　一般是两个或三个人做。首先是准备道具，即找几粒指头大的石子，一般是五粒；也可以把瓦片敲成算盘珠的形状；有些女孩子还特意用小花布袋兜着这样的石子备用。有了道具，游戏就可以开始。参与者在一块小空坪上蹲下或坐下，划拳确定操作的顺序。划拳是这样：把一只手藏在背后，口里发一声"毕"，就都同时甩到身前来，或是握拳，叫锤子，或是手掌张开，叫包袱，或是食指中指叉开，其他指头收着，叫剪刀。锤子可砸断剪刀，锤子先于剪刀；剪刀可以剪开包袱，剪刀先于包袱；包袱可以兜住锤子，包袱先于锤子。

　　顺序确定了，为头者就开始操作。把握着石子的手掌摊开，往上抛，再翻过手掌，用手背接住，再往上抛，又用手掌接住。然后，把石子轻抛在地上。接着就捡起一粒，往上抛，自己和同伴都唱："上——天"，石子落地之前，接住，自己和同伴又唱："一——天。"再是用还握着第一粒石子的手捡第二粒，捡起后和第一粒一起往上抛，自己和同伴又唱："上——天"，然后在石子落地以前接住，自己和同伴再唱："二——天。"……一直要到第五粒上了天再接住。是越来越难的，如果是五粒都抛上去，很可能是天女散花，要全部接住，当然不容易。如果五粒抛上去都接住了，也就是自己和同伴唱了"五——天"以后，再把五粒石子往上抛，用手背接住，再往上抛，用手掌接住。这算告一段落。

然后是把握石子的手掌覆下，让石子散落在地上，不能有两粒或两粒以上相连或堆叠，如果有这种情况，可以重新来一次。接着就捡起一粒，往上抛，然后把剩下的一把抓起来。能不能一把抓起来，除了手指要灵巧，还要看让石子散落的技术，散得很开的，是很难一把抓起来的，总有漏网之鱼。

下一步就"生蛋"。前奏还是把手掌上的几粒石子往上抛，手背接住，再抛，手掌接住。然后把其中的一粒往上抛，再快速地覆过还握着其他石子的手，把其中一粒石子放在地上，算是生下一个蛋，但还要接住那粒落下来的，生下的那个蛋才被承认。再把手中的一粒往上抛，再快速地覆过握其他石子的手，把另一粒石子放在地上，算是生下第二个蛋，然后接住那粒落下来的。如此反复，直到手里只有一粒落下来的石子。然后再把这一粒往上抛，再快速地把其他几粒也即生下的几个蛋扫拢再一把抓起来，再接住落下那一粒。这一步最难，如果生下的蛋散得很开，仓促之间是很难扫拢并一把抓起来的，总有"遗珠之憾"。

如果每一步都顺利，这个人就算大功告成。其间不能有失误，譬如把石子从手掌抛向手背后掉下一粒，或往上抛以后有一粒没接住，或一次生下两个蛋，这个人就要中止，让下一个人来。

这个游戏女孩子最喜欢做，如果男孩子和女孩子PK，女孩子取胜的概率大得多。我喜欢看我的小姐姐和她的同伴做。有一次，我的小姐姐做到"生蛋"一步，那些蛋散得很开，我真为她捏把汗，怎么扫得拢啊？但她有办法，把手里那一粒高高往上抛，让那自由落体在空中往返的时间久一点，这样就有时间让手绕着圈儿把那些石子扫拢再捡起来，然后把落下的石子接住。我有时自己也参与，但总是不断被中止、中止。我不是心灵手巧的人，特别是手指短而粗，手掌也厚。先天如此，有什么办法？当然，女孩子也是练出来的。一个小女孩，她妈妈要她拣团箕里的蚕豆里的沙子，拣好之后就放到锅里煮。她拣着拣着，就把蚕豆当子儿抛起子来，把正事忘到爪哇国去了。当然挨了一顿打。那时候，女孩子家务事多，"拨冗"出来玩，往往是偷偷的。我的一个堂姐，有一次和我们玩这个游戏，她生下第四个蛋后，就摊开手，等着接往上抛出再落下的石子，不料那石子被一只大手接住了。原来是她妈妈来了——她妈妈小时候也是抛子的好手——她想逃跑，没逃脱，被她妈妈抓住，脸上挨了一巴掌。后来她读初中，风琴弹得好，是不是因为抛子而把手指练得灵活，不知道。

（二）踢田

踢田要有一块比较大的场地。先画田，是这样画的：先画三个竖排的正方形，边长是一尺五寸左右；然后在正方形的前面画一个横长方形，其长度约相当于五个正方形；长方形下面那条长边要与相邻的那个正方形的上面那条边重合，与竖排的三个正方形成"T"形；然后把那个大长方形分成五个小正方形，最中间那个是与竖排的正方形叠连的。再在最中间那个的前面画三个同样大小的正方形。再在前面画更长的长方形，方法同前；这个大长方形要分成七个正方形，最中间那个仍与竖排的正方形叠连。再画三个正方形和一个大长方形，方法同前。画出的整个图形的形状是个"羊"字，只不过"羊"字的两点是两道射线，可长可短，没有什么讲究。"羊"字那一竖的三截叫作"井"，那三横叫作"田"。井田井田，井和田相连，田离不开井。

参与游戏的可以有五六个人，道具是一块瓦片，当然各人是各人的。还是用划拳的方式确定先后顺序。正式操作时，人站在第一口井的外面，把瓦片投在第一口井里，然后一条腿提起，另一只脚跳起来又顺势踢向瓦片，把瓦片踢到第二口井里，再是同一只脚跳向第二口井又顺便把瓦片踢到第三口井里，再是跳到第三口井里，这时候提起的腿可以落地了。稍事休息，又提起一条腿（可以换腿），另一只脚跳起来又顺势踢向瓦片，把瓦片斜踢到前面横排着的五块田的一端的那一块里，然后同一只脚跳到那一块田的一侧，像把瓦片踢到井里一样踢，脚也像在井里那样跳，一直把瓦片踢到另一端的那一块田里，人也跳到那里。这时候提起的腿也可以落地了。稍事休息，又提起一条腿（可以换腿），另一只脚跳起来又顺势踢向瓦片，把瓦片斜踢到竖排着的三口井的第一口，然后同一只脚跳到与那口井相邻的田里，又像开头把瓦片依次踢到三口井里一样地踢。

然后用同样的方法把瓦片踢到第二排田的一端……

瓦片从第三排田的一端踢到另一端，虽然还有一个步骤，但可以认为已算大功告成，自己欢呼雀跃，同伴们也欢呼雀跃。然后是最后一个步骤：随意地把瓦片踢向两道弧线以内的区域，人也随意地跳到那里。两道弧线以内的区域叫作"天"，人登了天，当然特别高兴了。

这个游戏也有难度，一是要有腿劲，单腿又跳又踢，虽然中途可以换几次，但在每一个小阶段内都不容易。还有就是踢瓦片要踢得恰到好处，不能踢过界，如果瓦片边沿挨着或压着"井"或"田"的边线，就用这样的方法来判断是不是算过界：把另一块一侧比较齐的瓦片紧靠着那一块瓦片竖起来，然后把这一块突然移开，竖起的瓦片不倒，就算没有过界，否则就算过界。

这是一个古老的游戏。瓦片代表钱币，游戏的原始意义是，不断地买井买田，人就成了富人，成了富人就等于登了天。当然，我们小时候做这个游戏时已经没有意识到这样的原始意义了，土改了，分给私人的土地后来又成了集体的，谁还买田？当富人的想法也没有了，穷才光荣嘛。我有一个堂姐，属地主子女，因为她做这个游戏做得好，多次成了富人，后来我那个堂叔受批斗时她还被拉到台上陪斗，缘由就是她"买"过田，当过"富人"。

（三）猫抓老鼠

这个游戏要有比较宽的场地，一般是晚上在禾场上做。

先让四个人站在虚拟的正方形的四只角上，虚拟的正方形就是一座房子。四个人也可以用砖头代替，代表四只柱子。当老鼠的就到房子里去，可以多到五六个人；当猫的站在虚拟的正方形也就是房子外面，只能有四个，一条边线外一个。其他人则站在稍远的地方观摩和做评判。

游戏的规则是，老鼠冒险溜出房子，绕着柱子转半圈，又回到房子里；如果在房子外面没被猫抓住，就算安全。但不能一劳永逸，要不断冒险。猫呢，只要老鼠溜出房子，就可以抓，但不能伸手抓还没有出房子或已经进了房子的。老鼠能不能抓到，要看猫是什么猫老鼠是什么老鼠了。一条边线上的猫，要顾及两个相邻的柱子，如果两个老鼠暗中勾结，同时分别从相邻的两条边线溜出绕着柱子转，这只猫可能不知抓哪个好，而稍稍犹豫一下，老鼠就安全进了房。还有，两个老鼠暗中勾结，一个装作要溜出去的样子，但脚到了边线，就突然顿住，这样外面那只已经做好准备的猫就干瞪眼；与此同时，另一只先前似乎还没有打算溜出去的老鼠突然出了线，不用说，他是安然无恙地回到房子里的。有时候，一只老鼠装作要从这条线溜出去的样子，一动步就蓦地转个向，往另一条线出去了，让那条线外的猫措手不及。有时候，房子里的老鼠一齐出去，猫们往往顾此失彼，一无所获。当然，猫也有办法。有些猫看准一个方向，一待老鼠出来，就毫不犹豫地冲过去，一把抓住。有些猫装作看着一侧的柱子，老鼠就乘机从他另一侧溜出来，而他实际上是两只柱子都关注着的，那老鼠一出来，他就迅捷冲过去，果断坚决地抓住。也有这样的方法，两只猫暗中约定捉绕一只柱子的老鼠，那老鼠从一条边线溜出来了，如果那条边线外的猫没抓住，那么这条边线外的猫很有可能抓住。总之，老鼠躲猫和猫捉老鼠的方法，多得很，又是随机应变的。扮演好猫还是扮演好老鼠，全靠自己的造化。"狐狸再狡猾也斗不过猎人"，这句话在这里不适用。

　　老鼠被捉住了，就到一边去休息，让一个观摩者替代。猫如果老是抓不到一个老鼠，也要下岗，让观摩者来替代。

　　年纪比较小的时候，我常常只是做一只柱子，相当于半个砖头。稍大一些了，当然既当过猫又当过老鼠。有一次当老鼠，我溜出房子绕过墙角要进房子了，后衣襟却被一只猫爪抓住，我还算灵活，往前一冲，两只手臂一伸，我的没有扣一颗扣子的短袖衬衣就剥掉了，同伴们说这叫"金蝉脱壳"。"金蝉脱壳"之计也不是万能的，有衣服被扯破而逃脱的，也有衣服被扯破而没有逃脱的。有一个小姑娘，年纪不大，辫子却长，有一次她当老鼠，绕过柱子以后脚已经踏进了房子，但长辫子还尾巴一样拖曳在脑后，被一只猫拉住了。算不算抓住？评判的结果是算，辫子好比老鼠尾巴，老鼠尾巴被抓住了，老鼠也等于被抓住了。遗憾的是，那个姑娘不引以为戒，成人以后当了干部，多次被人抓了辫子，活得很不爽。

（四）岩鹰抓鸡

一个人当岩鹰，一个人当母鸡，几个到十几个人当鸡仔。场地要比较宽，不然活动不好开展。

第一个鸡仔拉着母鸡的后衣襟，第二个鸡仔拉着第一个的，依此类推。游戏正式开始后，双方都唱着"哪个的翼翅长点，哪个的翼翅硬点"，母鸡张开双臂做翅膀，翅膀上下摆动，拦阻着前面的岩鹰。岩鹰也张开双臂做翅膀，身子来回移动，要抓母鸡身后的鸡仔。母鸡只要摆动着翅膀，他就不能乘间从翅膀下把手插过去抓鸡仔，而只能绕过母鸡双翅去抓。这样，岩鹰往哪一边绕，母鸡就往哪一边挡，岩鹰绕过来绕过去，母鸡也挡过来挡过去。

要让鸡仔不被抓住，关键是拉成长队的鸡仔与母鸡步调一致，母鸡往一边挡，他们就要同时往另一边移。但实际情况往往不是如此。岩鹰要绕过母鸡去抓鸡仔，母鸡想去挡，但他被牵制住了，移不动或移动得慢，因而不能在关键时候阻住岩鹰，于是一只鸡仔就变成岩鹰口里的菜。根本原因，还是鸡仔们不能与母鸡步调一致，你移他不移，你移得快他移得慢，这样队伍就不能自如和快速地变动，母鸡当然也受到牵制，不能灵活地与岩鹰周旋。再看队伍中间，哪只鸡仔看见岩鹰绕过母鸡来抓自己了，想往一边避逃，但既然不是整个队伍的统一行动，他既要拉住前面一个的后衣襟，自己的后衣襟又被后面一个拉住，他是避逃不了的；队伍最后那个鸡仔，则更容易被抓住，他不能违反规矩放下前面那个的后衣襟避逃，也不能让整个队伍随自己的心意移动，所以只能束手就擒。

被抓住的鸡仔，就要下岗。随着下岗的增多，鸡仔的队伍就显得精干，岩鹰得逞的机会就少一些了。到最后只剩下两三个鸡仔的时候，斗争就非常激烈了，岩鹰想抓住一只鸡仔非常难，因为鸡仔和母鸡容易步调一致。当然，他们到底还不能步调一致如一个人，在与岩鹰周旋的过程中总会出现迟缓的情况，一迟缓，岩鹰就会乘机抓去一个。

所以，当岩鹰的，可以夸大话，说这次要抓多少只鸡仔。当母鸡的，往往不敢夸大话说一个也不能少。岩鹰可当孤胆英雄，搞个人英雄主义，母鸡则要搞群策群力，搞集体英雄主义，但群策群力能不能发挥，集体能不能英雄得起来，可不是一厢情愿的。

村里一个小姑娘，平时做事干练泼辣，最喜欢当母鸡，游戏前，她要反复告诫鸡仔们应该怎么样不应该怎么样，所以一次游戏下来，往往能护住好几只鸡仔，让岩鹰甘服：实在抓不到了。那个姑娘后来当了一个单位的领导，那个单位被誉为"坚强的集体"。

（五）拄力

拄力也叫赌力，就是用一种比较特殊的形式斗力，一般来说是男孩子的游戏。拄力要有道具，道具只是一根小碗口粗细、三四尺长的木棒，可以是两头都齐的，也可以是一头齐一头尖的；扦担、扁担也可以。

方法大致有四种。第一种是，两个人各用一只手握着木棒的一头，棒端顶在手掌心，手臂伸直，一条腿向前跨半步，站稳桩子，屏着气。一个当评判的喊声"起"，两个人就都把棒子往前推。一般的规矩是，哪方手臂弯曲了，就算输。但如果哪一方往后退了，就不能"一退定天下"。如果退了一步或几步又顿住，再"复辟"到原先的位置，还不算输，当然，如果再向前一步或几步，也还不能赢。势均力敌的，往往是，一方前进几步，又后退几步，顿住，又前进，又后退，往往复复，一直到这一方手臂弯曲，或者自己估量无力再反攻，才承认失败或才由评判者宣布是失败者。

第二种是，一方是明显的强者，如比对方年纪大、个头大，另一方是明显的弱者。强者一只手"让"弱者的一双手。输赢的认定和第一种相同。

第三种，也是一方是明显的强者，另一方是明显的弱者。强者"让"弱者的"肚力"，即强者一只手握木棒的一端，弱者则把木棒一端顶在肚皮上，再用手掌护住。输赢的认定也和第一种相同。

第四种，还是一方是明显的强者，另一方是明显的弱者，木棒是一头齐另一头尖，弱者一只手握齐的一端，强者握尖的一端。输赢的认定也和第一种相同。

败者退阵后，胜者可以再和别人拄，可以连续和多个人拄，只要还有力气。

　　我和一个同庚拄，双方总是有输有赢，但总是"张飞不服马超"。有一天晚上在禾场上玩，我又提出和他拄，他欣然接受挑战。我暗下了决心，一定要拄赢他——后来他对我说，他也是下了必赢的决心的。木棒顶在两个人的手掌心里，两个人都站稳阵脚，裁判喊了"起"，两个人都发力。往前推，推，但推不动。谁的手也没有弯，谁也没有后退，都坚持着，坚持着。我加大力气，想推进哪怕一点点，可是对方也同时加大了，就像后来在物理书上学到的作用力和反作用力一样……拄着拄着，我只觉得顶着木棒的右臂打战，往后抵着的左腿也打战，吸一口气，憋住，稍稍吐一下气，再吸一口，再憋住……右臂又酸又麻了，左腿也又酸又麻了，吸气和吐气的频率快一些了，还是坚持着，坚持着，把牙根咬住，把眼睛瞪着，坚持着。我知道对方和我是一样的，一定要坚持啊，一点点松懈，对方就会乘隙而进！坚持着，坚持着！那根横在我俩中间的木棒，也微微颤动，我俩的力气在它身上交流，它一定感受到的，我俩也谁也不服谁，它一定也很感动……也不知僵持了多久，裁判说："好了，别再拄了！拄到天亮也分不出胜负！——两个人都胜了！"

　　村里一个叫大武的半大小伙子，身子已长得高大粗壮，一个叫会揆的，身子虽也不弱，但还是个十二三岁的少年，力气还没"长"出来。有一次，大武提出"让"会揆的"拤力"，会揆不同意，要用势均力敌的那种方法比。结果，会揆三次退到禾场的边沿，再退一步就到了人家屋檐下的阳沟里了，好在他还是定住了，定住以后又反攻，三次都把对方推到原先的立脚点。会揆就是那样不服输。长大后，会揆做什么事都不服输。参军后，他参加了对越自卫还击战，在一座山头上，他和一个个头比他粗壮得多的敌人肉搏，他一次次被对方摔倒，又一次次翻过身来，最后制服了对方。

　　　　（2015年。原载《武冈报》，其中《拄力》发《晚晴》杂志）

204

人情

世态

第四辑

鲁之洛：拳拳家乡情

鲁之洛是我高中阶段的语文老师，也是后来学习写作的领路老师；又是我的朋友。近年来，他给我写信用的称谓是"三畅小老弟"，赠书用的称谓也是"三畅小老弟"。称他为我的良师益友，是最适合的。鲁之洛老家是武冈市头堂乡的托坪，"鲁之洛"是他的笔名，他的本名是刘伦至。我平时还是称他为刘老师。

刘老师有些事情也征求我的意见，譬如他打算把家里的藏书无偿捐献给图书馆的事。他说，初步考虑是从这三家中选一家——邵阳市东坡图书馆、邵阳学院图书馆和家乡的图书馆——武冈市图书馆，问我的意见是什么。我建议他捐赠给家乡的武冈市图书馆。这里面不排除为小家乡着想的一点"私心"，但有更多的上得台面的理由。刘老师赞同我的意见，他说他也是这么想的。于是他和武冈市委有关领导沟通，也让我和市文广新局沟通。武冈市委有关领导和文广新局的领导十分感激和高兴，很快做出了接收的方案，责成武冈市图书馆具体实施。武冈市图书馆遂腾出一间房子，粉刷油漆一新，又专门做了书柜书橱。然后在2013年5月9日那天，开了车子，由图书馆长何国平和书记萧时玉带队，到邵阳市刘老师家去搬运。

之前，我还没有参观过刘老师的书房，待那天进了他的书房，我真的呆住了，我没想到有这么多书。大约三十平方米的书房，四壁除了两扇门都是"顶天立地"的书柜，书柜里满装着书，有些柜里还装了双层；估计有五千至六千册。我一个一个书柜地看，除了文学艺术书籍、政治理论书籍、历史和其他学科书籍以外，还有不少工具书，如《辞通》上下册，《辞源》4册，《中国历史大辞典》6册等。有些书，如今是买不到的了。每一本书的扉页上，或有他的签名，或有赠送给他的作家作者的题字。我还注意到，在一个柜子里，珍藏着的是他自己的二十多本小说、散文、儿童文学专著，五十多本选编了他的作品的合集以及他的一些朋友的专著。刘老师又告诉我，他的一些手稿、朋友的信件，还有一些字画，也一并送。我翻了一些手稿，或是钢笔写的或是毛笔写的，字体我很熟悉，是那样活泼、苍劲而老到。那些信件，不少是著名作家或编辑的亲笔。那些字画，有一幅是第一届茅盾文学奖得主、已故《将军吟》作者莫应丰特为他写的，有一幅是著名画家范曾特为他画的。这些书籍、字画、手稿、信件，我绝不敢用金钱来计算其价值。

武冈去的人把那些书籍、字画、手稿、信件装袋，一袋一袋搬走的时候，我陪刘老师和师母邓小梅女士闲谈。我说，武冈市以前有人捐过书，市里特意举行了接收仪式，主要领导出了面。刘老师说，他不要这样的仪式。师母也说不要。我们又聊起老师的家庭：一个真正的书香门第，老师的三子一女、媳妇女婿和众多的孙子孙女（有些已在大学任教），都是嗜书的，都是要经常买书的。我于是慨叹，有书而不留给后辈，这是一种怎样的精神境界呢！我又想起，刘老师当年在武冈工作的时候，也是受过很不公正的对待的，但他不"耿耿于怀"，总是君子坦荡荡，一如既往地关心家乡——关心家乡的建设，关心家乡发展，关心家乡的未来。这种心灵的正果需要怎样的修炼才能得到呢？我注意到，两位老人神色淡定，神情安详。我想，这种淡定安详，是悟透世事、参透人生的智者的精神观照，是淡泊名利、身心轻松的贤者的心灵反映。

刘老师的书籍、字画、手稿、信件搬来武冈以后不久，我到武冈市图书馆看了，专辟的"鲁之洛书屋"（我私下里取的名）四壁除了一扇门，又都是"顶天立地"的书柜，书籍已经清理好，摆放整齐。我又一个一个书柜地观赏。我吸吮着书香，我领悟着刘老师的拳拳的家乡情。

9月中旬的一天，刘老师偕师母由他在广东办企业的大儿子送到武冈，他们一家"参观"了书屋，觉得很满意，老师和师母连声对图书馆工作人员说感谢的话。我说，应该是家乡人们感谢你们啊。刘老师说："为了让我的藏书给更多的人们读，他们付出了这么多劳动，当然是我感谢他们啊！"我想，这是仁者的胸怀了。

（2013年。原载《都梁风》《湘声报》《文坛艺苑》）

我在这里许个愿

　　曾给多届学生出作文题"我的老师"，也曾多次问自己，那么多老师教过你，如果要你写这个题目，你会写哪位老师？我回答自己说，傅老师，傅治同老师，应该是首选的老师。写他，我是太有话写了。

　　1978年10月底的一天，我们邵阳师专（今邵阳学院）中文科78级两个班的新生上第一堂文选习作课，讲课的就是傅老师。四十出头的年纪，大平头，轮廓分明的脸盘，两眼炯炯有神；带娄底腔调的普通话，抑扬顿挫，行云流水，底气十足。照"常理"应是枯燥的写作课，被他讲得风生水起，趣味横生。第一节下了课，他笑容可掬地和一些年级偏大的学生打招呼。和我打招呼后，我自报了家门，他说："哦，你就黄三畅，知道知道！小有名气的作家，高考成绩也不错！"说得我有点不好意思。又问我家庭负担；又扯到创作上来了，说学习之余是可以搞一点创作的，还期望我搞出大的成绩来。早听77级的一个老乡说过，中文科有些领导对学生搞创作是持否定态度的，理由是学师范的，以后要当教师，搞创作是不务正业。而今听傅老师这样说，心里就有了把握：创作还是要搞。

　　于是课余还是搞。有不少文章先请傅老师做第一读者。往往是下课以后给他。如果是短文，他当即看，看了就提修改建议。长一点的他就拿回家看，要我什么时候去他家。一般是晚餐以后去，到了他家里，师母罗老师总要给我一杯茶，然后是傅老师讲我的文章。我是一个敏感的人，去到谁家，气氛和脸色是很容易感觉出来的，如果觉得有点不妙，就下不为例。到傅老师家，感觉到的总是热情和真诚，也就一而再再而三。喝着茶，听傅老师讲我的文章的优点和不足，又听他借题发挥，讲写文章的要旨，那可真是一种享受。说起享受，我当然忘不了那样一件事。那是傅老师上了怎样写"速写"后的一堂课，他布置每人写一篇"速写"。我写的题目叫"买砖头"，写一个农村妇女到街上卖了农产品，给她爱读书的农民丈夫买了一本砖头厚的词典。第二次上课的时候，傅老师居然把"买砖头"作为范文，放在课堂上念，边念边讲评。我虽然过了而立，但"虚荣"之心并没有枯萎，我觉得那一节课真是我莫大的享受。作文本发下来后，只见满版红雅雅的，眉批、尾批，赞扬的话，和我"商榷"的话，字数之多可以和原文媲美。捧着本子读原文，读批语，又是一种享受了。我又把文章投寄给《中国妇女》杂志，很快就发表了。告诉傅老师，傅老师也"乐其乐"。让对自己寄予期望的人高兴了，当然"别是一番滋味在心头"，这滋味还是——享受，一种特殊的人生享受。

"满师"后，辞别师长，我来到中学当语文教师。有一次，讲都德的《最后一课》，也想学傅老师给我们讲《最后一课》。下课铃响来了，韩麦尔先生向学生做了一个手势："下课了，你们走吧！"在我的想象中，学生都没有走，他们还沉浸在对祖国语言的热爱和对祖国语言可能行将被亵渎被消灭的担忧里。下课铃响了，傅治同先生说："下课了，你们走吧！"我们都没有走，我们还沉浸在他用文学的方式营造的爱国主义的情境里——阅读文学作品是一种再创作，分析阐释更是一种再创作啊。下课铃响了，黄三畅先生对学生说："下课了，你们走吧！"他们大都走了，只有少部分没有走。我不如韩麦尔先生，也不如傅治同老师。这一辈子，我都没有学到傅老师的讲课艺术，这当然是特大遗憾。差可欣慰的是，我把听他的写作课笔记当作工具书，常常把里面的微言大义贩卖给我的学生，让他们间接接受"师祖"布播的雨露；讲元明清诗、词、曲的时候，我也要打开听傅老师的元明清文学笔记，让他们间接沐浴一番"师祖"所酿造的春风。

和傅老师的联系一直没有中断。1986年春季的一天，我接到他的一封信，内容是，他以中国民主同盟盟员的身份介绍我入盟。我的想法是，傅老师看得起我，傅老师是为我好，傅老师不会害我。我很快回复了他，说自己很愿意成为盟员。我很快被盟邵阳市委批准了，介绍人是傅老师；当时武冈包括我在内还只有两个人入了盟，另一个是许新民老师，他也是傅老师的学生。不久以后，傅老师又让我介绍另一些老师入盟。我介绍的，可以说都是一些精英，都被批准了。傅老师后来成了盟邵阳市委的领导，我和他又多了一层关系，聆听他的教诲又多了一条渠道。

傅老师耳顺之年，写了一篇文章在报纸上发表，题目叫《六十再立》。我当时已近知天命，已感到老之将至，慨叹人生苦短。读了傅老师的文章，伤感稀释了很多。老师六十了还再立，你又有什么资格什么理由伤感？后来我也到了六十，重读《六十再立》，感触更多，收益更多。是啊，把三十想立而未立的补立起来并付诸行动，这应是人生的美事啊，再努力吧。退休后，自然可以"聚精会神"地做喜欢做的事了。于是在报刊上发表作品更多了一些。于是常当面或在电话里听到傅老师这样的话语："又读到你的文章！真为你欣慰！""又读到你的文章，思想很敏锐，很难得！""常写，多写，精写啊！"有老师的关注，有老师赞扬和鼓励，我没有理由停下笔来。只是遗憾还没有写出让自己满意也让老师满意的东西来。

古来八十是高龄，从现今社会的情况来看，八十还不算高龄；更何况，仁者多寿，智者多寿，事理通达心气和平的人多寿。每听傅老师讲话，总感到他底气依然很足，自然由衷高兴。我在这里许个愿：傅老师和师母期颐之年，我再写一篇祝寿的文章吧。

（2015年。原载傅治同《南山酬唱集》）

211

瞻清华园两尊塑像

（一）朱自清塑像

没想到，我邂逅了您。

荷塘边的路确是弯弯曲曲的，而且是坎坎坷坷的，已然没有了煤屑，——是偶或夹着些石板的泥路。绕过一尊石头，我突然就发现了您。您避开了荷塘对面"水木清华"的热闹，独坐于荷塘这一边，以山石和绿荫做后屏。您身子微侧，面向荷塘，一只手搭在大腿上，一只手自然下垂，在小憩。您面容清癯，头发却梳得一丝不苟。您的眼镜是多少度？该不会影响视力吧？是的，眼镜让您更显优雅，而我分明看出，有一种孤傲，从优雅中穿透出来，凝于您的眼角眉梢，蕴于您额上的皱纹，又借助镜面射向四方。

——用汉白玉塑您，真好，看似柔和而其实坚硬无比的汉白玉，正能体现您的神魄。

少时读毛泽东的《别了，司徒雷登》，读到"朱自清一身重病，宁可饿死，不领美国的'救济粮'"的句子，我想象中的您与眼前的您基本相同。清癯，也许更瘦削；头发理得极好，但显得枯涩无光；长衫——我想象是黑色或灰色——浆洗、熨烫得极好，手拐上却有个补丁，袖头也毛了边。"不要！"您拒领美国救济粮的语气，一定比汉白玉还要坚硬。

青年时读《荷塘月色》，在我的想象中，那月夜绕荷塘漫步的您，似与眼前的您又有很大的不同。似乎更忧郁，因此眉头似应更皱一些；似乎更儒雅，因此目光没有这样犀利乃至逼人；似乎更潇洒，因此手脚没有这样拘谨；内心的不宁静，似乎也应该从睿智的前额上沁透出来。而"热闹是他们的，我什么也没有"，这样一句叹息，似乎不应是从汉白玉的坚硬里发出的。

我久久伫立您的身边。想抚一抚您的肩，想握一握您的手，却又怕打扰您，就只好这样静静地，——不，肃穆地，向您行注目礼。然后，顺着您的目光，我也欣赏塘里的荷花。

我来得真是及时。荷花有的"羞涩地打着朵儿"，有的"袅娜地开着"了，正如您在那个心情颇不宁静的夜晚欣赏的一样；可惜不是白色的，而是粉红色，难道这塘里的莲藕换了种？嗯，也有微风，却闻不到"缕缕清香"，只能听到池塘对面的喧嚷，那些人和我一样，也是从外地来的，他们在拍照留念。

但此刻我心情是宁静的，伫在您身边，一切纷扰都随风而逝了。

以前我每每这样想，心情颇不宁静，至夜深时何以就往荷塘边走？解脱的方法应该有的是啊，譬如打开留声机听听京剧评剧或西洋音乐，或者就钻进故纸堆……

当然，大师自有大师的方法，其真谛，我辈是难以理解的。只是我又想，这如今，谁若"心情颇不宁静"，还会像先生您一样吗？这如今，解脱的方法更多了啊，譬如还可以上网，到一个光怪陆离的虚拟世界去；或者看电视，一个遥控在手，天南地北随心所欲；或者就到通宵酒吧或麻将馆或别的地方去，那里应该是最能"解脱"的地方。

难以理解也罢，有更多解脱的方法也罢，而今到了这荷塘边，到了您身边，我认定您的方法是最好的了，虽然您似乎并没有真正"解脱"。

而您的方法的真谛，虽说难以理解，我还是要凭我的为人处世的理念进行理解。我想其真谛是，避开纷扰，摒弃繁杂，让纯净的阳光月色注入心胸，让鲜洁的雨露清风融入血液，与自然为友，和草木对话，如是，则能心宁气静，平和豁达。

（2010年。原载《邵阳晚报》）

（二）闻一多塑像

一尊赭红色的雕塑，掩映在绿树翠竹中。

一多先生，是您啊！

您怎么在这里？这里好偏好静啊！

您没有回答我，仍然在思索。我不敢打扰您，只是肃立您身前，向您行注目礼，又细细端详您。

用花岗岩为您做雕塑，表面又不铣平滑，而整个雕塑又涂成赭红，我觉得是多么合适，多么适合您的神韵，您的精神。

您身躯微俯地坐着，右臂的臂拐撑在右大腿上，手举一个烟斗，左臂拐以下随意地搭在左腿及左腿与右腿之间的袍幅上。您的头微微扭着，长着上髭的嘴唇也微微抿着，睿智的前额微微皱着。您在思索什么，我不得而知。我只是猜测，也许，您在思索"谁是中国人，谁的心里有尧舜的心，谁的血是荆轲聂政的血，谁是神农黄帝的遗孽……"或者就在思索"诗人的主要天赋"究竟是什么；或者就在思索，中国怎样才能真正消灭专制，中国人怎样才能真正获得民主和自由。或者，您在签署了《抗议美国扶日政策并拒绝领取美援面粉宣言》之后，在思考怎样继续投身争取民主和自由的热潮；也许您在构思《七子之歌》；或者，您刚作了"最后一次的演讲"回来，设想着有关当局会用怎样的手段对付您，您又怎样与之斗争……

先生，和认识朱自清一样，我也是先在《别了，司徒雷登》里认识了您。毛泽东提倡写闻一多颂，您的形象在我心目中何其高大魁伟。但是，那时候您的形象对我来说还是模糊的，还是概念化的。到了后来读了您《最后的演讲》，读了并背诵您的《太阳吟》《洗衣歌》《孤雁》《忆菊》《祈祷》《爱国心》《一句话》《我是中国人》《七子之歌》等，您的形象才在我心中明晰生动起来。当然，您更多的文学作品和学术著作我没有拜读，对您的认识终究还是肤浅和片面的。但是"弱水三千，我只取一瓢饮"，有了对您的这一程度的认识，已够我一辈子仿效了。

像面对朱自清先生一样，我又想抚一下您，但我又不敢，怕亵渎您。我只能徘徊在您身边。我吟咏着刻在您背后石壁上的哲言："诗人的主要天赋是爱，爱他的祖国，爱他的人民！"一句话，震烁四海，贯穿古今！诗人的心，真正的诗人的心，是一脉相承灵犀相通的，从屈原到李白杜甫到文天祥到鲁迅到艾青到邓小平，都发出这样一种韵律相同的心声。是的，有您这样一句哲言做利刃，多少难以感悟的问题不可以迎刃而解？您的"说"您的"做"您的对暴徒的藐视，出于您的"天赋"，更多的人（他们有的并没有在纸上写出诗行，却是真正意义上的诗人）孜孜追求、胼手胝足、视死如归，都源于一个"爱"字。

一个"爱"字，是天地间最刚劲的书法，也应是人的心灵间最挺拔的书法。——这，就是我读您后得到的最大的感悟。

（2010年。原载《邵阳晚报》）

室友的外号

闲来无事，就翻老照片，一张大学室友的照片，让我想起几个室友的外号，以及许多可口可乐的事。

入校伊始，我床上铺的是篾席，因为席子中间补了一个碗口大的布补丁，为了不碍观瞻，起床后我总是把叠好的被子覆住它。有一天，胡显德坐在我床桄上，无意间把被子推开了，那个补丁就暴露在光天化日之下。我有点难为情。胡显德用他频率很快的方言说："篾席上补块布，睡起来不舒服，我给你用篾条补上吧。"我说："你会补？"他说："不瞒你说，我初中毕业后就当篾匠，专织篾席！"第二天是星期天，我和他到一家竹篾厂买了几根织席子的篾条。回来后，他就把我席子上的布补丁去掉，就蹲在席子上织补起来。补得天衣无缝，如果不是篾条的颜色不同，真看不出是个补丁。

胡显德那一段时间为好些同学补了席子——篾席、草席都补——当然是免费的哟。他既然叫显德，又有刘玄德的手艺，更兼有刘玄德的不因"善小而不为"的品格，自然也被同学们称为"玄德师傅"了。

我的室友，还有被称为"李大爹"的。66届高中毕业的李学杨，在1978年进校那年是三十有二岁，他的本家李雨弘的年龄恰是他的一半，十六岁。他俩一个睡下铺，一个睡上铺。大概是入校后第二周的一个晚上，别的同学都睡了，只有李学杨还坐在床头就着台灯读书。忽然，他听见上铺有嘤嘤的哭声，一惊，知道是李雨弘在哭，就忙起身站在床边，想问李雨弘哭什么。李雨弘却又喊"爸爸"了。他知道李雨弘是在发梦呓，犹豫了一下，就应答："哎，爸爸在这里！"并踏到自己的床桄上，伸过手去摩挲"儿子"的脸蛋。"儿子"在"爸爸"的挲摩中安静下来了。

第二天早晨，我们对李雨弘讲起头天晚上的事，他红着脸笑着，很难为情。这时李学杨说："小孩子，发梦呓是正常的事！"有个同学就说："我看，雨弘就干脆认学杨为干爹！"大家都叫好。又有同学要李雨弘马上叫李学杨为干爹。尽管李学杨一个劲地摇手说"不"，李雨弘还是叫了一声"干爹"。后来，他就经常这样叫了。久而久之，别的一些同学也跟着叫，"干爹"就成了李学杨的外号。李学杨对一些年龄小的同学也确实尽了"干爹"的责任。

我们寝室，还有一个极尽父亲之责的人。67届高中毕业的刘如骅家住本城，家里有漂亮的妻子和一个可爱的儿子，他每星期除了星期六，还要回去一晚，——这可是"违纪"的。这个秘密是半学期过后大家才知道的。那天到了半夜时分，有人突然喊"捉贼啊"，我们寝室的同学也就闻风而动，走到外面去"捉贼"。贼子很快被捉住了，我们也陆续回到寝室。但过了好久，刘如骅的床铺还是"空巢"，他是爱看热闹的人，也许是看保卫处对贼子的审问去了，只好给他留了门。第二天早晨，我因内急起床较早，发现寝室门没有上闩，回头看刘如骅的床铺，被子还没有叠；他往日早晨起床也早，但起床后就把被铺叠得像豆腐块的：这说明他昨晚没有再回来。我正要开门时，门被推开了，刘如骅进来了，脸上淌着毛毛汗。问他昨晚怎么没回来睡，他说回来了的。我就用被铺没有叠的"铁的事实"证明他并没有回来。他就笑着说："实不相瞒，回了一趟家！"我们就笑他。他说："由捉贼子联想起对孩子的教育，就回去了。"这时李学杨说："老刘，你可不是这一次啊！你是每个星期不是星期三就是星期四都要回去一趟，都是趁大家睡熟之后动身，第二天清晨就回校，装做晨跑归来的样子。——别人不知道，我是知道的。"刘如骅也承认了这一事实。我们自然更要笑他做那事太勤。他又说："真的是为了教育儿子！"我们就称他为"育儿专家"。

（2013年。原载《邵阳日报》）

生命的韧度

汉川地震后，在抗震救灾的关键时刻，常常看到这样的报道：一小孩被困79 小时后被成功救出；一妇女被困 95 小时后被成功救出；一 95 岁的老大娘被困 100 小时后被成功救出，神志还清醒；一青年男子被困 129 小时后被成功救出，生命体征还良好。

还有活着的人被救出吗？我们在祈祷，在等待纪录的不断被打破，等待奇迹的不断发生。

人在不吃不喝的情况下，生命的极限只是 72 小时：经验和科学分析都不灵了。

天如人愿，纪录还在不断被打破，奇迹还在不断发生。

有人被困 136 小时后，被成功救出，神志还清醒！

有人被困 149 小时后，被成功救出，神志还清醒！

有人被困 178 个小时后，被成功救出，伤者生命体征很好，意识清楚！

……

我为那些"只要有一丝希望，就要付出百倍努力的"救人英雄所感动。

我为那些韧性无比的生命所感动。

被压废墟之下，还可能受了伤，黑暗天高地厚，饥渴无休无止，等待绵延漫长。他们忍耐着，坚持着，等待着。一个念头，在他们日渐枯竭的血液里流淌，缓缓流淌，韧性百倍地流淌：我要活，我要活，我要活！

因此，他们心脏跳动着，脉搏跳动着，虽微弱，却那样一丝不苟，不绝如缕。他们与黑暗抗争着，与饥渴抗争着，与死神抗争着，不依不饶，不屈不挠。

人的生命韧度有多高，不知道。

以前，我常常感叹长在塔顶的树，那样缺水少肥，却在遭受特大的旱灾之年，也能活下来。我也曾感叹一条老黄牛，掉进土窟窿五天才被人发现，被挖出来后还活着。现在我最感叹的还是人。人，从生命的韧度来说也是万物之灵。

人啊，我们真应该自我崇拜。

人啊，我们更应该珍惜生命。

生命的韧度既有这样高，我们就应该好好呵护滋养，让它韧度更高，让自己活得更好，而千万别委屈了它，辜负了它啊。

（2008年。原载《邵阳日报》）

停 电

这天晚上，老胡和三个朋友搓麻将。是四位君子，玩一玩，放松放松情绪而已，绝不和经济挂钩，也不拱桌子、挂胡子、戴高帽子。一局一局地搓下来。搓完这一局，也要收盘了。最后一堵城墙抓得只剩三块砖，还没有人和。又一只手充满希望地伸过去，刚要触到那倒数第三块，电灯便煞地熄了，全世界顿时陷入一片蒙昧中。老胡说："不要动！"就谁也没有动。老胡是带了手机的，他掏出手机摁了一下，遗憾地说："没电了！"可惜只有老胡一个人带了手机。老胡就要房主人去找打火机。房主人忘记把打火机放在哪里了，摸了几个地方，没摸到，倒把一个瓶子触到地上。

"只好等电灯亮起来了！"老胡说。

"只好等！"另三个人也说。

……还没有亮，还没有亮……

"算了吧！"有人说。

"怎能算了！"老胡批评道，"总要摸了最后一块才放心啊！总要分个输赢啊！即便是臭了，总也要证实啊！"

就只好等待，耐心地等待。

也不知等了多久，十分钟，二十分钟，或者更长一点，电灯终于亮了。于是抓进来，打出去。一只手——是老胡的——摸到最后一块，立即翻过来，——

臭子！

　　臭了，这一局臭了！

　　"凡事总要知道个结果。知道臭了，就行了！"老胡说。

（1998年。原载《三湘都市报》）

野 花

好漂亮的蔷薇啊！他把自行车停在路边，忘情地欣赏起来：已开放了的，粉红的花瓣娇艳亮丽，黄色的花蕊无风也颤动，真正弱不禁风，惹人爱怜；含苞欲放的，张开樱桃小口，含情脉脉的等你去吻呢。

采一束回去吧。他掏出旅行剪，选了几枝剪下来，掐几根茅草扎好，放在龙头前的网篮里，然后跨上车，蕴一路馨香回家。

回到家里，他捧着花儿，学着洋派头，对老婆说："亲爱的，请接受我的爱吧！"

老婆惊喜地把花接住："好漂亮啊！"又嗅嗅，"好香啊！"

他自豪地说："那还用说！不漂亮不香不会献给你！"

"我最讨厌塑料花了！"老婆说。

"给真爱的人不会送假花！"他捏捏老婆的脸蛋。

老婆说："在那个花场买的吧？"她知道他回来要经过一个花场。

"花场的花有这样好？——天然的！山坡下路边采的！"

一袭阴云立时笼在老婆的脸上，她瞪直了眼睛："路边的野花！你是向我挑衅，说我家花不如野花香！"可怜随着"香"字落音，那一束野蔷薇也被摔在地上，顿时肢断脸残，香消玉殒。

"我是碰着了鬼！"他只好在心里骂自己。

　　第二天下班，他又踅到那山坡下的路上，又下了车，又采了一束野蔷薇。当然不是送给自己的老婆了，只有傻瓜才让同一个石头绊两次；他是要送给那个"她"——一个介于情人和朋友之间的女人。

　　同样学着洋派头，对她说："请接受我的……一片心吧！"

　　她也惊喜地把花接住："好漂亮啊！"又嗅嗅，"好香啊！"

　　他又自豪地说："那还用说！不漂亮不香不会送给你！"

　　"我最讨厌塑料花了！"她说。

　　"给真爱的人不会送假花！"他捏捏她的手。

　　她含情脉脉地说："在那个花场买的吧？"

　　他早有准备的，说："野外采的，野花比……"

　　她光彩如宝石般的眼睛立时黯然失色，把花递向他，冷冷地说："你拿走吧，我不需要你的！"

　　他愣怔着，迷惑地说："为什么？嫌我舍不得花钱吗？"又解释，"我是有寓意的啊！寓意是野花比家花香！你比……"

　　"但是野花到处都是！随便一采就是一大把！"她怨愤地把花扔在地上。

　　他又在心里骂自己："我又碰到了鬼！"

　　（2005年。原载《小小说月刊》，在网上流行后被《齐齐哈尔日报》转载）

包谷地里

老倌在包谷地里扯杂草。一秆秆包谷，秆粗叶茂，包谷棒子斜插在秆子的中腰，棒子的包衣还是青色的，包谷缨也还是嫩嫩的肉红色，如果撕开包衣，用指甲把包谷粒一掐，包谷粒破裂，就会流出乳白色的浆液来。

地里有蚂蚱在跳，在飞。是农历六月天气，老倌的膝弯里、腋窝里，津津地流着汗。

"老倌子，辛苦啊！"

老倌扭过头去，见地边站着两个人，一男一女。男的戴白草帽，女的打花阳伞，都是二十来岁吧，都是笑容可掬的。老倌是讲礼性的，他站了起来，同时又让笑容浮到脸上来："嘿嘿，不辛苦！"他估计是问路的。他把手里的草扔到地边的沟里去，等待他俩开口。

但他俩迎着他走来了。又只听那个小伙子说："老倌子，我给你照几个相，好吗？"

"照相做什么？"老倌子的第一反应是，照相是要付钱的。

"不要你付钱呢，我们是搞艺术的！"声音应像阳雀子的歌声，当然是那年轻女子说的。

小伙子就把什么是艺术宣讲了一番，也许还讲得深入浅出，但老倌子没有听懂，或者说，他也不想听懂，心里说，既然不要出钱，又是"搞艺术"，你们就照吧。老倌子就问到哪里去照。"就在这里,这包谷地里!"小伙子说。

老倌子就用搭在肩上的汗帕抹抹汗,就神情庄肃地说:"照吧!"他在外面打工的儿子去年回到家里,给他照相时,他也是这样庄肃的。

小伙子说:"还要做点准备工作呢。"就要他把斗笠取下,他就照办。又要他把无袖褂子脱下,他就说:"光着胳膊?"这时那女子说:"老倌子,不要紧呢!"那就不要紧吧,也照办。又要他把汗帕勒在裤腰上。这很容易。然后小伙子说:"老倌子,请你摘包谷!"

老倌子就说:"包谷还不能摘!——还是嫩汁,可惜了!"

小伙子说:"我们赔你的钱!"

老倌子就忍痛摘下一个包谷,一个还不该摘的嫩包谷。

喀嚓!小伙子就说:"好了!——再照一个!——把包谷送给这位女士!"

老倌子就送包谷,女士就接包谷,但还没送出手,就咔嚓了。

然后,小伙子问老倌子,附近有没有水塘,老倌子说,不远处就有一口。他俩就让老倌子带路,来到水塘边。小伙子的要求是,老倌子把外裤也脱下,只留一条裤衩。"这……"老倌子又有点为难,当然是因为有一个异性在。那个"异性"又说:"老倌子,不要紧的呢!"

老倌子就背过身子,把外裤脱下,再整理整理裤衩,然后难为情地转过身子,听候安排。小伙子就请他走到池塘里去,用手戽水。老倌子走到水齐膝深的地方,就戽水。自然又有咔嚓的声音。给他照了,又给那女子照,女子也在戽水,只是边戽边笑。笑声真好听。老倌子在心里说,有一个这样的女儿就好了。

东方一个城市的一个白领,晚上在家里上网,打开一个网站的图吧,见目录的第一个标题是"人与自然",就点击。第一幅图:包谷地,一秆秆包谷茁壮得很,秆子半腰上斜插着棒子;一个裸体女子正面伫在包谷地里。第二幅,一个老倌子在摘包谷,他旁边的裸体女子在看着他。第三幅,老倌子把一个红缨蓬松的包谷递向裸体女子,裸体女子一只手伸过来接,另一只手拉过一片包谷叶子半遮着下身的关键部位。第四幅,那个裸体女子在戏水,胸部以下隐在水里。第五幅,只着裤衩的老倌子向那个裸体女子戽水……

"有点意思!"这个白领在留言框里写了这样几句话:"回归了自然和本

真的人多么和谐！男人女人多么和谐！老翁少女多么和谐！——我们需要和谐的自然、和谐的社会。"

南方一个城市的一个中文系学生，晚上下课后在宿舍里上网，也点击了一个网站的图吧，也看到了《人与自然》。看到第二幅图时，他的本来眯缝的眼睛睁大了，这老倌子像自己村里的呢！再看那个女的，也觉得像自己村里的。他一幅一幅地欣赏完后，在留言框里写了这样几句话："乡村姑娘真美！谁说农民的观念陈旧？"

北方一所大学的美术系的教室里，《人与自然》的几幅图都被放大，一字儿映在黑板上，一个眼镜教授用棍子指着第一幅图："左边这包谷秆半腰上斜插的棒子，显得雄性十足，这包谷缨儿是黑红色，令人浮想联翩。右边这包谷秆，一上一下长着两个棒子，换个角度可以看作女人的两个乳房，是毕加索的风格！这伫立在包谷地里的裸体女子的神态是若有所思，若有所忆，若有所慕……真是妙极了！既是现实主义的，又是现代主义的！"又指着第二副，"注意呀，这包谷衣还是青的，还是个嫩包谷！但这个老倌子却要采摘！我们不能理解为老牛吃嫩草！那太肤浅，也太庸俗！弗洛伊德认为……"又指着第三幅，"这一幅更富深意！这包谷红缨蓬松，象征意义非常明显！"又指着第四、第五幅，"看吧，生命起源于水！独自戏水，互相戏水，象征意义就是回归本源！……"

老倌回到家里，老伴给他倒了水，他抹了脸，抹了身子，对老伴说："今年的包谷好！"

老伴说："以后价钱好才好！"说着给他一杯凉茶。

"该下一场雨了。"

"天老爷不会忘记的。"

"哎哟，我背上有点痒！"

"包谷地里有瘴气！"

老伴就给他搔痒。他咧着嘴，幸福地咝咝着。

（2010年。原载《邵阳日报》）

等　待

　　离广场进口不远的路边，摆着一个四轮的卤味摊子。是黄昏时就推来的。摊主嫌路灯有点暗，还在摊子上座了一个"停电宝"，"停电宝"氤氲出一片银辉，浅浅淡淡，朦朦胧胧。

　　到广场上去的人大都无视了这摊子的存在，他们是吃了晚餐后去跳舞、散步……的，他们需要把腹内的食物很好地消化，不需要增添什么进去。

　　摊主是一个小伙子，似乎并没有像其他一些摊主一样，用眼光迎送从摊子旁过往的人，眼光里先是期待而后又不无遗憾；他很淡定，他把手机擎得与眼睛齐平，许是在上网。

　　天天晚上如此。

　　有些从摊子旁过往的人也纳罕：这里没有生意，怎么天天晚上把摊子摆出来？

　　没有生意？——太绝对。摊主在这里还是做过一些生意的，只是别人没有注意罢了。

　　应该是广场正式开放后的第三天晚上吧，他就在这里摆摊子了。摊子的玻璃框内亮着的是卤鸭脖、卤鸭爪、卤鸭翅……摊子刚安置停当，就有一个声音说，师傅，买一截鸭脖！站在摊子前面的，是一个姑娘：个子偏矮，脸型偏圆，眼睛偏小，应该不是美人坯子。但他觉得那声音很柔和，很润泽。他夹出一截

227

鸭脖，装在小塑料袋里，递给她。她接了，付了钱，说声"谢谢"，就转身、移步。她转身的刹那，他分明看到——不，是感觉到——她那偏小的眼睛里映射出的光，是那样柔和，那样绵软，那样不绝如缕。

微风起了，桥端头那棵柳树轻轻拂动，一抹被"停电宝"映成银白的柳絮，晃晃悠悠地，飘落在玻璃框子上。

小伙子望着她的背影，直至她过了桥，隐入进广场的小径的树荫里。

当然，那只是一个顾客而已，一个普通的顾客而已。"来者都是客，过后不思量。"

生意远不是先前估计的好。但因为他白天在另一个地方摆摊子，反正闲着也是闲着。觉得无聊，他只好玩手机。

那以后过了五天，或者就是一个星期，小伙子又在玩手机的时候，突然有一个声音说，师傅，买一截鸭脖！站在摊子前面的，是一个姑娘，个子偏矮，脸型偏圆，眼睛偏小，应该就是几天前的晚上的那一个。……她转身的刹那，他分明看到，——不，是感觉到——她那偏小的眼睛里映射出的光，是那样柔和，那样绵软，那样不绝如缕。

以后，或过三四天，或过七八天，或过十来天，那个子偏矮、脸型偏圆、眼睛偏小的姑娘会来摊子旁"光顾"一次。时间上没有规律，"消费"的内容却一成不变：一截鸭脖。有一次，他对她说，换一种口味吧？她说，我只喜欢吃鸭脖。又说，你好像生意不好，不会不在这里摆了吧？

会摆的。他说。还想说什么，觉得没必要，就只是目送着她，直至她过了桥，隐入进广场的小径的树荫里……

有一天晚上，比较晚了，她还是来了，又要了一个鸭脖，手伸进衣袋里掏钱时，突然说，糟糕，换了衣服，钱不在这衣袋里。说着要把鸭脖还给他。他说，不要紧，明晚——不，随便哪天晚上来还就是。

但"明晚"没有听到那柔和、绵软、不绝如缕的声音。

好多晚上过去了，都没听到。

她，那个子偏矮、脸型偏圆、眼睛偏小的，说话声音柔和、绵软、不绝如缕的，"消费"鸭脖的姑娘，姓甚名谁，以及其他的一切，他都不知道。

三个月过去了，半年过去了……还是没听到那声音。

为什么不来了？小伙子也猜测：是吃厌鸭脖了？是嫁到别的地方去了？是到别的地方打工去了？……可能性很多。小伙子只能印证一个：是不是吃厌了鸭脖。于是，从某一天晚上开始，他摆好摊子以后，眼睛就成了扫描仪，对从摊旁过往的每一个人进行扫描。心想如果扫描仪里映现出她的身影，就说明她"吃厌鸭脖"了；如果没有，就说明是别的原因。

好多好多晚上过去了，扫描仪里，没有映现她的身影。

那么，只可能是别的原因了。不管是别的什么原因，她总该会回家的，——从她的口音听得出，她就是本地人——既会回家，大概就一定会来吃鸭脖的！

小伙子坚持把摊子摆下去。

为什么不摆下去？何晓得她哪天晚上突然来了？来了而吃不上鸭脖，那多……多对她不住？

只是不扫描了，以为那个她若来了，会说，师傅，买一截鸭脖的。

这天晚上，小伙子又在摊子旁玩手机。突然一星柳絮飘到他手机屏幕上。他舍不得吹飞，饶有兴味地欣赏着。这时候一个声音说，师傅，有这样一件事。几年前，一个姑娘在你这里吃鸭脖，欠了你一块钱，我来代她还上，我是她的姑妈。小伙子记忆深处的沉淀被搅动了，他很激动，但装得很平静地说，你这样一说，我好像还记得这回事。我问你，那个姑娘？……

她告诉他，那姑娘是从乡下来这个城市给一家小吃店打工的。她喜欢到广场来跳舞，但不能每天晚上来，碰到小吃店没有客人、关店门较早时才能来。有一天晚上，去了广场，就没有回店了。也没有得到她任何信息。前不久才接到她的电话，原来她是被人拐卖到外省。那边管得很紧，她没有自由。幸亏这边的公安人员把她解救回来。——得知她向娘家打了电话，那边的人把她藏进一个崖上的山洞，她从山洞逃出来时，把腿跌断了。她目前在本城的医院治腿。说是腿好了，还要到广场来吃鸭脖，来跳舞。

小伙子长吁了一口气或长叹了一口气，说：来吧，我天天晚上在这里呢！

（2013年。原载《邵阳日报》）

陀 螺

广场的中心，夜幕降临以后就是陀螺的天下。啪！啪！啪！……脆亮的声音此起彼伏。在鞭子的抽打下，陀螺既做着"自转"，有时又兴奋地做不规则的"公转"。

祝贺生是众多玩陀螺中的一个。他的陀螺是坛子形，"坛盖"比拇指、食指弯成的圆还大，"坛肚"很鼓，"坛脚"很高。这种陀螺，抽起来发出的响声有打在人脸上的"质感"。

祝贺生最喜欢听这种响声，或者说，祝贺生打陀螺，图的就是听这种响声。

祝贺生不是抽陀螺，他是抽人。

我抽！一鞭子狠狠抽去。……离天亮还有好久，你就放鞭炮，放花炮，不断线地放，一直放到晚上，害得周围的百姓早早被吵醒，还一天不得安生！……又一鞭子抽去。也许是抽得特别重，那陀螺竟逃逸了好远。你跑到哪里去！他跨步向前，又抽。……你以为你有钱有势，做一个生日就那样张扬，那样放肆！我抽！我抽！一双手抽！然后就一双手握鞭柄，更有力地抽。啪！啪！……陀螺旋转着，还发出嚓嚓的摩擦声，李代桃僵，似在发怨言。

还有你，也该抽！……规定是八点上班的，我八点半到你办公室想盖个章，还等了四十分钟你才去！你耽了多长时间都有工资，我耽一分钟就少一分钟的收入，你知道吗？你该抽！该抽！该抽！啪！啪！啪！兴许是他抽得太凶，那陀螺居然不敢做"公转"了，只是规规矩矩地"自转"。

他把鞭子夹在腋下，快意地观赏了一阵，见那陀螺转得慢些、有点歪斜了，就又抽，啪！……还有你！别的练习资料的店子都打折，打三折、四折，你是那样硬，一分钱也不少！你吃得那样饿，我抽死你！啪！啪！啪！还有你们！也该抽！我以为在他那里买不到打折的，别的地方总有，哪知跑了好几个店，都没有你们规定要买的。他和你们勾结起来，才能做独行生意！你们分了多少成？你们难道不该抽？啪！或许是他的鞭子没有抽在陀螺的脚下而抽在"脖颈"，那陀螺竟倒下了，倒下后就两头摆。他明知抽不转了，还是抽了几下。是冤枉你们吗？不该抽吗？啪！啪！

然后他重新让陀螺旋转。还要抽谁？对，抽你们！啪！……又涨价！一度电又涨了一角多！公务员可以加工资，涨就涨。我们做小生意的，这也涨那也涨，哪里背得起？你们做的是独家生意，想涨就涨；我们就不行啊，我一块豆腐涨五分钱，别人就不买我的！我抽！啪！那陀螺歪了一下，倏地向一旁逸去。你往哪里走？那陀螺并不想往哪里走，又旋回来了。啪！啪！陀螺悔改，那些人可不想悔改。啪！啪！……

他又夹着鞭子，看那陀螺，踌躇满志的样子。陀螺旋转的速度慢下来了，就又抽。抽谁呢？抽你！啪！你也该抽！说是十二点去替换我，下午一点你才去！一上了牌桌你屁股就粘着了！你今天赢了钱？赢了钱也该抽！你输过多少，我不知道吗？我说过多次，牌还是别打，你不听！急起来了还想打人！这样的婆娘，该抽！还有那个来邀她的，也该抽！啪！啪！啪！……也许是一连抽的次数太多，那陀螺竟被抽得跳起来。

祝贺生是一个摆豆腐干摊子的小生意人。白天在那个巷子口坐着不动，晚上是应该活动。尝试了几种活动方式后，他选择了打陀螺。既掌握了鞭子，身边又有任凭他抽打的东西，他为什么不抽打？

祝贺生抽着陀螺，数落着人。抽着，数落着，他心里的愤懑一点一点地释放着。等到他不数落了，抽鞭子的力气就下得小一些了，频率也缓一些了，而且换着手抽了。这样的时候，抽陀螺就真是一种休闲，一种享受了。

打了一个多钟头，祝贺生回到家里。

中午你和街坊说了些什么？老婆冲着他问。

231

我说了些什么？我哪里记得？——我没说什么呀！

老婆沉着脸：还没说什么！话已经传到周家了！

他记起来了，说，他们那样放爆竹，我喉（方言，不高兴地说话）了几句。谁告密了？

巴结他家的，多得很！你去他家说说，就说别人误会了你的话。以后有事求他家呢！

不去！他把陀螺和鞭子扔在地上。

老婆把鞭子捡起来，扬起来，说，你去吗？

不去！

啪！老婆一鞭子抽过来，去吗？

他跳了起来。幸而鞭声只在他脚边爆炸。我去，我去！

明天晚上，第一个要抽的，恐怕是这个恶婆娘了。

（2014年。原载《邵阳日报》）

叫李浦的……

是一个明媚的春日。他偕妻子带着孩子来到外省的一个风景胜地旅游。

山峦、石峰、绿树、流泉……一切的一切，真美。他让妻子带着孩子拍照，自己则步随景移，忘情地欣赏，要把大自然的美摄入心灵，融于血液。

他被幸福裹挟着。

"李浦……"

一个声音从绿荫那边传过来。他条件反射地张了口，要应答；但随即抑住了喉咙——不是自己的妻子，人生地不熟的地方，是谁？

是一个女性的声音，他当然听出来了的。

"李浦，过来！"又是那个声音。嗯，有点熟悉，谁呢？

"李浦，快来呀！"又是那个声音，他听出温温的、柔柔的调子。

究竟是谁？

他移移步子，透过那蓬绿荫的较大的缝隙，向那边看去。一个少妇，侧着身子，朝着另一个方向。"李浦，快过来呀！"只见她向那个方向招着手说。

他看清了，那少妇分明是……她。她招手的对象，他虽没看见，但可以猜测，一定是……她的孩子。他好激动啊！他想，事情一定是这样：她把自己的孩子命名"李浦"！

多情的女人啊！我对她不住啊！

233

"李浦，快过来！"

一股暖意，一股战栗的暖意，涌遍了他全身。

应该是八年前吧，李浦和蓝婷大学毕业后分到同一个学校教书，而之前他俩就热恋了。可是，在要谈婚论嫁的时候，李浦变卦了。为了改行进机关，他割断了和蓝婷的关系，和县委一个副书记的女儿结婚了。他还记得那天晚上他正式"通知"她要和她"绝交"时，她说出的一番话："我对你的爱已经溶于血液里了，多少回我在梦里念着你的名字，抚摸你，吻你；我也做过噩梦。没想到美梦成泡影，噩梦成真了！——我可以理解你，不会骂你、诅咒你！……"不久，李浦和那位副县长的千金结了婚，一年以后双升了——升成科长，升成爸爸；蓝婷也找了对象，结了婚，并且和丈夫一起迁往外省。

他慨叹着：好一个多情的女人啊！"爱，是不能忘记的"，说的就是她那样的女人啊！

他是很会联想的，他联想起蓝婷抱着"李浦"，一边亲他，一边喃喃呼唤着"李浦"的情景。

他擦拭自己被泪水沾湿的眼镜了。

他再朝绿荫那边看去的时候，只见蓝婷抱着一条狗，一条哈巴狗，一边摩挲着它的身子，一边喃喃着："李浦，我的李浦……"

（2000年。原载《百姓故事》）

这也是奖状

在一次旅游原创散文征文比赛中，我枉得了个二等奖，奖金是三千块。那天从长沙领奖回到家里，我把装着奖金的信封上交给老伴，说这是三千块奖金，然后就到单位去了。

不久，老伴打来电话，说那信封里没有三千块，她数了几次，只有二千六百九十二块。我说，那信封是粘着的，我没有拆，不可能掉了钱，发放单位也不可能搞错，要她再数数。过了一会儿她又来了电话，说硬是没有数错，只有二千六百九十二块。那是什么原因？我也不知道。

下班后回到家，老伴把装奖金的信封交给我，要我自己数。我数了，确实只有二千六百九十二块。又抠信封里面，还有一张纸，就把它夹出来，一看，我就笑着对老伴说："你呀，只见奖金，不见税金啊！"她问是什么意思。我把那张纸给她看，她看了，说："奖金也要缴税的？——我以为这是一张别的什么纸，哪知道是完税证？"

我笑着批评老伴没有纳税意识；也检讨了自己，如果纳税意识强的话，老伴说三千块其实只有二千六百九十二块，我马上就可以解释的，何至于悬疑那么长时间？

我细细展读这面值二千六百九十二块的"中华人民共和国税收通用完税证"，不由得激动起来。我是工薪阶层，每月的工资里被扣除了个人所得税，当然我买商品付的钱里也包含了工商税，但没有谁给过我一张"完税证"，而今是第一次得到，觉得这种对国家的贡献非常实在，可触可摸，因此我不能不激动。还有，我一次给国家贡献三百多块，虽说很微薄，但我的同事没有，我比他们对国家的贡献多了一点儿，因此我也不能不激动。

展读完后，我把它夹在征文的获奖证书里。我觉得这也是一种奖状，是国家奖给我的，是人民奖给我的；我沉浸在一种光荣情绪里，这种光荣是一个纳税人的光荣，是一个公民的光荣，从某种意义上说，这是一种无上的光荣。

于是又感叹，一些明星，一些大款，常被新闻媒介披露瞒税、偷税，觉得匪夷所思。他们有那么多钱，其中有些还挥金如土，怎么就舍不得纳税呢？鲁迅笔下的杨二嫂讽刺有钱人"愈有钱，便愈是一毫不肯放松，愈是一毫不肯放松，便愈有钱"，如果靠瞒税、偷税而让自己"愈有钱"，应该是可怜而又可耻的啊。我想，如果以后我得到什么钱须完税，绝对不瞒不偷。

不久以后，我出版了一本书，要自己销售一些，有个单位也愿意买一些，但提出要有正式税务发票才能付款。有人告诉我，税务发票可以到税务部门买，因销售的金额有上千块，买的方法就有两种，一种是按销售金额的百分之几付款；还有一种是多买几次，每一次的销售金额控制在多少钱以内，那么每一次就只须缴一块钱的手续费。还有人说，我"桃李满天下"，税务部门肯定有我的学生，我可以找他们，他们是可以给我搞到不须付一分钱的税务发票的。我笑笑。我不想找在税务部门的学生，也没有做几次买，而是做一次买，买了销售额一千二百块的，缴了四十八块。当然，我又得到一张"中华人民共和国税收通用完税证"，我自然又把它夹在那本获奖证书里。

这种完税证，我还希望多弄几张呢。

（2007年。获西藏国税局全国税收征文二等奖）

残酷的美

好美的照片！一大群白鹅，张开翅膀，伸长颈项，在你追我赶，奋力奔跑，似迫不及待地去观赏或参与什么喜事。细看，每一只鹅都是那样"生龙活虎"，那样激情四射。整幅照片洋溢着热烈活泼的气氛，鹅儿们那生动的歌喉似也在耳畔回荡。这照片是怎样拍摄出来的？鹅儿们的动作为什么那样整齐划一像经过专门的训练？原来，那照片的主人公们在栅栏里关了三天，饿了三天，渴了三天。突然打开栅栏"放生"，它们还不像突然打开闸门的水，喷涌而出吗？它们还不快快奔向食物奔向水吗？当然，它们的嗓子里讴出的不是"歌"，是"怨言"："怎么三天不放我们出来啊？""饿死了！""渴死了！"

因此可以说，照片上的美，是鹅们的忍饥挨渴换取的。这种美，是残酷的。

人为了得到美，对待动物如此，对待植物又何尝不如此？龚自珍的《病梅馆记》早就有这样的揭露：一些人让"蠢蠢求钱之民"对梅树进行整修，把正常生长的梅树弄成畸形的，以为那样才是美。这种对树木的虐待行为随着时代的发展愈演愈烈。你到街上去，到公园去，触目皆是树干粗大而枝叶极少的樟树、银杏、法国梧桐……像一个身杆瘦高的人戴着一顶小小的帽子，多么滑稽，多么畸形。人们要绿化美化城市，就要栽树，栽树还要急功近利，不栽树苗，而要栽大树、古树，于是把原本生长在山野的、枝繁叶茂生机盎然的树移来，而要栽活，就只能残忍地大删其枝条，以免它过多地蒸发水分而死去。受到摧

237

残的，还有植在街道上、公园里的女贞、四季青之类。本来是树，人们却要它们变成宝塔，变成天鹅、长颈鹿，以为那样才是"更美"，于是只好大动刀剪。

动物植物当然是被迫的。但是，为了获取美，有的人竟也自觉自愿地自我摧残。很多女士，为了把粗壮的或其实并不粗壮的身子锤炼成"小蛮腰"，把肌肉厚实的或其实并不厚实的脸庞削薄，就节制食欲，本应该一天三餐而简为两餐，每餐本可吃两碗而只吃半碗，肉本来是她的"所爱"而视为仇敌被拒之于碗外，肚子强烈抗议而置之不理。还有一些女士，为了使自己的身材不"臃肿"或一如既往地苗条，大寒的冬天也节衣节裤，用身体的萧索来换取美。也有不少男士，自己的头发白了，以为不美了，就要掩盖它的本来面貌，要把它染黑，本也知道一些染色剂对身体是有害的，却也照染不误，犹如"冒死吃河豚"。河豚如果烹调方法得当，是不会毒死人的，而有毒的染色剂不管怎样使用得当，大概也阻挡不了它的毒性浸入人的肌体。

用残酷的手段换取美，又岂只是"饮食男女"？一些中小学生也是，当然，他们是被迫的。为了考试的高分，他们的休息被省略了，他们的锻炼被减免了，他们的音乐美术游戏被剔除了，他们只是坐在教室里听课、做作业。他们获得的高分、奖状之类也不是不美，可惜这种"美"，是身体羸弱、眼睛近视的代价，是用生气勃勃兑换暮气沉沉的盈利，是用清亮的眼睛交易到的眼镜，是自由的天性被压抑获取的桎梏。当然不是真正的美。

不是真正的美，而危害又特别大的，还有这样一种。做报告，发文件，或甜言蜜语，信誓旦旦，或慷慨激昂，声情并茂：似乎美到极致。但他们说的、写的是一套，做的是一套，犹如天上的云，不着地，画中的饼，不解饥。这种欺骗性的"美"对国家对人民显得特别残酷。

美是什么？美是自由。美是自然。美是合理。美是和谐。美是真诚。

美不是残酷，不是偏执，也不是畸形，不是欺骗。

一群想吃食就吃食想游泳就游泳的鹅，比从"饿牢"里放出来飞奔抢食的鹅美。一棵枝叶随意生长伸展的树，比一棵修饰得奇形怪状的树美。一个"丰乳肥臀"的俄罗斯大婶，比瘦骨伶仃的非洲穷苦妇女美。一个也许没有得到第一名但身体健康发育正常的小学生，比一个得到第一名但成了小老头又戴着啤酒瓶底的小学生美。一个没有大话高调却能说到做到的公仆比只说大话唱高调没有实际行动的可敬可爱。

　　我们爱美，爱真正的美！

　　　　　　　　　　　　（2012年。原载《邵阳晚报》）

给别人看

　　季羡林先生的散文《花是给别人看的》，写德国人家家户户在窗台上养花，花儿一律朝窗外开放；他们养花，就是给别人看的。读罢此文，很有感触，联想起，世上多少东西，主要是给别人看的。

　　先说人的装饰打扮。一些人，无论是男人还是女人，那头发，修剪得何等精工，摩丝得何等光滑，有的还扎成马尾巴或辫子，有的则发丝一根根上指如暴怒，发髻高耸如"菩萨蛮"。这些，当然也可以自我欣赏，自我陶醉，——通过一面或两面镜子（"照花前后镜"），但主要是给别人看的。还有那耳环、耳珠，或大或小，或廉价或昂贵，——也是给别人看的；除了在镜子前可以自我欣赏外，在其他地方就只能摸一摸了、拧一拧了。还有那手镯；还有那戒指，嵌着钻石的或没嵌钻石的，货真价实的或货假价虚的：应该也是给别人看的。当然自己也可以随时欣赏，只要有光，但更多的时候，还是炫耀于人的。还有那口红，那眼线，那或修饰过或描画过的眉毛，毋庸讳言，都是给别人看的，自己看必须"窥镜"。还有那衣服，花哨的也好，朴实的也好，新潮的也好，传统的也好，虽说也可自我欣赏，但归根结底还是给别人看的，尤其是背部和臀部的装饰——那图案，那如眼睛一般的扣子。其他如内衣外穿，低胸衣，低腰裤，无不是为了给别人看。

　　再说人的神态神情。有的人笑容可掬如弥勒佛，有的人威严冷峻是天生的政治工作者；有的人若有所思像个哲学家，有的人嬉皮笑脸是个嬉皮士；有的人慈眉善目让人亲和，有的人滑稽俏皮让人放松；有的人横眉怒目让人不敢忏视，有的人面无表情让人疑心他有没有思想情感……这些神态神情都是给人看的。他们独处的时候大概不是这样的。据不完全统计，百分之八十五的人独自"窥镜"时会给自己做鬼脸。很难想象，那些你所见到的威严冷峻、横眉怒目的脸，它的主人独自"窥镜"时会变成鬼脸。

再说与人见面时的礼节。有的人行礼——鞠躬礼或举手礼，有的人抱拳致意；有的人握手言欢，有的人张开臂膀要和对方拥抱……凡此种种，也都是给别人——与你见面的人看的。

但很多东西，原本不是给别人看的，随着时代的进展，就异化了。以手镯戒指耳环为例，手镯戒指耳环最初是奴隶的桎梏，奴隶主为了不让他们逃跑，就在他们手腕上、手指上、耳垂上套上圈子，用索子系着；谁知那些玩意儿后来就衍化成装饰品。又如见面时的礼节，招手也好，握手也好，抱拳也好，行礼也好，拥抱也好，这样做原始的意思，我和你没有敌意，看，我手上并没有武器，你还可以摸我身上，看有没有。谁知这种表明没有敌意的行为表现，后来就衍化成一种礼节，一种表示亲近的礼节。

还在不断地衍化呢。譬如握手，这如今有的人握手时，不是互相看着对方以表示自己的真诚和对对方的尊重，而是都把头扭向另一个方向，——扭向看他们握手的人。这样的握手，与对方言欢的意义退居二线了，主要是表演给别的人看了。又譬如日记，日记本是私密性的东西，但很多人写在博客上（不正当的男女之事也不避讳），让全世界的人"奇文共欣赏，疑义相与析"。

还有更有意思的衍化，即声音也只是给别人看。有的人，握着话筒也鼓掌，方法是，用没有握话筒的手的指头，点一点握话筒的手的掌跟，当然不能发出什么声音，他的意思是让别人"看见"他的掌声。有的人手里也并没有拿什么，但鼓掌时也是用一只手的胖胖的或瘦瘦的指头轻轻点一点另一只手的掌心，当然不是让别人听到，而只是让其看到。

如今的社会是开放的社会，把更多的东西给别人看总是好事。但是，我以为，有些东西是不宜给别人看的，或只是给别人看的。人需要有私密性的东西；做有些事情，也不能只是作戏，而要有内心的真诚。

（2012年。原载《邵阳日报》）

儿戏化

到一个多年未联系的朋友家，看到一件让我非常惊喜的事。他本是个远近闻名的做龙骨水车的木匠，由于有了电力排灌，龙骨水车没人要了，因此他颇失落了好些年，后来突发灵感，做起玩具龙骨水车来。我把他的一件成品托在手掌上：一尺长短，宽和高都是两寸的样子；龙骨、车叶、车头、车尾，一应俱全。是一架"迷你"龙骨车！我把车尾沉到一个盛了水的盆子里，摇动车把，水还真被车上来了！我问销路如何，他说拿到城里卖，买的人"抢断手"。问价钱如何，他说比实用的高一倍。

由这样一架"具体而微"的玩具龙骨车，我想起更多类似的东西。

刀枪剑戟、兵舰大炮，是凶器，是打仗杀人的东西，早就做成了玩具，让小孩玩耍，恐怖全无，而只有欢乐。汽车、火车、飞机，是交通运输工具，驾驶员需要专业技术，驾驶起来是辛劳的；也早已做成玩具，或手推或电控而使之行驶，驾驭的辛劳化为欢欣。

由"物质"的东西转而想到"精神"的东西。正经、严肃而近冥顽的经典可以戏说，"圣僧"唐三藏可以"大话"成和美女妖精缠绵，抱憾"曾经有一份真诚的爱情放在我面前，我没有珍惜，等我失去的时候我才后悔莫及"，很是赢得一些人感动。顶天立地的英雄武松可以"改编"成和嫂子潘金莲暧昧，也让不少人看得兴味盎然。

还有日常生活。中国人，总以黑头发为美，尤其是少女少妇；后来观念也变了，你到街上去看，有几个少女少妇的头发还是本来面目？她们把单一的黑色"儿戏"成各种色彩了，浅红、金红、粉红、橙红、深蓝、玉白、杂色……全凭自己喜欢，算是充分彰显了个性。

还有政治。政党、国家领导人，其形象多么重要，标准像需要多么标准。如今，却可以卡通化，大头，细身，短手短脚，十分幽默有趣。

我以为，一些事物和人的儿戏化，很有好处。提水的工具龙骨水车使用起来多么吃力，我是深受其折磨的；如今成为玩具，说明生产力发展了。刀枪剑戟、兵舰大炮作为玩具，可谓"老少咸宜"；可惜还没有彻底玩具化，人们还在大量制造货真价实的，用于战争。少女少妇的头发万紫千红，比清一色赏心悦目。政党、国家领导人的形象卡通化，把他们变"通俗"了，把他们与群众的距离拉近了。

有些人质疑戏说、儿戏化经典，我以为也无所谓，屏幕上唐三奘与美女妖精缠绵，就缠绵吧，并不会给真正的佛门弟子抹黑；武松与潘金莲暧昧，就暧昧吧，也并不会让真正的正人君子丢脸。但有一些事情似乎不宜儿戏化。宗圣曾参的妻子要到集市上去，儿子哭闹着不让去，曾参的妻子就说："你在家好好玩，妈妈回来后宰猪给你煮肉吃。"曾参的妻子赶集回来，只见曾参正在磨刀准备宰猪。妻子问何以要宰猪，曾参说："你不是说要给儿子吃肉吗？"妻子说："我是哄儿子的。"曾参正色道："这是教育儿子的大事，怎能儿戏！"可惜有不少人，没有这样的觉悟。有些公务员上班打游戏，对前来办事的老百姓说"没见我正忙着"，是把正事儿戏化了。有人承包一段公路，混凝土里本要铺架钢筋，却以竹筋取而代之，把"百年大计"儿戏化了。我曾经坐过一次农村短途班车，车上的光碟里放着这样的"温馨提示"："本次班车的目的地是万丈深渊，司机是黑脸红发的无常，刹车已失灵，车速无穷大……"那司机不把自己当人，这种儿戏也太过分了。

（2013年。原载《邵阳日报》《杂文月刊》）

风景化

　　筒车是一种提水工具。竹竿构建的大圆盘，像个特大的蜘蛛网，中心套上木轴承，边沿均匀地斜挂一个一个竹筒子，竖在水圳、小溪、小河边。流水冲击下沿，整座筒车就缓缓转动，竹筒子就顺势舀了水，舀了水的竹筒子过了顶点，里面的水就倒下去，落在一条笕子上，再顺着笕子流到水田去。筒车也唱歌，歌声也缓缓的，是慢板，是抒情小曲。——筒车的木转轴与木轴承相摩相擦，痒痒的，有点舒服，就情不自禁地唱起来了。如今，这种提水工具在它"大有作为"过千百年的乡野，几乎销声匿迹。有电动排灌，不要这种老牛破车了。但它并没有进入历史博物馆，而是被"移用"到一些风景区，成为风景的一部分。在南方的很多风景区，都有这风景化的玩意儿。

　　广西龙胜的龙脊梯田，湖南新化的紫鹊界梯田，还有哪里哪里的什么梯田，从山脚一直筑到山顶。开垦这些梯田，挖断了多少锄柄，磨蚀了多少铁锹，在这样的地方耕作，又是何等艰难。如今风景化了。旅游者趋之若鹜。在旅游者看来，那些梯田，一丘一丘地看，像一条一条飘带，整个地看，像庞大的通天之梯：总是诗意盎然的，而耕作其间的农人，则是诗中的美丽意象了。

　　还有油菜花，一种往昔最普通的花，也被风景化了。那种黄色的十字花科的花还没有热烈开放时，新闻媒体的宣传、炒作已经热烈起来了：哪里哪里的油菜花面积有多宽，哪里哪里举办油菜花节声势有多浩大。城里有些有闲无闲的人就趋之若鹜，偕家人，偕情人，邀好友，兴兴风风地前往欣赏、过节。或拍照，或吟诗，或交口赞叹，或放声歌唱，投入得很，陶醉得很；说什么大面积的油菜花开放，恍如金色的海洋，海面上吹拂的"金风"，也是能香彻五脏六腑的，在那种海洋里游荡、嬉戏，真是人生的快事。

一些城市的防洪大堤，并不是单筑一定高度的"铜墙铁壁"，而是还在"铜墙铁壁"边沿再建水泥墙，墙上或浮雕花木鱼鸟，或镌刻诗词歌赋。这也给城市添了一景。平素人们来到堤上，看河水滔滔奔流，会思绪联翩，又欣赏几幅浮雕、吟咏几首诗词，能心安神宁。防洪堤，还真的又是一道别具一格的风景。

最典型的应是万里长城，它已然没有防御敌人的实用性，而"异化"为风景。北京八达岭长城、居庸关长城，每天要接待多少中外游客。还有城墙和城门。具有"悠久历史"的古城，北京也好，南京也好，西安也好，我所居住的小小县城也好，城墙和城门的防御作用也没有了，也成了令人发思古之幽情的风景。

还有明斯克号航母，户籍几经转换，如今落户南通，打造成世界级航母公园。这艘航母，当然"去军事化"了，当然成为"风景"了。

很多东西，原先的作用消弭了，或淡化了，而异化为风景，或实用性和风景性兼具：怎样看待一些风景化现象？

一般说来，是好事。筒车风景化，说明生产力发展了。成片的梯田风景化，能让人们真切地感受什么是"力量的舞蹈"，体味什么是壮美。防洪大堤风景化，其作用既防洪又美化心灵。长城、城墙、城门风景化，至少说明防御手段和技术高科技化了。一艘航母成了风景，也是好事，世界上终究少了一种用于战争的装备啊。可惜世界上的航母还远远没有风景化，一些大国为了战备需要，还在争相打造。

油菜花，特别是大面积的油菜花，现在因为少了，才显得金贵。油菜那种庄稼，田里地头都可以种，在播种至收割的过程中，也不须花太多的劳动。但如今的农村，耕地的人少了，荒芜的土地多了，一些土地不荒芜也只种一茬庄稼，种了水稻就顾不上种油菜了，故而闲置半年。一些有心人就看准"商机"，就在一片面积较大的田野上种植油菜，从而造出"独特的风景"。所以，让油菜花风景化，让这种普通得不能再普通的"物，以稀为贵"，从某种意义上说，是很令人悲哀的。

不该风景化的还有不少。旧时，即使是"七品芝麻官"出行，也是八抬大轿前"肃静""回避"的牌子铁青着脸，开道的铜锣嘶哑着嗓子，八抬大轿后唢呐吹奏，仆役吆喝，衬得那八抬大轿八面威风。有一定职位的官员出行的场面，已风景化了数千年。这种风景化的现象似乎并没有"随着时代的前进而消失"。公路上，大街上，忽然又有警察清道了，然后是警车开道，一路小车招摇而过，在老百姓眼里画上一道刺眼的风景。自古以来的说法是，官员是公仆，是为老百姓办事的，公仆出行的队伍风景化为那个样子，是不合情理的。

还有一种东西，似乎也风景化了，那就是城市马路上的斑马线。斑马线本不应是风景，但有些人把它看作画着玩，把它当成了风景。过马路，他们不走斑马线；开着汽车或摩托过没有设置红绿灯的斑马线时，不会放慢速度，更不懂"行人优先"，而一如既往地飞速前进，哪管"行人路上欲断魂"？有红绿灯的地方，即使行人过斑马线的绿灯开了，他要右转还是"风驰电掣"，"轻舟已过万重山"，哪管"两岸猿声啼不住"？

唉，有些不该风景化的东西，还是不风景化为好。

（2014年。原载《武冈报》）

后 记

这是我近年来写的一些散文。其实也不全是散文，有不少篇什，发表时署为小小说的，而今编散文集，觉得要凑足一定的字数而值得选的散文又不足，见有些小小说疑似散文，自己也喜欢，就拉过来凑数了。小时候扯猪菜，猪菜不够就扯草凑筛，现如今的电视剧，戏不够就用爱情凑：一种技巧是可以通用的。

每篇文章的后面都注明了写作时间和原载的报刊，但写于哪年不一定发表于哪年。几篇没有注明刊载于何报刊的，是还来不及发表的，但请相信，文章的质量，不能单从发表与否来看，没有发表的不等于质量比已经发表了的差；当然，文章质量的好和差也不与刊载的报刊档次的高低成正比的。

我原先很少写散文，业余一心一意写小说，后来觉得不必偏于一种口味，就也分出一些精力来品尝散文写作的味道了。所写的东西有不少是关于乡土历史文化风俗的，结集为《行吟古城古州》出版了。这本集子中写乡土历史文化的，都是出版那本集子之后写的。

水平有限，不是套话，是实际情况。聊以自慰的是有些篇什还入了较为权威的年度选本，有些还受到口头或书面好评。因此大概可以说，读者诸君读此"拙作"，大概不会完全是浪费光阴。

2016年4月8日